À PROPOS DE L'AUTRICE

Née en 1980, Ophélie Cohen est tombée dans les bibliothèques quand elle était petite. Fonctionnaire de police depuis plus de vingt ans, elle trouve dans la littérature un refuge. Des lectures éclectiques et le besoin de faire mille et un voyages au fil des pages, elle passe aujourd'hui de lectrice à autrice. *Héloïse* est son premier roman.

OPHÉLIE COHEN

Héloïse

Harper
Collins
POCHE

HARPERCOLLINS FRANCE

83-85, boulevard Vincent-Auriol, 75646 PARIS CEDEX 13

Tél. : 01 42 16 63 63

www.harpercollins.fr

ISBN 979-1-0339-1313-9

À Gabriele

Le plus dangereux ennemi que tu puisses rencontrer sera toujours toi-même.

Friedrich Nietzsche

Prologue

Toutes les femmes ont une histoire.

La mienne est plutôt moche.

Ce soir, seule dans la chambre de mon meublé miteux, j'ai décidé de me confier.

Expier mes péchés.

Exorciser la douleur.

Et regarder en face les cadavres que j'ai laissés derrière moi…

Je viens de terminer mon troisième verre. L'alcool anesthésie mes douleurs, mais ce n'est que provisoire, je le sais.

Les violoncelles d'Apocalyptica et la voix de Lauri Ylönon résonnent. Ils bercent ma mélancolie, *Bittersweet*. Premier acte de l'opéra dramatique de ma vie.

Oublier, pour quelques heures, la déchirure de l'abandon.

Le gouffre qui s'est creusé dans ma poitrine.

Et mes actes, irréparables.

Devant ma psyché, je regarde le reflet de cette personne que je ne reconnais pas. Une jeune femme que l'on dit séduisante et qui a toujours le sourire aux lèvres. Des yeux verts, rieurs. De longs cheveux blonds. Une bouche finement ourlée.

Mais moi je sais ce qui se cache derrière son masque de fraîcheur et de joie de vivre : des cicatrices si profondes qu'elles dégoulinent encore de son malheur et de sa douleur. Des blessures béantes qui suintent et inondent ses yeux de larmes.

Cette nuit, je vais vous offrir un billet pour un aller sans retour dans le passé.

Mon passé…

Chapitre 1

Je suis née il y a trente ans.

J'ai poussé mon premier cri, ma mère son dernier.

J'étais *préma*, comme on dit. J'aurais dû arriver plus tard, mais j'en avais décidé autrement. Déjà fœtus je ne voulais écouter personne, et j'ai mis, pour la première fois, ma vie en danger.

Réanimation, assistance respiratoire, la grande faucheuse a bien failli m'emmener au pays d'où on ne revient jamais.

Or, six semaines après ma naissance, j'étais toujours vivante, malgré les pronostics des médecins. On a décidé de m'appeler Héloïse alors que jusque-là je n'avais été que *Elle*.

Héloïse parce que cela signifie « bois robuste » en germanique et que je ne voulais pas crever. Pourtant mon père l'avait tellement espéré.

En venant au monde, j'avais tué sa femme, son grand amour, la prunelle de ses yeux. Moi, je n'étais rien d'autre que la *chose* qui avait pris la vie de celle qu'il aimait.

Enfin, c'est ce que j'ai toujours cru. Pourquoi m'aurait-il abandonnée, sinon ?

Il a quitté l'hôpital le soir de la mort de ma mère.

Je ne sais pas qui il est, si je lui ressemble ou si c'est d'elle que j'ai hérité les traits.

Je ne sais rien de mes origines, en fait.

À la sortie de la maternité, orpheline, j'ai été placée en pouponnière.

Un autre combat a commencé.

Hurler plus fort que mes compagnons d'infortune pour espérer un peu plus d'attention de la part des dames en blanc. Ces gentilles puéricultrices qui gavaient les nourrissons au lait en poudre et enchaînaient les biberons.

Pas ou peu de place pour les sentiments. Elles ne devaient surtout pas s'attacher. Nous étions trop nombreux à défiler entre leurs mains.

De cette époque, je n'ai bien sûr aucun souvenir.

Je comble donc les vides par mon imagination. Seul don reçu de la fée qui s'est penchée sur mon berceau.

Est venu ensuite le temps des familles d'accueil.

Mes premières oppositions physiques.

À quatre ans, j'ai arraché une touffe de cheveux à l'un de mes *frères de lait* qui avait eu le malheur d'emprunter ma peluche préférée.

Sale morveux ! Mes affaires sont les seules choses qui m'appartiennent en ce bas monde, mes seuls repères. Je m'y accroche. Et gare à celui qui veut me les enlever !

Je me souviens encore de sa tête, défaite, de ses cris de douleur. Mais aussi de la punition qui a suivi. On m'a contrainte à passer un après-midi, à genoux, dans un coin. Interdiction de bouger.

« Tu dois réfléchir à ce que tu as fait, Héloïse. »

Mais je suis butée et impulsive. J'agis, puis je réfléchis.

Quelques bagarres plus tard, Monsieur et Madame « bien sous tous rapports » n'arrivant pas à me faire entendre raison ni à gérer mes crises, c'est une nouvelle *charmante famille* qui s'est proposée de prendre soin de la pauvre Héloïse.

Enfant troublée et agressive.

Un deuxième abandon qui allait augurer une longue série…

L'administration et ma nouvelle *famille* s'étaient accordées sur le fait que ma violence latente, mon besoin d'espace et de tranquillité seraient moins difficiles à gérer parmi des enfants plus âgés.

Quel mal une fillette de cinq ans pouvait-elle faire à de grands gaillards ayant presque trois fois son âge ?

Et ils n'avaient pas vraiment tort… Au début !

D'abord discrète, je me suis quand même battue pour faire entendre ma voix au milieu de ces ados boutonneux. Un cri par-ci, une plainte par-là. Et, bien que contre ma nature, j'ai parfois endossé le rôle de victime.

C'était tellement facile :

« Mathis m'a pris ma poupée. »

« Johan a caché mes crayons de couleur. »

« Katie ne veut pas me laisser regarder la télé. »

Une petite peste en culottes courtes qui profitait de son statut de « petite chose ». Mais je suis trop entière. Chassez le naturel, il revient au galop. Je préfère donner des coups.

Hors de question de me laisser faire.

Je suis une guerrière et une combattante.

Un après-midi de juin, direction le jardin.

Tatie et *Tonton* avaient un espace immense, aménagé spécialement pour les enfants.

Un trampoline, de grands arbres et une balançoire sur laquelle j'adorais lire.

Dès que le printemps pointait le bout de son nez, nous y passions nos journées. C'était, pour moi, un havre de paix.

Dès que j'ai su déchiffrer les mots, les livres sont devenus mon refuge. Mon monde imaginaire. Tout était possible entre leurs pages. J'ai dévoré *Les Malheurs de Sophie* en me trouvant des points communs avec cette charmante peste. Un diablotin en jupons cherchant par tous les moyens à attirer l'attention. Je devenais Alice et poursuivais le lapin blanc au pays des merveilles. Je mettais mon masque de Fantômette et me transformais en une justicière intrépide.

Il faisait beau et très chaud, en ce début d'été. Les garçons jouaient à la baballe, excités comme des clébards. Je n'ai jamais aimé le foot et tous ces jeux de ballon à la con. Les chiens non plus, d'ailleurs. Plongée dans mon bouquin, je ne voyais ni n'entendais les alertes des grands, et *BIM*, le ballon en plein front. Héloïse s'est retrouvée au sol, sur le dos, les jambes par-dessus la tête. La honte !

Ces idiots de boutonneux avaient une vue directe sur ma petite culotte à fleurs. Ça m'a rendue furax.

Je me suis levée et, les poings serrés, j'ai marché la tête haute en direction de Killian, le plus grand de cette troupe d'abrutis. Ils se tordaient de rire. J'allais leur faire passer cette envie, et de manière radicale.

Occupés à glousser, ils ne m'ont pas vue m'emparer de la pierre. En arrivant à la hauteur de ce Goliath adolescent, je me suis prise pour David. Il était plié en deux, sa tête à ma hauteur. Alors, j'ai armé mon bras et j'ai frappé de toutes mes forces.

À l'évocation de ce souvenir, j'entends de nouveau les cris qui envahissent le jardin, revois *Tatie* et *Tonton* qui accourent affolés. Ils étaient tous là, paniqués, autour du blessé. Et moi je me tenais debout, à quelques mètres, encore en position défensive. La main agrippée à cette pierre ensanglantée comme un naufragé au *Radeau de la Méduse*. Je me souviens encore du sentiment de puissance qui m'avait envahie ce jour-là. De cette boule de fureur nichée au creux de mon ventre.

Et des événements qui ont suivi.

— Tu te rends compte, Héloïse ! Tu aurais pu le tuer ! s'est écriée *Tatie*, m'agrippant par les épaules.

— C'est sa faute, il n'avait qu'à faire attention avec son ballon. Ce n'est pas moi qui ai commencé.

— Monte dans ta chambre, mets-toi à ton bureau. Tu n'en bougeras pas tant que je ne serai pas venue te chercher.

Tonton a renchéri :

— Tu vas également copier *je ne dois pas faire de mal aux autres* jusqu'à ce que je te dise d'arrêter !

J'ai levé les yeux au ciel et suis partie en courant. J'ai claqué la porte de mon antre et me suis jetée sur le lit. Mais je n'ai rien écrit. Je me suis tournée vers le plafond et j'ai souri.

Bien fait pour lui.

Tatie et *Tonton* ont emmené Killian à l'hôpital.

Bilan, un traumatisme crânien et sept points de suture pour ce gros crétin. Au moins, il ne s'en prendrait plus à moi. Après cet épisode, j'ai été punie pendant huit jours. Interdiction de m'approcher des grands. J'ai dû rester dans ma chambre et réfléchir à ce que j'avais fait. Mais je n'avais aucun remords et la seule chose que j'avais retenue, c'est que frapper m'avait fait un bien fou.

J'ai senti qu'il y avait quelque chose de noir en moi, de sombre, qui enserrait mon petit cœur. Mais à cinq ans je n'avais aucune idée de ce que cela pouvait être.

L'été s'est écoulé sans autre événement majeur. Je fuyais les autres et passais le plus clair de mon temps dans mes livres. À cette époque, je dessinais souvent ma famille. Celle que je me représentais. Une tombe avec une grosse croix en bas à gauche de la feuille, un grand monsieur de dos en haut à droite, et moi, au milieu.

Bien qu'ayant une longue chevelure blonde, je n'utilisais que du noir. Et, autour de moi, un brouillard opaque m'enveloppait de ses bras.

Mon *Ombre*.

Si un psychologue avait vu mes dessins, j'en aurais sans doute pris pour dix ans de thérapie. Mais personne n'a jugé bon de m'emmener consulter. Mes tuteurs pensaient sans doute qu'ils viendraient, eux-mêmes, à bout de mes problèmes de comportement.

Chapitre 2

Septembre.

L'heure de la rentrée avait sonné. J'étais ravie d'entrer au CP. J'avais soif d'apprendre. Et puis, j'en avais marre des grands. J'avais envie de passer du temps avec des enfants de mon âge. Qui dit changement de classe, dit changement d'école. Mon nouvel univers scolaire était désormais dépourvu de jeux. Un bâtiment gris et austère me narguait. Il ressemblait à un ogre avec sa porte qui formait une immense bouche. J'avais peur qu'il ne m'avale. Les multiples fenêtres sur la façade étaient autant d'yeux qui m'observaient avec avidité. *Courage, Héloïse.* J'ai respiré un grand coup et j'ai avancé.

Alors que je passais le portillon rouge et que j'entrais dans la cour, une voix s'est élevée dans mon dos :

— Tu t'appelles comment ?

Je me suis retournée et ai planté mes yeux verts dans ceux du garçon qui venait de s'adresser à moi. Il était rigolo avec sa houppette et ses cheveux orange. Il avait des tas de taches étranges sur le nez et les joues. Ses yeux étaient si bleus qu'ils ressemblaient à un beau ciel d'été.

— Héloïse. Et toi ?

— Moi c'est Maxence, mais tu peux m'appeler Max.

Il m'a tendu la main. J'ai hésité. Mais il avait l'air si gentil. Et puis, c'était un enfant, comme moi, je pouvais lui faire confiance. Peut-être qu'il n'avait pas peur de l'*ogre École*, lui. J'ai attrapé timidement le bout de ses doigts et nous avons avancé vers la classe de Mlle Charlotte.

Les premières semaines se sont passées à merveille. Je travaillais sérieusement, j'apprenais des tas de choses, du calcul, du français et de l'Histoire. Il n'y avait qu'en lecture que je m'ennuyais. Je lisais toute seule depuis presque un an déjà, alors les livres de bébé, très peu pour moi. Mlle Charlotte m'avait autorisée à emprunter les livres de la bibliothèque des grands. Alors, pendant que les autres apprenaient que *b* et *a* font *[ba]*, je découvrais les aventures du *Club des cinq*.

À chaque récréation, Max et moi nous asseyions sur un banc, sous le vieux chêne et nous nous racontions des histoires. Il était le spécialiste des blagues. Il me faisait rire. Comme les autres enfants de la classe, il était au courant que je vivais dans une famille d'accueil, mais c'était le seul avec qui j'en parlais. Je lui ai expliqué que maman était morte et que papa n'avait pas voulu de moi. Il savait aussi à quel point je souffrais de leur absence. Je lui en parlais tous les jours. Je lui racontais aussi comment ça se passait chez *Tatie* et *Tonton*, que je devais me plier aux règles, comme tous les autres enfants. Respecter le tour de salle de bains, se laver les mains avant de passer à table et se brosser les dents après le dîner.

J'avais enfin trouvé un copain. Et quel copain ! Avec lui, j'oubliais mes soucis. Je vivais, riais. J'étais presque comme les autres.

Mais ma part sombre me guettait sans relâche…

— Salut, Max !

Nous avons relevé la tête à l'unisson.

C'était Doriane, une fille de notre classe. Elle était belle, Doriane. De grands yeux noirs et de longs cheveux bruns. Un visage fin, clair et des lèvres un peu rouges, comme une poupée de porcelaine.

— Salut, lui répond Max.

— Tu viens jouer au ballon avec nous ? Tu restes toujours là assis sur ce banc avec Elle.

Ce *Elle* m'a fait l'effet d'un coup de poignard dans le ventre.

— Elle, elle a un prénom, Doriane.

J'ai crié, sans m'en rendre compte.

La colère est montée. J'allais lui faire passer l'envie de m'embêter, à cette *poupée !*

Alors que je me levais, Max m'a attrapé la main et m'a forcée à rester assise. Il m'a glissé au creux de l'oreille : « Laisse, Héloïse. » Il s'est redressé et a regardé Doriane droit dans les yeux.

— Oui je reste sur ce banc avec Héloïse, et alors ?

— Pffff ! Elle n'a même pas de parents, lui a-t-elle rétorqué. Ce n'est qu'une orpheline.

C'en était trop.

J'ai craqué. Pour qui elle se prenait la princesse ? Je me suis levée et ai giflé Doriane de toutes mes forces. J'y avais mis tant de cœur que ma main brûlait. La poupée est restée stoïque, surprise par mon geste. Alors que je m'apprêtais à lui en coller une seconde, Max m'a tirée par le bras et m'a entraînée en courant à l'arrière du bâtiment.

À l'abri des regards, il a plongé ses grands yeux bleus dans les miens. Malgré moi, les larmes sont montées et se sont mises à rouler sur mes joues sans que je puisse les contrôler.

Je tremblais. J'ai resserré mes bras autour de moi, comme pour me bercer, me rassurer.

À cet instant, Max s'est avancé et m'a prise dans ses bras.

— Chut, mon Héloïse, c'est fini.

Il a passé sa main dans mes cheveux.

Par ce geste, Max m'a bouleversée.

Les digues se sont rompues et ma tristesse nous a submergés. J'ai sangloté et tressauté, incapable de me calmer. Même le T-shirt de mon copain était mouillé. C'était la première fois que j'avais le sentiment de compter pour quelqu'un. Tout comme c'était la première fois que l'on me portait une telle attention.

Le jour suivant, *Tatie* et *Tonton* ont été convoqués. J'ai dû présenter mes excuses à Doriane et j'ai été une nouvelle fois punie, dans ma chambre. Une petite pièce qui pouvait à peine contenir un lit, une armoire blanche et un bureau. Des murs nus, tristes. Impersonnels.

Aucune image. Aucun poster.

Rien que du gris. Comme dans ma vie.

Pendant ces huit jours, chaque soir, j'écrivais une lettre à Max. Je la lui donnais le lendemain matin, à l'école. À la récréation, nous allions sur notre banc et je l'aidais à la lire. Chaque fois que nous avions terminé, il déposait un baiser sur ma joue, sans dire un mot, mais me gratifiait d'un grand sourire.

Le premier trimestre était passé. Ça n'avait pas été de tout repos. On cachait mes affaires scolaires, je recevais des craies et des boulettes de papier sur la tête. Les enfants de toutes les classes riaient souvent à mon passage et jamais personne ne voulait travailler avec moi. J'étais la gamine orpheline, agressive, peu fréquentable. Mais malgré le rejet des autres élèves j'étais heureuse, j'avais Max. Chaque fois que j'étais près de lui, mon cœur faisait *boum boum* dans ma poitrine. Je me sentais bien. Il me disait que quand on serait grands on se marierait. Qu'on aurait une grande maison, un jardin bordé d'arbres très hauts sous lesquels je pourrais lui lire mes livres préférés. Que nous aurions un beauceron qui s'appellerait *Tzar*, comme les rois de Russie. Et même si je n'aimais pas les chiens, pour Max, j'étais prête à tout. Nous avions six ans, presque sept, et la tête pleine de rêves d'enfants. Des rêves que personne ne pouvait nous voler.

C'était, du moins, ce que je croyais.

Chapitre 3

Nous étions le 4 janvier.

C'était le jour de la rentrée.

Un autre Noël sans mes parents était passé. Pourtant, à la tristesse des fêtes de fin d'année a succédé la joie de la rentrée. Je savais que j'allais le retrouver, mon amoureux.

Je suis arrivée à l'école tout excitée. Chaque jour, pendant les vacances, j'avais continué d'écrire des lettres pour Max. Je tenais à lui raconter comment j'occupais mes journées, ce que je lisais, les quelques jeux que je faisais. Comme à un journal intime, je lui confiais mes pensées, et j'en étais apaisée. À la fin de mes courriers, je dessinais un petit cœur avec nos initiales.

M + H, pour la vie.

Je l'attendais dans la cour en trépignant. Lorsqu'il est arrivé, enfin, j'ai sautillé de joie en battant des mains. Il m'avait tellement manqué.

Mais quand il s'est arrêté devant moi je lui ai trouvé une drôle de tête. Ses grands yeux n'étaient plus bleus, mais tout gris, comme un ciel d'orage. Il ne souriait pas. Même sa houppette était fanée. Il me regardait avec intensité et m'a dit, d'un ton triste, qu'il devait me parler à la récréation. Je l'ai fixé, surprise, mais je ne lui ai posé aucune question.

La matinée est passée, lentement.

Dissipée, je gardais les yeux rivés sur l'horloge, des tas de scénarios me rongeant le cerveau. Qu'allait-il m'annoncer ? Il avait l'air si sérieux, si grave.

J'avais lu, il n'y avait pas longtemps, dans un livre sur la mythologie grecque, que le dieu du temps s'appelait Chronos. Alors, je l'ai prié très fort pour que les aiguilles courent plus vite sur le cadran accroché au-dessus du tableau noir.

10 h 30, la cloche a retenti. Enfin ! Je me suis précipitée dans la cour et j'ai attendu Max sur notre banc, sous le vieux chêne. Mes jambes remuaient d'impatience.

Le voilà ! Il s'est assis à mes côtés et m'a pris la main.

— Mon père change de travail. On va déménager.

— C'est pour ça que tu fais cette tête ? Ce n'est pas grave, tu viendras me voir ici.

— Non, mon Héloïse… On part dans un autre pays.

Mon sourire a disparu et mon petit être a été aspiré par une tornade, comme dans *Le Magicien d'Oz*. Je me suis jetée dans ses bras.

— Non, non, ce n'est pas possible. Tu dois rester ici, on doit se marier, tu te souviens ? Si tu pars si loin, je ne te verrai plus jamais… Si tu pars… je n'aurai plus de famille.

Nos cœurs d'enfants se sont fendus. Les larmes roulaient, creusaient des sillons le long de nos joues et nos corps étaient secoués par nos sanglots. Nous étions accrochés l'un à l'autre, désespérément.

Le reste de la journée s'est écoulé.

Lentement.

Tristement.

Chaque fois que mes yeux se posaient sur Max, je sentais mon ventre se déchirer. Ça faisait mal. Tellement mal. J'aurais donné le peu que j'avais pour qu'il reste à mes côtés.

La cloche avait fini par sonner la fin des cours, il était temps de rentrer. Nous nous sommes quittés devant la grille, bien décidés à trouver une issue. Arrivée chez *Tatie* et *Tonton*, je me suis réfugiée dans ma chambre et me suis effondrée. Je sentais le poids de l'Ombre, comme sur mes dessins. Cette chose qui faisait mal et m'enserrait dans ses griffes.

Personne ne reste près d'Héloïse, tout le monde la fuit.

Héloïse est faite pour être seule.

Pas de mère.

Pas de père.

Et bientôt, plus de Maxence.

Les jours suivants, Max et moi nous sommes jurés de nous aimer toute notre vie. Nous avons piqué le bout de nos doigts avec une aiguille pour mélanger nos sangs, et il m'a fait un vrai baiser. Sur la bouche, comme les grands.

Malgré ses tentatives pour me rassurer, au fond de moi, je savais qu'il partirait, qu'il m'oublierait.

Personne ne veut garder une Héloïse dans sa vie.

C'était le dernier lundi avec mon chéri.

À la fin de la journée, je l'ai interpellé :

— C'est ce soir ?

— Oui.

La semaine précédente, il m'avait juré qu'il ne m'abandonnerait jamais et qu'il avait la solution.

Nous sommes sortis de l'école. Il faisait froid. Nos nez étaient tout rouges. Max avait un bonnet noir, enfoncé jusqu'aux sourcils. Qu'il était beau mon amoureux aux cheveux roux, avec ses yeux couleur du ciel.

La route devant notre établissement scolaire était une rue comme tant d'autres dans une petite ville. Elle était bordée de grands arbres et il y avait des barrières pour empêcher les véhicules de stationner devant l'école. C'était un axe passant, mais pas trop.

Une voiture a déboulé au bout de la rue.

— Tu es prête ?

— Oui…

Max s'est précipité sur la chaussée. Le véhicule l'a percuté de plein fouet. Le conducteur n'avait pas eu le temps de freiner. J'ai vu le corps de Max quitter le sol, rester en suspension avant d'atterrir plus loin, presque sans bruit. Il ne bougeait plus. J'ai crié et ai couru vers lui. Du sang coulait de sa tête. J'ai hurlé.

Ambulance.

Samu.

Hôpital.

Le cœur de Maxence avait cessé de battre le lendemain.

Et j'avais perdu mon passeur de bonheur.

Après trente années, je me souviens encore de notre pacte presque sordide :

— Je ne partirai pas, mon Héloïse.

— Max, tu n'as pas le choix. Tu vas devoir suivre tes parents.

— Non ! J'ai trouvé une solution ! Si je suis blessé, mais pas trop quand même, mes parents ne pourront pas partir et on restera ici. Et toi et moi, on ne se séparera pas.

— Mais comment vas-tu te blesser assez fort sans risquer de mourir ?

— Un accident. Les voitures ne roulent pas très vite aux abords de l'école. Si elle me renverse un peu, j'aurai, genre, une jambe cassée, et on devra rester. Je ne te quitterai jamais, mon Héloïse. Je te le promets. Je t'aime trop.

— Moi non plus, Max, je ne te quitterai jamais. Toi et moi, pour la vie.

Nous avons scellé notre promesse d'un bisou. Mais Max ne m'a plus jamais fait de bisou par la suite.

Après la mort de ce premier amour, ma violence s'est amplifiée. Je m'en prenais à mes camarades à l'école et j'étais invivable dans ma famille d'accueil. Retenues à répétition à cause de mon agressivité, de mon insolence, de mes crises d'hystérie… Mes tuteurs ont tenu, tant bien que mal. Deux ans, pour être précise. Un soir, à mon retour de l'école, j'étais dans une colère noire. Je m'étais battue en classe. Avec la poupée. Elle m'avait insultée et avait fait une remarque sur Max. Je n'avais pas pu me contrôler. J'étais revenue avec les vêtements déchirés et une nouvelle convocation de la directrice. *Tatie* a tenté de me calmer avant de me gronder, une fois encore, pour mon comportement inadmissible.

Révoltée, je lui ai attrapé le bras et j'ai mordu si fort que je lui en ai arraché un bout de peau.

Terminé *Tatie* et *Tonton*. Après cette énième crise, ils ont jeté l'éponge et Héloïse avec.

Nouvel abandon.

J'ai été ballottée, de foyer en foyer, pendant les trois années qui ont suivi. Partout où je passais, je me rebellais. Je refusais toute main tendue. Il n'y avait que mes livres qui comptaient. Ils me transportaient dans des mondes imaginaires. Je n'y étais pas l'orpheline rejetée de tous. J'étais une princesse, j'étais une guerrière, j'étais… une autre. Et c'était tellement mieux que d'être Héloïse.

En dehors des pages que je tournais, bagarres et insultes rythmaient mes journées. J'étais un vrai caïd aux yeux des éducateurs. Aucun d'entre eux ne parvenait à percevoir ma douleur. Ma mère et Max étaient morts, mon père n'avait jamais voulu de moi. Je souffrais de l'absence de tendresse et d'attention. Aimer, ça faisait mal. S'attacher, c'était souffrir parce que tous finissaient par s'en aller.

Voilà ce que j'avais appris après onze ans de vie sur cette terre.

Mais le pire était à venir.

Chapitre 4

M. et Mme Duprès étaient des Thénardier.

De ceux qui élevaient les enfants comme on élève le bétail. À la dure, sans affect. Ils voulaient juste empocher l'argent de l'État pour services rendus. Des mains de fer sans gant de velours.

— C'est tout à fait ce qu'il faut à Héloïse, avait dit ma référente.

Si elle avait su.

C'est un peu moins de deux mois après mon arrivée que ça a commencé.

Un soir, alors que je venais de me coucher, le père Duprès est entré dans ma chambre et s'est assis sur le lit, perpendiculaire à moi.

— Alors, Héloïse, tu te plais chez nous ?

Cet homme me répugnait. Il était gros et gras. Il me faisait penser aux lutteurs japonais, les sumos. Son ventre bedonnant tremblait comme de la *jelly* anglaise à chacun de ses pas. Il dégageait une odeur de transpiration mêlée à un après-rasage premier prix. Il arborait fièrement une coupe à la brosse, façon militaire, qui aurait pu servir à récurer les toilettes. Une barbe brune lui mangeait la moitié du visage. Mais plus que tout, c'est son regard de hyène qui me mettait mal à l'aise.

— Parce que j'ai le choix ? lui ai-je répondu, par pure provocation.

— Effectivement. Tu ne l'as pas.

La lueur que j'ai alors aperçue dans ses yeux m'a paralysée. Me fixant, il a remonté sa main dégoûtante le long du drap, lentement. Il n'avait plus le regard d'un être humain, mais celui d'une bête sauvage. Il a attrapé mon cou et s'est penché à mon oreille.

— Tu vois, belle Héloïse, a-t-il soufflé, ici c'est moi qui décide. Tu n'es rien ni personne et tu m'appartiens.

Puis il a passé sa langue le long de ma joue, y laissant une longue trace humide. Il s'est ensuite caressé l'entrejambe de la main gauche, avant de glisser sa main droite sous le drap. Comme je le redoutais, ses doigts se sont perdus sous ma culotte, avant de plonger dans mon intimité de petite fille.

Quand je repense à ce moment, de la bile me monte à la gorge.

Écœurement.

Rage.

Cette nuit-là, cet homme a volé un peu plus de mon innocence.

Il est revenu chaque soir, suivant son ignoble rituel. D'abord, il me léchait la joue. Introduisait une main sous mon drap, puis dans ma culotte. De l'autre, il touchait son membre durci, et moi je fermais les yeux pour ne rien voir. Je voulais que ça se termine et vite. Incapable de prononcer le moindre mot.

Moi la rebelle, il m'avait muselée.

Mon silence hurlait mes douleurs.

En deux années, les assauts du gros Duprès sont passés de coups de doigts à coups de reins.

Le reste de mon enfance a été assassiné par cet homme à qui l'État confiait régulièrement des enfants.

Je suis rentrée dans le rang. Plus de crises de violence, plus de turbulence, mais le début d'une errance. Deux années que je veux oublier. En dehors de flashs épars, mon esprit a cloisonné tout le reste. J'ai enfermé l'enfant que j'étais dans ce corps devenu immonde, écœurant.

À l'heure où les filles de ma classe commençaient à vouloir ressembler à des femmes, je cachais mon visage derrière mes longs cheveux gras, ne portais que des joggings amples et fuyais tout contact avec les autres. Pire, je ne me souviens d'aucune lecture de cette époque. Caressais-je encore les pages des livres ?

J'avais treize ans. Treize années d'un malheur qui m'a pris la main dès ma naissance.

Héloïse n'était pas un bois robuste. Héloïse était une ombre, un fantôme, née de personne.

Une enfant dont personne ne voulait. Une chose inutile que l'administration traîne comme un boulet de familles en foyers d'accueil.

Chapitre 5

La famille Duprès avait un agrément pour trois enfants. Quand j'ai débarqué chez eux, il n'y en avait qu'un, Paul. Un garçon de quinze ans à qui j'ai à peine adressé la parole en deux ans.

C'était un adolescent sage et travailleur, et moi une gamine écorchée. Lui ramenait les félicitations du conseil de classe, moi les convocations. Puis Eddy nous a rejoints. Un mouflet de huit ans à peine. Fruit d'un père violent et d'une mère alcoolique, il symbolisait le schéma classique du passage de la case pouponnière à la case placement, sans toucher vingt mille euros et, surtout, sans goûter au bonheur et à l'innocence. Un enfant abandonné aux méandres de l'administration.

Un enfant comme moi.

Il est arrivé le jour de mon anniversaire. Dès le premier contact, je l'ai détesté. Une allure sale et une odeur de misère. La tête basse, les épaules voûtées, le regard larmoyant d'un chiot abandonné. Un visage fin, creusé de cernes. Des cheveux bruns, hirsutes. La panoplie complète. Un Oliver Twist plus vrai que nature. Heureusement que je n'étais pas comme lui à son âge, je me serais fait dévorer toute crue.

Il était pitoyable, et je ne le supportais pas. Le hic, c'est qu'à peine installé dans cette maudite maison il s'est accroché à moi. Un marmot qui ne cherchait qu'à jouer et à se faire câliner. Il était plutôt mal barré. Quoi que je fasse, où que j'aille, il traînait dans mes pattes. Pourtant, dès le départ, je l'avais envoyé valdinguer. Je le bousculais, lui tapais l'arrière du crâne, lui donnais même des coups de pied. Sans succès. Il ne me lâchait pas d'une semelle. Peut-être espérait-il que je devienne la figure féminine qui manquait à sa vie ? Une sorte de grande sœur qui aurait partagé ses souffrances. Mais de ce rôle, je ne voulais pas. Hors de question. Est-ce que j'avais eu quelqu'un pour me protéger, moi ? Non !

En même temps, du côté de la mère Duprès, il pouvait oublier tout espoir de connaître la chaleur de bras cajoleurs. Jamais un geste de tendresse envers ces enfants qu'elle avait recueillis. Juste des ordres qui claquaient aussi fort qu'un fouet. Malgré mes rebuffades, Eddy cherchait ma présence, alors, au bout de quelques semaines, j'ai changé mon fusil d'épaule. Et s'il pouvait m'être utile, le gnome ?

Deux ans que je supportais les assauts du pervers sans rien dire. Deux ans que je mourais à petit feu. Il fallait que ça cesse. Avec Eddy, je tenais peut-être le moyen de me venger du père Duprès. Pourquoi se salir les mains quand on peut confier la besogne à quelqu'un d'autre ? Il fallait le dénoncer, mais sans m'exposer.

Ma décision prise, chaque jour, je bourrais le petit cerveau d'Eddy :

« Duprès est un pervers. »

« Duprès va s'en prendre à toi. »

« Regarde comme il te tient la main quand on se promène, c'est pas normal… »

Eddy me tenait pour modèle. Il buvait mes paroles.

— Héloïse, tu crois que tonton Duprès va venir dans ma chambre, comme avec toi ? m'a-t-il demandé un jour.

— Je ne crois pas, Eddy, j'en suis certaine. Il l'a fait avec moi, il le fera avec toi.

Je voulais qu'il déteste mon bourreau, que la haine l'envahisse tout entier, que la présence de ce pachyderme dégoulinant lui soit insupportable. Je rêvais qu'Eddy devienne ma voix. Qu'il rapporte mes paroles à un adulte, en dehors de cette prison. J'espérais, en secret, qu'à sa maîtresse d'école il se confierait. Mais Eddy est allé bien plus loin que je ne l'avais imaginé.

Nous étions en plein milieu de l'hiver.

Comme tous les soirs, Paul, Eddy et moi étions dans nos chambres. Chacun dans notre coin. Il n'y avait qu'au moment des sorties hebdomadaires que nous partagions un semblant de vie commune. Il fallait faire illusion devant les voisins. La matrone nous emmenait au parc, le dimanche. Les garçons tapaient dans le ballon, et moi… je jouais avec eux. Enfin, je crois.

Bref.

C'était l'heure du dîner. La mère Duprès nous a appelés pour venir manger sa soupe insipide faite d'eau, de légumes déshydratés et de quelques vermicelles. Mais Eddy a refusé de descendre. Il m'avait dit qu'il n'avait pas faim. Que son ventre faisait des bruits de dinosaure et qu'il refusait d'être encore plus malade à cause du repas. Je n'ai pas insisté et me suis rendue dans la cuisine. Je me suis assise, sans un mot, à côté de Paul.

Devant l'absence de leur troisième source de revenus, la marâtre nous a interrogés :

— Que fait l'autre morveux ?

— Il a refusé de venir, ai-je répondu en haussant les épaules.

Paul a acquiescé.

Énervé, le gros Duprès a tapé du poing sur la table et est monté dans la chambre en marmonnant : « Abrutis de gamins, font chier, bande de merdeux. »

La mère Duprès, Paul et moi entendions des pas lourds résonner en s'approchant de la chambre qu'occupait Eddy. Nous fixions tous les trois le plafond, en silence. Soudain, un coup de feu a retenti, suivi d'un énorme bruit de chute. S'est ensuivi un long silence. Pesant. Notre incrédulité nous avait figés. Nous ne bougions pas d'un iota. Puis, sortis de notre torpeur, nous avons pris conscience de ce qui venait de se passer. Nous nous sommes précipités dans les escaliers et, avant même d'arriver à la chambre d'Eddy, nous nous sommes arrêtés.

Stupéfaits.

Des morceaux de cervelle et des projections de sang tapissaient les murs. Il y en avait partout.

La mère Duprès s'est mise à hurler, et moi…

Je jubilais.

Tué avec son arme. Quelle ironie ! Qu'il brûle en enfer ! Duprès devait regretter le jour où il avait fièrement exhibé son revolver. Eddy et moi étions rentrés en courant dans la maison, pressés de nous mettre à l'abri à cause de la pluie. Le phacochère était dans son canapé, une bière à la main et l'autre dans le caleçon, se tripotant la queue. Vexé d'avoir été surpris et coupé dans son élan, il était allé chercher son arme rutilante pour nous menacer.

— Je vais vous crever, sales mioches, avait-il hurlé en secouant le calibre sous notre nez.

Je me revois le soir de sa mort, il pissait le sang, ce porc. Sur le mur, une éclaboussure ravageait son portrait. Celui dont il était si fier. Sa photo préférée, celle de sa sortie de l'école militaire.

Eddy était allé au-delà de mes espérances.

L'enfant avait terrassé le monstre.

Chapitre 6

Je suis marquée. Deux ombres noires ont pris place sous mes yeux. Mon mascara a coulé, balayé par la manche de mon pull. Je ressemble à un clown sinistre. Les cheveux en bataille. L'éclat de mon regard emporté par ce retour en arrière. Plonger dans le passé, ce passé n'est pas sans conséquences. Revivre le pire et se demander s'il y a un meilleur. En cette soirée où j'ai imaginé cautériser mes plaies, je me demande encore et encore qui je suis. Trouverai-je un jour la réponse ?

Je pense à mon père. « Papa », quatre lettres que je n'ai jamais prononcées. Un mot dont je ne connais ni la chaleur ni la tendresse. Je n'ai pas connu la puissance de deux bras paternels qui me soulèvent du sol pour faire l'avion, ni la douceur d'un délicat baiser déposé sur le front, à la nuit tombée.

Nouveau verre, nouvelle chanson.

Dark Side et la voix envoûtante de Bishop Briggs.

Welcome to my darkness, I been here a while
Clouding up the sunlight, hurting for a smile
Or something, but something always turns into nothing[1]*...*

J'aurais presque pu écrire les paroles de ce morceau, si j'avais eu un quelconque talent pour l'écriture. Lire, ça je sais faire. Mais écrire… J'en doute.

1. Bienvenue dans mes ténèbres, j'y suis depuis un certain temps.
Assombrissant la lumière du soleil, blessant pour un sourire
Ou quelque chose, mais quelque chose se transforme toujours en rien.
Dark Side, Bishop Briggs (Toutes les notes sont de l'auteur.)

Bienvenue dans mes ténèbres, j'y suis depuis un certain temps…

Oui, depuis trente ans.

Je laisse mon corps onduler au rythme de la musique. Dans mon verre, le rhum tournoie et libère ses effluves entêtants. Lâcher prise, libérer le chagrin. Les larmes coulent de nouveau et suivent les sillons de mes rides naissantes. Putain, reprends-toi, Héloïse. Il y a eu de belles périodes dans ta vie aussi… Souviens-toi.

Chapitre 7

Eddy n'a jamais expliqué son geste, il s'est cloîtré dans le silence, choqué. Devant son état, la machine judiciaire l'a emmuré. Il a été placé dans l'unité pédiatrique de l'hôpital psychiatrique de la ville voisine. Aucun risque d'être ennuyée par cette histoire. Personne ne se doutait que j'étais à la base de ce meurtre. En même temps, grâce à Eddy, le monde portait un pervers en moins. Après qu'Eddy a envoyé le père Duprès en enfer, j'ai voyagé de nouveau de familles en foyers.

Me voilà à l'aube de mes dix-huit ans. J'avais décidé de me concentrer sur mes études. Je me battais contre moi-même et mes pulsions, le temps d'accéder à la liberté. Je n'aimais pas les gens, je n'aimais pas être ballottée et j'aimais encore moins être dépendante. Lutter pour ma liberté, voilà ce que je faisais. Reprendre des habitudes saines. Me lever à heures fixes. Être assidue en cours. Pas de sortie, et encore moins de petit ami. Ce changement radical de comportement m'a permis de me stabiliser.

Je vivais depuis bientôt quatre ans chez Cécile et Mathieu. C'était un couple charmant.

Mathieu travaillait pour une boîte informatique américaine et Cécile s'occupait de nous. *Nous*, à savoir, leurs deux filles Aline et Maud, et moi. Les filles étaient un peu plus âgées que moi et elles m'avaient tout de suite acceptée comme leur sœur. Cette famille rassemblait les seules personnes avec qui j'avais noué un vrai contact humain, en dehors de Maxence. Il me semblait ressentir de l'affection pour elles.

Je dis bien *il me semblait*, parce que je n'étais pas certaine de ce qu'était l'affection. Je n'avais aucune envie de leur causer du tort. J'aimais la sérénité qu'ils m'apportaient. Mais l'équilibre restait fragile. Je sentais régulièrement l'Ombre qui me guettait.

Cette Ombre qui était apparue sur mes dessins d'enfant et qui ne m'a jamais quittée.

Cette Ombre qui m'étreignait à la nuit tombée.

Cette Ombre que je dessinais encore et encore dans mes rêves, quand j'imaginais ma famille.

J'avais peur de me laisser déborder par mes pulsions. Que mon volcan intérieur n'entre en éruption. Quand la pression était trop forte, j'allais courir, ça me permettait de me libérer. Je criais et pleurais, seule, sur la plage.

Le mal avait besoin de sortir…

Mathieu passait du temps avec nous chaque fois qu'il le pouvait. Il organisait des séances de jeux de société, nous aidait à cuisiner. Si au départ j'étais très méfiante à son égard, il a su, avec le temps, m'apprivoiser et me montrer que tous les hommes n'étaient pas des monstres violeurs d'enfants. Il était attentionné, aimant. Il posait parfois sa main sur mon épaule, comme avec ses propres filles et, même si je me crispais, je me forçais à le laisser faire. Pour autant, je ne considérais pas cet homme comme un père, ni cette famille comme la mienne. Je n'étais que de passage chez eux, juste un autre enfant qu'ils avaient recueilli et qu'ils allaient aider jusqu'à sa majorité, comme tant d'autres avant moi.

Je n'étais pas dupe.

Je savais que ma place n'était pas auprès d'eux.

Au cours de ces quatre années, je me suis également reprise dans mes études. Mes notes s'amélioraient de jour en jour. Même si je savais parfaitement lire dès l'âge de cinq ans, la mort de Max m'avait fait basculer dans l'échec scolaire. Mais mes lectures ne suffisaient pas à mon instruction et mes lacunes étaient sévères.

Mon année de troisième a été déterminante. J'ai eu un professeur principal extraordinaire, Mme Geneviève Van Landuyt. Une dame passionnée par les livres autant que je l'étais. Autant que je le suis toujours. Cet amour de la lecture a immédiatement créé un lien particulier entre nous. Elle a su trouver les mots pour me remotiver et me redonner goût à l'école. Elle organisait souvent des lectures communes à deux, me parlait des pionnières du féminisme : Olympe de Gouges, Maria Deraismes, mais aussi Simone de Beauvoir. Je lui dois beaucoup.

J'allais fêter mes dix-huit ans et Mme Geneviève ne faisait hélas plus partie de ma vie. Elle s'en était allée vivre loin de moi, elle aussi. Mais grâce au soutien de Cécile, Aline, Maud et Mathieu, j'ai obtenu mon baccalauréat. Grâce à eux, j'ai goûté à la douceur de la tendresse. Une caresse sur la joue, un baiser sur le front, un soir de forte fièvre. Un câlin devant un film et une montagne de pop-corn pour me remonter le moral, après une mauvaise note. L'odeur des fleurs sauvages lors de mes premières vacances et le souffle du vent dans mes cheveux quand nous dévalions les flancs des dunes en bord de mer.

Un soir, nous étions sur la terrasse de la maison familiale, installés à la grande table en teck. Une légère brise a fait vibrer les thuyas qui formaient un abri, isolé du reste du jardin, et des voisins. Au loin, le chant des criquets était mélodieux et nous voilà aux premières loges d'un concert privé dont Dame nature était le chef d'orchestre.

Il faisait doux et la lune nous éclairait comme en plein jour.

— Maud, tu me passes le sel s'te plaît ?

Aline a tendu le bras pour récupérer la salière que lui présentait sa sœur et je les ai regardées, perdue dans mes pensées.

J'ai été soudain aveuglée par un flash sur ma droite.

Je me suis tournée et ai vu Cécile, un appareil photo à la main.

— Pourquoi as-tu fait ça ? Tu sais bien que je déteste être prise en photo.

J'ai pris un air renfrogné, croisant les bras sur ma poitrine. Fermée, comme une huître.

Je me suis sentie agressée. Et pourtant.

— Tu souriais, Héloïse. Et ce sourire te va tellement bien.

Chapitre 8

C'est ce fameux été que j'ai cru le reconnaître.

Mon père.

C'étaient mes dernières semaines auprès de ce substitut de famille. Celle qui m'a permis de me reconstruire. Un peu. Pour fêter mes dix-huit ans et mon nouvel horizon, Mathieu nous a toutes emmenées en week-end à Paris. Je n'avais jamais mis un pied dans la Capitale. C'était un autre monde pour moi. À notre sortie de la gare du Nord, j'ai trouvé la ville moche et sale. Mendiants, clochards, zonards… Le tiercé gagnant. Une cour des Miracles version XXe siècle, sans Esmeralda, mais pleine de Quasimodo sans âme.

C'était donc ça la Ville lumière dont j'avais tant entendu parler ? Beurk ! Nous avons quitté ce quartier pour nous rendre au jardin du Luxembourg. Pendant quelques heures, j'ai retrouvé une innocence d'enfant. Je m'émerveillais devant les statues : *Archimadas se préparant à lancer son disque*, *George Sand*, *Le lion de Nubie et sa proie*… Je m'imaginais à la place de certains badauds, assise sur une des vieilles chaises vertes en métal entourant le bassin face au Sénat, ou ailleurs dans le jardin. Je m'y voyais venir déjeuner tout en dévorant le dernier roman né de la plume poétique de Yasmina Khadra, sous un beau ciel d'été. Un vent chaud aurait caressé mon visage, m'obligeant à remettre des mèches rebelles derrière mon oreille. Je me suis surprise à rêver de normalité. Aurai-je droit un jour à une vie sans souffrance ?

Construire une famille.

Exercer un métier.

Avoir des amis.

Tout cela me paraissait tellement utopique. Mais, pendant ces quelques heures, j'ai espéré.

Nous nous sommes ensuite dirigés vers le Panthéon. Je crois que, jamais, je ne suis restée interdite aussi longtemps devant un bâtiment. Son architecture, sa taille, son charisme et les personnalités qui y reposent. De cet ensemble se dégageait une telle force que j'ai été subjuguée.

Mes yeux brillaient de mille feux. Le loup de Tex Avery version jeune fille qui découvrait la vie.

À ma gauche, la bibliothèque Sainte-Geneviève, et un homme qui me fixait. Quand mon regard a croisé le sien, le temps s'est arrêté. Il était là, ne me quittait pas des yeux. Malgré la distance qui nous séparait, je savais que c'était moi qu'il regardait. Je l'ai senti. L'impression étrange qu'une chose s'était immiscée en moi et m'appelait. Je ne pouvais m'en détourner. Je n'éprouvais aucune peur. Je ne saurais dire combien de temps nous sommes restés ainsi, sans que l'un ou l'autre ne baisse le regard. Puis il s'est dirigé vers moi, et plus il se rapprochait, plus mon cœur s'emballait.

Arrivé à ma hauteur, il m'a abordée :

— Juliette ?

— Pardon ? Non, je m'appelle Héloïse.

Gêné, il s'est confondu en excuses :

— Pardonnez-moi, je vous ai prise pour ma nièce, vous êtes son portrait craché ! Je suis désolé de vous avoir dérangée. Bonne journée.

Alors qu'il s'éloignait, mille questions se bousculaient dans ma tête. Qui était cet homme ? Pourquoi m'avait-il prise pour sa nièce ? Et si c'était lui ? Si c'était mon père ? Si je ressemblais à ce point à sa nièce, c'est que nous devions avoir un lien de parenté. Je devais en avoir le cœur net.

Je me suis retournée. J'ai vu Cécile, Mathieu et les filles papoter en regardant un plan de la ville. Ils avaient tant fait pour moi. La curiosité était plus forte que la raison. Je devais le rattraper.

Un dernier coup d'œil vers mon *ersatz* de famille, et je suis partie en courant, dans la même direction que cet homme.

J'ai couru… Des heures. Je l'avais perdu à la première intersection. Comment deviner par où il était allé ? Mon cœur battait si fort qu'il semblait vouloir s'extraire de ma poitrine.

Mes jambes brûlaient, ma tête tournait, mais je galopais. L'espoir chevillé au corps je ne voulais plus qu'une chose : le retrouver. J'étais perdue dans un labyrinthe de rues imaginé par Dédale, impasses, lignes droites et carrefours se succédaient sans que je puisse me repérer. Plus je courais, plus le gouffre s'ouvrait sous mes pieds. J'étais sur le point de sombrer dans un nouvel abîme.

Les larmes ont jailli, se sont déversées par vagues, me brouillant la vue. La ville défilait à toute allure. Je ne pouvais plus m'arrêter. Je ne le voulais pas.

À bout de souffle, je me suis effondrée.

Rideau.

Quand j'ai à nouveau ouvert les yeux, j'étais à l'hôpital. Cécile était à côté de moi et me tenait la main. J'avais la carte de visite de Mathieu dans la poche arrière de mon jean. La police les avait appelés.

— Je suis désolée.

Je n'osais pas la regarder.

— Tu vas bien, c'est tout ce qui compte, Héloïse. Mais pourquoi diable es-tu partie comme ça ?

— Un homme. Je suis persuadée que c'était mon père.

Ma voix était aussi chevrotante que celle d'une vieille bique tant les sanglots étaient coincés dans ma gorge.

— Qui ?

Cécile me regardait et, dans ses yeux, j'ai vu qu'elle avait peur de comprendre ce que je cherchais à lui dire.

— Mon père…

Je suis restée hospitalisée dix jours. Pas parce que ma course dans les rues de Paris m'avait épuisée, mais parce qu'après avoir prononcé ces deux mots, mon père, je me suis murée dans le silence. J'ai cessé de m'alimenter et n'ai fait que pleurer. « Choc psychologique » ont dit les médecins.

Tu parles.

Le choc psychologique, c'est de tuer sa mère, faire fuir son père, se faire violer par un pervers. N'être ni d'ici ni d'ailleurs. N'être rien. C'est ça, un choc psychologique, docteur, et vous ne m'apprendrez pas ce qu'est la douleur. Après cette hospitalisation, je suis retournée chez Cécile et Mathieu. Je ne pleurais plus, la source était tarie. Mais dans mon cœur demeurait la souffrance.

Oppressante.

Lourde.

Elle faisait corps avec mon Ombre, me berçant dans ses bras sombres. Déchirant mes entrailles dans un cri muet.

Chapitre 9

La chute a été sévère. Malgré leur tendresse et leur affection, Cécile et Mathieu étaient désemparés. Impossible de me sortir du silence. Je n'avais plus aucun goût à la vie. Le lever de soleil était une torture quotidienne. Je subissais les journées, contemplant le temps défiler. Seuls mes besoins naturels me forçaient à sortir de ma chambre. Ah si j'avais pu m'en passer de ceux-là, je n'aurais jamais quitté ma grotte, croyez-moi !

Après quinze jours, démunie et impuissante, ma terre d'accueil a cessé la lutte. J'ai quitté un foyer aimant pour des murs d'un blanc stérile. Dépression sévère qui m'a valu deux mois d'hospitalisation en unité psychiatrique pour endiguer ma plongée. Je ne garde pas de souvenirs de la première semaine auprès des médecins. Trop de petites pilules qui, si elles ne me rendaient pas heureuse, m'aidaient, au moins, à atténuer ma souffrance. À mettre mon cerveau en *stand-by.*

Nous étions lundi et j'entamais ma deuxième semaine de thérapie. « Thérapie ». Un mot qui a toujours eu une connotation négative à mes yeux. Et pourtant… J'avais besoin de me soigner.

Soigner mes douleurs.

Soigner mon âme déchirée.

Soigner mon cœur.

Depuis la veille au soir, mon traitement avait été allégé et j'avais le droit de me déplacer. Je me suis levée pour faire le tour de mon nouvel espace. Quatre murs dont un percé d'une petite fenêtre, condamnée, bien sûr. Il n'aurait plus manqué que je tente me suicider en sautant du… rez-de-chaussée.

Idiots.

À moins qu'ils ne veuillent m'empêcher de fuir. Où aurais-je bien pu aller ? J'étais comme un bateau sans amarre ni port d'attache. Nul endroit où rester à quai. Aucun ami. J'ai fui tous ceux qui m'avaient tendu la main. *Tatie* et *Tonton*, et maintenant Cécile et Mathieu, en refusant leur aide. Enfermée dans ma douleur mêlée à ce sentiment d'abandon permanent. Aucune famille. J'ai tué ma mère et Maxence, victime de notre amour innocent. Sans compter mon père que je suis persuadée d'avoir croisé à Paris.

Mercredi.

Encore un réveil difficile entre les murs immaculés de ma prison. Pas de carte « chance » pour sortir. Il n'y avait qu'elles pour accompagner cette nouvelle journée, mes larmes. Celles que j'avais retenues pendant des jours entiers, incapable de la moindre expression. Voilà qu'elles faisaient leur grand retour.

Le proverbe dit « pleurer comme une Madeleine », on devrait plutôt dire « pleurer comme une Héloïse ».

Mais putain, il était où le bouton *off* sur ces fichus yeux ? La digue s'est rompue, les vannes étaient grandes ouvertes, gare à l'inondation. Mon cœur se déchirait, la douleur était intolérable. J'ai hurlé. 11/10 sur l'échelle de ma dépression. Je perdais le contrôle. Je suis sortie de mon lit comme une furie et me suis précipitée dans le couloir. Je voulais fuir.

Partir.

Mourir.

J'ai tout bousculé sur mon passage. Patients, chariots de médicaments, soignants.

Une piqûre à l'arrière de mon cou m'a figée. Je me suis effondrée, sonnée. Mes paupières se sont fermées et j'ai quitté la Terre.

Lorsque mes yeux se sont ouverts de nouveau, j'étais immobilisée. Sur le lit de ma chambre, entre mes quatre murs blancs. La lumière m'aveuglait. J'aurais voulu qu'on me laisse retourner dans le noir ! Cette obscurité dans laquelle je me complaisais. Je me tortillais, sans succès. Alors que je m'apprêtais à m'époumoner en espérant qu'un soignant vienne me détacher, elle est apparue sur le pas de ma porte.

— Bonjour, Héloïse.

J'ai cligné des yeux et ai cherché à faire le *focus* sur la silhouette, tout de blanc vêtue.

Peu à peu, je me suis habituée à la clarté et ses traits se sont précisés. Elle n'était pas très grande, un mètre soixante-cinq, tout au plus. Des cheveux de jais, longs, attachés en un chignon savant avec quelques mèches qui s'échappaient. Elle semblait avoir une trentaine d'années. Je suis restée muette et l'ai fixée. Après une poignée de secondes, elle s'est avancée de deux pas et a répété :

— Bonjour, Héloïse.

Sa voix était douce comme une cuillère de miel qui venait apaiser une gorge irritée. J'ai hésité.

Je voulais juste qu'on me laisse en paix.

Mais avais-je vraiment le choix ? Je ne voulais plus être enchaînée à ce maudit lit et elle était peut-être mon seul espoir d'être libérée de mes entraves.

Je lui ai répondu :

— Bonjour.

— Vous avez fait une crise. Nous n'avons pas eu d'autre choix que de vous sangler.

— Je suis plus calme, maintenant. Vous pourriez me détacher, s'il vous plaît ?

Elle s'est approchée de moi et a défait, en douceur, les liens de contention. Puis elle a levé la tête. Ses yeux verts étaient légèrement voilés, comme s'ils dissimulaient de la tristesse. Elle m'a souri et par mimétisme, sans doute, j'ai senti le coin de mes lèvres se relever légèrement. Elle s'est dirigée, sans bruit, vers les pieds de mon lit. J'ai eu l'impression qu'elle flottait plus qu'elle ne marchait. Elle a attrapé ma fiche.

— Je vais vous redonner un petit quelque chose pour vous calmer et un aide-soignant va vous apporter votre dîner.

Alors qu'elle s'était retournée prête à sortir, je l'ai interpellée.

— Excusez-moi ?

— Oui ?

— Merci…

Je ne l'ai pas revue ce soir-là. Mais elle est venue le lendemain et le surlendemain. J'ai appris son prénom par une autre infirmière. Abigaël.

Ma semaine s'est écoulée entre deux eaux. Ni au fond de mes abysses, ni la tête hors de l'eau. Je surnageais dans l'océan de ma dépression. Les lundis se suivaient et se ressemblaient. C'était le troisième depuis mon hospitalisation.

Réveil aux aurores.

Petit déjeuner.

Visite d'un infirmier.

Pilulier.

Abigaël est passée me voir dans la foulée. Elle était guillerette et respirait la joie de vivre. Tout mon contraire. J'ai aperçu une robe fleurie sous sa blouse. Elle avait de jolies ballerines rouges aux pieds. Elle s'est élancée vers ma fenêtre et a ouvert les rideaux. Je l'ai laissée faire, sans râler. Se pouvait-il que sa bonne humeur ait un effet salvateur ? Une belle lumière a inondé ma chambre.

— Que diriez-vous d'une promenade ?

J'ai hésité, un instant.

Depuis quand n'avais-je pas vu le soleil ? Peut-être qu'un peu d'air frais me ferait du bien.

J'ai hoché la tête timidement. J'ai quitté mon lit dans des gestes lents. Abigaël m'a tendu une robe de chambre rose que j'ai enfilée sans entrain. Il ne me manquait plus que les charentaises et j'aurais ressemblé à la parfaite caricature de la dépressive en phase irrécupérable.

Pathétique !

Elle a poussé vers moi le fauteuil roulant qui attendait avec impatience dans un coin de ma chambre. D'un geste de la main, j'ai refusé. Je n'étais pas éclopée, il ne fallait pas exagérer. Je l'ai suivie et nous sommes sorties dans le parc qui entourait l'unité psychiatrique. Dans ce lieu où nous étions tous enfermés, ce cirque de verdure était une bouffée d'oxygène. Même si l'automne se rapprochait, les journées étaient encore chaudes. Nous avons fait un premier tour, à mon rythme, sans un mot. Aucune de nous n'a osé rompre le silence. Je m'enivrais de la nature dont j'avais presque oublié la douce caresse. Les roses du parc exhalaient une odeur discrète. Une agréable brise faisait bruisser les feuilles des arbres, accompagnant les pépiements d'oiseaux, dans une ode à Gaïa. Abigaël a proposé de nous asseoir sur un banc, au milieu du parc.

— Comment te sens-tu, Héloïse ?

Le tutoiement s'était imposé de façon naturelle. Le regard fixe, tendu vers un horizon que j'étais la seule à voir, je suis restée muette. Mes pensées divaguaient.

Les injustices.

Les frustrations.

L'abandon.

Mais qu'est-ce que je foutais là, bordel ? Ils m'avaient tous abandonnée ! Elles grondaient dans ma tête. Je les sentais monter en moi. Dame Colère et sa cousine, la Rage. Et l'autre là, dans sa blouse blanche, Sœur sourire, elle voulait quoi ? Me sauver à défaut de sauver le monde ? La vague approchait. Elle était sur le point de déferler.

Puissante.

Dévorante.

Coup à l'estomac.

Je me suis pliée en deux et ai appuyé les bras sur mon ventre. J'avais si mal. J'ai prié Dieu, pour que ça s'arrête ! Elle devait sortir cette putain de souffrance. J'ai hurlé. Face à ma détresse, Abigaël m'a prise dans ses bras et m'a étreinte. Elle m'a parlé, mais je ne l'entendais pas. J'ai gueulé de plus belle, rageuse.

— Mais putain, lâche-moi !

Elle m'a serrée plus fort encore. Je me débattais. Alertés par mes cris, deux autres infirmiers se sont approchés. Les voilà à trois pour contenir la furie qui venait de prendre possession de mon corps.

Piqûre.

Fondu au noir.

Il faisait sombre, la nuit était déjà tombée. Je me suis réveillée, groggy. La lune était pleine et ma chambre baignait dans une lueur opalescente. Je la voyais, elle était là, assise sur une chaise, Abigaël. Elle me regardait.

— Qu'est-ce que tu veux encore ?

Je ne parlais pas. Je crachais mon venin.

Ma colère.

Ma douleur.

— Te parler, Héloïse.

— De quoi ? De ma crise ? Me faire la morale ?

Je lui ai tourné le dos.

— Je ne veux pas discuter de toi ou des raisons de ta présence ici. Je veux te raconter mon histoire.

J'ai bougonné.

Qu'est-ce que j'en avais à foutre de son histoire, moi ? J'avais bien assez à faire avec la mienne.

— Tu n'es pas la seule à être orpheline, tu sais.

Sans blague.

J'ai côtoyé assez de gamins paumés et de familles d'accueil pour savoir que je ne suis pas un cas isolé.

— Moi aussi.

Soudain, elle avait toute mon attention. Réel intérêt ou curiosité ? En tout cas, je baissais la garde. Je me suis retournée vers elle.

— Raconte-moi.

Et Abigaël m'a narré son histoire.

Elle est née au cœur d'un foyer aimant. Des parents qui s'adoraient et n'envisageaient pas leur vie l'un sans l'autre.

— Le vrai amour. Celui qui déplace des montagnes. Celui qui peut tout contre tous les obstacles de la vie. Sauf contre la mort. Quand je me souviens d'eux, je les revois, un dimanche, main dans la main sur la jetée. Ma mère avait de longs cheveux bruns que le vent faisait danser. Mon père la regardait avec une promesse d'éternité. J'étais descendue sur le sable pour chasser les mouettes. Je les ai regardés et j'ai gravé cette image dans mes yeux de petite fille.

Le temps de son récit, son regard pétillait d'une lueur que je ne lui connaissais pas. Un doux sourire a éclairé son visage.

— Que s'est-il passé ?

— Le lendemain, ma mère avait rendez-vous chez le médecin. Quand elle est revenue, elle faisait une drôle de tête. Je n'ai pas posé de question. Le soir, alors que j'étais couchée, je les ai entendus pleurer, elle et mon père. Maman est morte six mois plus tard. Le crabe. Il avait choisi de se loger dans son sein, mais pas seulement. Quand les médecins l'ont découvert, il était déjà trop tard. Les traitements l'ont fait souffrir, mais n'ont eu aucun effet.

Une larme a roulé sur sa joue et s'est échouée à la commissure de ses lèvres.

— Mon père n'a pas survécu à la disparition de ma mère. Quelques semaines plus tard, quand je suis rentrée de l'école, je l'ai retrouvé pendu. Dans leur chambre.

Je la dévisageais, soufflée par sa révélation. Aucune autre larme ne coule. La précédente avait déjà séché, laissant un sillon gris sur le visage chiffonné de ma soignante. Abigaël regardait au loin.

— Tu vois, Héloïse, je suis comme toi.

Elle m'a pris la main et je l'ai laissée faire. Dans un instant de communion, nous sommes restées à nous fixer. En silence. Deux enfants abandonnées. L'une heureuse, parce qu'elle avait su faire des épreuves une force, et l'autre, rongée par la souffrance.

Après cette confession, Abigaël est venue me voir chaque jour. Dès que nous le pouvions, nous allions dans le parc. Elle évoquait ses parents, leur amour inconditionnel. Mais elle ne parlait jamais de sa vie après le suicide de son père. Elle semblait avoir enfermé ses souvenirs dans le coffre de sa mémoire. Peut-être était-ce là son secret ? Séquestrer ses maux et les oublier, à jamais. Au fil des jours, mon état s'améliorait. Nos discussions me faisaient du bien, plus que les psychiatres, d'ailleurs. Après six semaines, je me suis remise à lire. J'avais repris du poids, et si l'Ombre n'était jamais loin, je prenais goût à la lumière.

Deux mois étaient passés et l'été avait laissé place à l'automne. Ses couleurs chatoyantes, ses dégradés de jaunes, d'orangés et de rouges, dont je m'émerveillais à chacune de nos promenades. Les couchers de soleil embrasaient l'horizon et je savourais chaque spectacle. Un différent lors de chaque représentation. Une prouesse dont seuls les astres ont le secret. La nature se transformait, et moi avec elle. Sur les montagnes russes de mes émotions, les phases ascendantes prenaient le dessus et mes crises avaient fini par disparaître.

J'avais repris goût à la vie, j'en redécouvrais la saveur. Et même si tout n'était pas parfait, je m'étais retrouvée.

Le matin de ma sortie était enfin arrivé. Abigaël est venue me voir dans ma chambre.

— Ça y est, Héloïse, tu vas bientôt partir.

— Oui, c'est le grand jour.

— Que vas-tu faire maintenant ?

— L'école de journalisme a accepté de me prendre même si l'année est déjà bien entamée. J'ai aussi un studio, réservé dans une résidence universitaire. Ça peut servir d'être orpheline, lui ai-je dit avec un clin d'œil.

Elle a souri et a enchaîné :

— Avant que tu ne partes, je veux te raconter la fin de mon histoire.

Mon infirmière particulière était-elle prête à se mettre à nu et à me livrer ses secrets à présent que nous allions nous quitter ?

— Je n'ai pas vécu en foyer ou en famille d'accueil comme toi. J'ai été recueillie par mes grands-parents paternels. Les pauvres, je leur en ai fait baver. J'ai eu, moi aussi, le sentiment d'être abandonnée par mon père. Je pensais qu'il ne m'aimait pas assez, que je n'étais rien à ses yeux. Il a préféré rejoindre ma mère dans la mort, sans même s'inquiéter de mon sort. J'en ai beaucoup souffert. J'étais une gamine perturbée, je me suis scarifiée. J'ai cherché l'autodestruction et j'ai failli y arriver. Mais elle m'a sauvée.

Elle s'arrête, et je lui demande.

— Qui ?

— La vie…

Je me souviens encore de l'éclat dans son regard et de la douceur de sa caresse dans mes cheveux au moment de nous dire adieu. Je ne l'ai plus jamais revue. Je ne sais pas ce qu'elle est devenue. Mais de sa main tendue je garde un souvenir ému.

Chapitre 10

Recovery, la voix troublante de LP, vient de prendre le relais sur ma playlist. Mon verre de rhum est vide. Évaporé sur l'autel de ma dignité. Mes larmes ne coulent plus et j'ai cessé de danser. Je me suis affalée dans mon canapé et le souvenir d'Abigaël occupe mes pensées. Accepter la lueur que venait de me tendre la destinée.

Guérir.

Can't you see I'm in recovery ?
[...]
I'm holding on, I know I'm almost there[1]

Le clown sinistre a cédé sa place au clown triste. Les commissures de mes lèvres se soulèvent, esquissant un sourire. À peine perceptible. Étrange visage dévasté, aux yeux rougis et au maquillage ravagé. Je me recroqueville un peu plus et savoure cet instant de paix. Presque apaisée.

Les battements de mon cœur ont retrouvé un rythme normal et je me laisse bercer dans ce transat de sérénité. Abigaël m'avait sauvée de la dépression et, avec notre rencontre, j'aurais pu goûter à la douce saveur de la quiétude. Mais pas de happy end pour Héloïse. Les périodes de répit ne durent qu'un temps.

Un temps court.

1. Ne vois-tu pas que je suis en voie de guérison ?
Je tiens le coup, je sais que j'y suis presque
Recovery, LP

Intense.

Suspendu.

Des bouffées de bonheur dans la rivière de mes malheurs.

C'est au moment où je reprenais pied que je me suis de nouveau noyée.

Chapitre 11

À ma sortie de l'hôpital, j'ai intégré l'école de journalisme. Le second trimestre était à peine entamé, et j'ai rattrapé mon retard sans trop de difficultés. Je me suis imposé un rythme drastique. Aucune sortie. Des soirées entières à réviser. Les cafetières, les théières s'enchaînaient, mais aussi les bières. J'avais découvert cette boisson chez Cécile et Mathieu. En amateurs, ils nous avaient initiées, leurs filles et moi, à la dégustation de cette boisson venue du plat pays. Et j'avoue y avoir pris goût. Une palette d'arômes allant du doux à l'amer, des notes acidulées, fleuries, parfois. Mathieu répétait toujours que s'il n'avait pas découvert les nuances de ce breuvage sur le tard il serait devenu zythologue. Et autant vous dire que la première fois qu'il a prononcé ce mot devant nous, un fou rire a succédé à nos yeux étonnés. J'aimais l'imaginer en train d'élaborer des crus uniques, créés rien que pour nous.

Mais en cette année qui commençait, c'est en solo que je savourais mes mousses. Sauvage, je ne me mêlais pas aux autres et n'ai noué aucune amitié. Il faut dire que mes expériences passées n'avaient pas fait de moi un animal social. J'avais conscience que cette première année était capitale pour mon avenir. Je m'accrochais à mes rêves de grand reporter, et rien n'aurait pu m'en faire dévier. C'est dans ce contexte que je l'ai rencontré. Florian, un de mes professeurs. Un homme charmant, gentil, souriant, plein d'humour et généreux avec ses étudiants. Il était en charge du cours sur le droit à l'image. Un enseignement que je redoutais. Pas particulièrement passionnant, beaucoup de réglementation, mais un passage obligé pour valider mon année.

Lors du premier amphi auquel j'avais assisté, il a placé deux trois pointes d'humour parfois un peu trop forcées, mais je dois bien avouer que je n'ai pas vu le temps passer. Un sourire *ultra bright* et un regard doux. Son visage poupon malgré ses quarante ans lui donnait des allures de dieu grec. Un de ces hommes qui ne vieillissent jamais et plaisent aux femmes, quel que soit leur âge.

Au fil des jours, je me suis rendu compte qu'il était différent des autres enseignants.

Accessible, il consacrait beaucoup de temps à ses étudiants. Ses *étudiantes* surtout. Il se savait beau et dégageait un charisme à faire pâlir de jalousie bien des personnalités publiques. Toutes les filles de la fac étaient folles de lui. Toutes, sauf moi. La seule hermétique à son charme. Pourtant, il a essayé à maintes reprises de m'attirer dans ses filets. Mais je lui ai glissé entre les doigts. Régulièrement, il me proposait son aide dans différentes matières, m'adressait des clins d'œil pendant les cours, me complimentait sur mes tenues pourtant banales. Malgré mes refus, il insistait. Je ne croyais pas une seconde à son numéro, et après plusieurs mois, je ne le supportais plus.

Mai était bien entamé et les examens approchaient. Nous étions vendredi et ce jour a sonné la fin de mon dernier cours avec Florian. Alors que je sortais de l'amphithéâtre, je l'ai entendu m'appeler.

— Je peux vous voir, Héloïse ?

Je me suis retournée, surprise.

— Oui, mais pour quel motif ?

— Juste discuter, m'a-t-il répondu.

Ben voyons… Des mois qu'il me contait fleurette et il allait me faire croire que c'était uniquement pour discuter ? Outre sa réputation, son comportement avec moi ne laissait présager rien de bon. Le traumatisme de ce que m'avait fait subir le gros Duprès était encore bien présent et j'avais développé une allergie à la gent masculine. Je m'étais toujours tenue éloignée des garçons et n'avais pas connu l'émoi des amours adolescentes. La simple idée d'un contact physique avec le sexe opposé me répugnait. J'aurais dû décliner. Écouter mon Jiminy Cricket intérieur qui me hurlait de refuser. Mais je voyais, dans ce rendez-vous improvisé, la possibilité de recadrer mon professeur et de lui faire comprendre, pour la dernière fois, que je n'étais pas une de ces étudiantes à la cuisse légère. Alors j'ai accepté. J'ai pris la direction de l'aile des professeurs, mais Florian m'a retenue par le bras.

— Je pensais que nous pourrions aller en ville.

D'une main, je l'ai forcé doucement à lâcher prise.

— Pourquoi cela ?

— Quatre de vos camarades occupent mon bureau. Je le leur ai prêté pour qu'ils puissent réviser en paix.

Je voyais clair dans son jeu. Ce n'était qu'un prétexte fallacieux. Mais qu'avais-je à craindre d'une rencontre dans un lieu public ? J'ai accepté, bien que consciente de commettre une erreur, et ai emboîté le pas du bellâtre jusqu'au centre-ville. Quand nous sommes arrivés au Chapi Chapo, je me suis émerveillée.

C'était un établissement plutôt atypique dont la décoration était une invitation au voyage dans le temps. La façade était illuminée en rose et bleu, et de longues guirlandes clignotaient aux fenêtres. À l'intérieur, des fauteuils de cinéma et des canapés anciens côtoyaient des lustres en velours rouge, le tout chiné dans des brocantes. Aux murs, des affiches de films en noir et blanc et des encarts publicitaires d'un autre temps. Il y régnait une ambiance feutrée, intime, accentuée par la chaleur d'une agréable lumière tamisée. Florian m'a pris la main et m'a entraînée sur une banquette, isolée, au fond de la salle. Au contact de sa peau, mon corps s'est rebellé. Mes poils se sont dressés et un frisson glacé m'a parcouru l'échine.

Alors que le serveur nous tendait une carte, mon *cavalier* s'est rapproché de moi. L'odeur qu'il dégageait m'a agressée.

Ce n'était pas celle d'un parfum chic ou d'une eau de toilette haut de gamme, mais celle d'un mâle en rut. Le fumet qui entoure les hommes qui se sentent tout-puissants. Au-dessus de tout, et surtout des femmes. La même odeur que ce pachyderme de Duprès, qui a fini la cervelle éclatée par son propre revolver. La mémoire olfactive ne trompe pas, elle a réveillé des souvenirs que je croyais avoir enterrés, à jamais.

Mon cœur s'est emballé et j'ai paniqué. Les images des viols de mon enfance et le visage de mon tortionnaire m'ont envahie. Ses doigts, boudinés, relevant ma chemise de nuit. Son haleine fétide lorsqu'il s'échinait à labourer mon corps d'enfant. Une bouffée de chaleur m'a inondée et une perle de sueur a roulé le long de ma tempe.

Je ne voulais pas rester avec Florian. Je suffoquais. Je m'apprêtais à fuir quand…

Tu dois rester, Héloïse.

J'ai sursauté et me suis retournée. Avais-je vraiment entendu cette voix ? Sensation déplaisante que deux mains invisibles appuyaient sur mes épaules pour m'empêcher de me lever.

Inspirer.

Expirer.

Me maîtriser.

Faire refluer les images du passé.

J'ai serré les poings et me suis forcée à afficher un sourire de circonstance. J'ai repris peu à peu possession de mes moyens et décidé de rester. D'écouter cette voix étrange et de profiter de la soirée pour dire à Florian que je ne supportais plus son comportement. Nous avons commandé deux mojitos et il s'est mis à me parler. De sa vie, de sa brève carrière dans le journalisme, de son amour pour l'enseignement. Plus il causait, plus je bouillonnais. Sa voix et tout ce que son être dégageait me révulsaient. Et cette phrase qui résonnait en boucle dans ma tête. *Tu dois rester, Héloïse*. Notre premier verre terminé, il a rappelé le serveur et a commandé la même chose. Mon avis n'était pour lui qu'une option. Je n'avais pas d'autre choix que d'accepter. Il m'a sortie de mes pensées.

— Tu passes une bonne soirée ?

Et j'ai répondu à côté :

— Ce bar est plutôt sympathique, oui.

Je lui ai adressé un rictus figé. Je refusais de montrer ma révulsion et mon trouble. Dans le rôle de la jeune femme charmée, j'étais en lice pour les oscars ! Malgré les signaux d'alerte qui s'étaient allumés les uns après les autres dans mon cerveau, je doutais encore. Était-il celui que toutes les élèves décrivaient, ou était-il victime des frustrations de jeunes femmes éconduites ? Il fallait que je le découvre. Que je lui dise que je n'aimais pas sa façon de se comporter avec moi à l'école. Que son jeu ne m'amusait pas et qu'il n'était, pour moi, rien d'autre qu'un professeur. Alors que j'avais baissé la garde, il a posé une main sur ma cuisse et l'a remontée, lentement. J'ai sursauté et l'ai repoussé avec force. Ce qui n'était que supposition était devenu affirmation. Florian était de la race des prédateurs. J'ai planté mon regard déterminé dans le sien.

— Ne refaites jamais ça ! Si j'ai accepté de vous voir, c'est pour vous demander d'arrêter votre numéro de séducteur. Je ne suis pas intéressée.

Le ton de ma voix était ferme et ne laissait pas de place à l'interprétation. Il est passé du grenier à la cave en deux secondes, s'est excusé platement et m'a affirmé qu'il ne recommencerait pas. Je crois même avoir lu de la honte dans son regard, et me suis surprise à penser qu'il était peut-être sincère.

23 heures passées et deux verres plus tard, j'ai décidé de mettre un terme à la soirée.

Il s'en est étonné et a tenté :

— Pour m'excuser, j'aimerais t'inviter à boire un dernier verre chez moi. Promis je ne tenterai rien.

Mais bien sûr ! Cet homme était le parfait cliché du satyriasis. Une nymphomane faite homme ! J'étais persuadée qu'il faisait partie de ceux qui ne réfléchissent qu'avec leur queue, pour qui le sexe n'est qu'un moyen parmi d'autres de prendre le pouvoir sur les femmes.

S'affirmer au travers de la fessée.

Dominer pour se sentir exister.

— Je suis désolée, Florian, mais je suis fatiguée. Et puis, vous êtes mon professeur.

Son visage souriant a perdu de sa superbe et j'y ai lu une profonde déception. Il me faisait presque pitié.

— Peut-être accepterais-tu au moins de faire quelques pas avec moi ?

Il avait l'air réellement désolé. Et si je m'étais plantée ? Si le prisme Duprès avait déformé ma vision au point de voir un chasseur là où il n'y avait qu'un homme maladroit ? Gauche dans sa façon de draguer, mention passable au brevet de la galanterie.

Après quelques secondes de réflexion, j'ai décidé de le suivre, animée par un sentiment de curiosité. Mon professeur a retrouvé une mine joyeuse, et nous nous sommes dirigés vers le parc en bordure du canal.

En chemin, il m'a parlé astronomie et m'a désigné plusieurs constellations. Finalement, il n'était pas si désagréable. J'avais dû me tromper sur son compte. C'était un homme passionné et érudit, loin de l'image de rapace que je m'en étais faite.

Nous avons déambulé quelques minutes, puis Florian m'a proposé de nous asseoir sur un banc.

Un léger vent apaisait la touffeur de ce mois de mai. Son souffle s'est glissé dans ma nuque, m'arrachant un frisson qui m'a fait sursauter.

— Tu as froid ?

Je lui ai répondu d'un hochement de la tête.

— Un peu.

Il a alors posé sa veste sur mes épaules et m'a frotté les bras pour me réchauffer. Je le découvrais gentleman. Alors qu'il poursuivait sa description des étoiles qui peuplaient le ciel printanier, il s'est rapproché de moi, jusqu'à ce que nos genoux se touchent. Je ne bougeais pas. Scrutant la voûte céleste à la recherche des constellations qu'il me désignait, je l'ai laissé faire.

Le temps s'écoulait et je me laissais transporter. Ma vigilance s'effritait. J'étais fascinée par les histoires qu'il me racontait. Homère, Ptolémée et leurs visions de l'astronomie. Quand mes pieds ont retouché terre, il avait passé son bras autour de mes épaules.

— Il faut que je rentre, Florian.

Il s'est penché vers moi pour m'embrasser et, prise dans la magie de l'instant, j'ai accepté son baiser, sans broncher. C'était mon premier contact *normal* avec un homme. Ses lèvres collées aux miennes et, tandis que l'une de ses mains descendait sur ma poitrine, l'autre maintenait ma nuque. Mon corps s'est crispé tout entier. J'étais tétanisée. Je voulais qu'il arrête. Je l'ai repoussé avec vigueur.

— Arrête, s'il te plaît.

Il m'a regardée, interloqué.

— Ça ne te plaît pas ?

Je n'ai pas répondu et ai baissé les yeux vers le sol. Juste à côté de mon sac, une grosse pierre. Une pierre comme celle avec laquelle, enfant, j'avais défoncé le crâne de cet abruti de Killian. Florian a tenté de monter de nouveau à l'assaut de mes lèvres, me repoussant contre le banc. Je me suis extirpée au prix de gros efforts et me suis redressée, face à lui.

Son regard brillait d'un éclat que je ne connaissais que trop bien. D'une main, il se touchait l'entrejambe et de l'autre, il me faisait signe de m'approcher :

— Reviens près de moi, Héloïse. Je sais que tu en as autant envie que moi.

Saut dans le temps. Et c'était Duprès qui me léchait la joue en se caressant.

Le souvenir des deux ans de viols m'a dévorée en un instant. Je sombrais dans un tourbillon et la folie s'emparait de moi. Il était hors de question de revivre ça. Je devais l'arrêter. C'était maintenant ou jamais.

Je me suis baissée et me suis emparée de la pierre. Mon professeur me reluquait avec tant d'envie qu'il ne remarqua pas mon geste. Je me suis relevée vivement et l'ai frappé à la tempe, de toutes mes forces.

Florian s'est effondré.

Du sang coulait, se mêlant à ses cheveux poivre et sel dans un tableau macabre. Je l'ai bousculé du bout du pied une première fois. Aucune réponse. J'ai recommencé, en le secouant à l'épaule cette fois. Il n'a pas réagi davantage. Alors, j'ai fait tomber son corps au sol, l'ai poussé, et l'ai fait rouler jusqu'au bord du canal. La nuit était silencieuse. Regard à 360 degrés pour m'assurer que nous étions seuls.

Un dernier effort.

Plouf.

Adieu, Florian.

Hors d'haleine, j'ai observé son corps disparaître au fond de l'eau. Un rictus presque démoniaque s'est dessiné sur mes lèvres. Prise dans ma folie, je me suis éloignée calmement, savourant ma victoire. À mes yeux, Florian et Duprès ne faisaient plus qu'un et je venais de châtier un pervers pour ses méfaits. J'étais une justicière. Une super-héroïne sans cape ni masque. Grâce à moi, des centaines d'étudiantes seraient, dorénavant, en sécurité. Pourtant, à mi-chemin, alors que je revivais cette fin de soirée, je me suis arrêtée subitement. Un haut-le-cœur m'a contracté la poitrine. J'ai porté les mains à ma bouche pour contenir le flot de bile. Mais le torrent de remords était le plus fort. Je suis tombée à genoux et j'ai vomi.

Dans ma tête, une voix s'est élevée. Celle qui m'avait fait sursauter un peu plus tôt au Chapi Chapo.

Meurtrière.

J'ai regardé autour de moi.

Personne.

J'ai crié.

Non, non je n'étais pas une meurtrière, j'étais une victime !

Meurtrière.

Les paumes des mains sur mes yeux clos, je secouais la tête de droite à gauche. Florian n'était qu'un séducteur et un coureur de jupons. Un bourdon butinant toutes les fleurs à sa disposition.

Meurtrière.

Pervers ou don Juan, il s'en était pris à moi. Il devait payer. D'ailleurs, pour l'Ombre qui m'enserrait, cela ne faisait aucune différence. L'Ombre qui biaisait mes repères, mes valeurs, mes rapports aux autres. L'Ombre qui, depuis mes premiers dessins, est venue se greffer aux morceaux tronqués de la construction de mon enfance. L'Ombre qui me fait peur, mais qui me protège aussi.

Le lendemain, Florian ne s'est pas présenté à l'école. Il a été absent les jours et les semaines qui ont suivi. Sa famille ayant déclaré sa disparition, j'ai été interrogée par la police. J'étais la dernière personne à l'avoir côtoyé. D'après les enquêteurs, le personnel du bar ne nous avait pas vus partir ensemble. J'ai affirmé avoir quitté Florian au coin de la rue, pour rentrer chez moi. Que je n'avais plus de nouvelles depuis.

Rien ne permettait d'imaginer le pire. La police a conclu à une disparition volontaire. Florian n'est jamais réapparu. Personne n'a su pourquoi il était parti. Où il se trouvait. Ce qui lui était arrivé. Personne, sauf moi. Je dois avouer que j'ai eu bien du mal à me remettre de cette soirée.

Je suis restée cloîtrée plusieurs jours dans mon appartement. Sans manger. Dormant peu. Si, pour mon violeur, Eddy avait été l'instrument de mon crime, ce sont mes mains qui avaient assassiné Florian. J'allais devoir vivre avec ce poids.

Alors qu'une semaine s'était écoulée depuis cette nuit où me croyant justicière je suis devenue meurtrière, je l'ai vue. Plantée devant mon miroir, je considérais mon reflet. Et derrière moi… Elle était sortie de mes dessins d'enfant, s'extrayant des pages plates et blanches pour rejoindre notre monde en trois dimensions. Elle dansait, ses volutes dessinant des arabesques envoûtantes. Elle s'est soudain arrêtée, a relevé mes cheveux et s'est penchée à mon oreille. Elle m'a susurré : *meurtrière*. Et ses yeux sans fond m'ont aspirée.

Les dernières semaines de cette première année d'études, je les ai vécues comme un robot.

Me lever.

Aller en cours.

Dormir.

Chapitre 12

Verre vide, je te plains. Verre plein, je te vide. Je me lève et m'empare de la bouteille de rhum. Nouvelle tournée générale dans le saloon de ma nuit. Peu importe, à la fin c'est toujours moi qui paie l'addition. Florian, si tu savais à quel point ton image m'a hantée. Qui étais-je pour voler ta vie ? Ce soir-là, je suis devenue une meurtrière, *ta* meurtrière. J'étais persuadée de porter le glaive de la justice en cherchant ainsi à légitimer mon acte. Je me suis aussi cachée derrière mon passé pour expliquer ta mort. La vérité, c'est que la folie s'est emparée de moi et ce n'est plus toi que je voyais, mais mon violeur. Mais tout cela justifie-t-il mon crime ?

La tête me tourne. Les murs tanguent comme mon âme, au fil de mes souvenirs. La douleur refait son apparition. Je pousse un cri qui reste bloqué dans ma gorge. Mes entrailles se déchirent. Je tombe, prostrée sur mon parquet. En chien de fusil. Secouée par des sanglots muets.

La musique défile.

Nouveau morceau.

Nouvelle tranche de vie.

U-Turn, d'Aaron.

Je m'apaise, cesse de trembler. Mes larmes s'évaporent au son de la voix de Simon et une douce mélancolie m'envahit. Dès les premières notes, des étoiles se mettent à danser sous mes paupières closes. Mes bras se lancent à l'assaut du vide, tentant de serrer contre mon cœur le fantôme d'intenses moments de bonheur.

Lili, take another walk out of your fake world
Please put all the drugs out of your hand
You'll see that you can breath without no back up
So much stuff you got to understand
For every step in any walk
Any town of any thought
I'll be you're guide[1].

Il l'a été pendant cinq ans, mon guide. Il m'a aidée à oublier le meurtre de Florian et est devenu mon Chevalier blanc.

Alexandre…

1. Lili, fais un autre pas en dehors de ton monde illusoire
Je t'en prie, rejette toutes ces drogues
Tu verras que tu peux respirer sans assistance
Tant de choses que tu dois comprendre
Pour chaque pas
Dans chaque ville de n'importe quelle pensée
Je serai ton guide.
U-turn, Aaron

Chapitre 13

Après mon crime, j'ai passé l'été à bosser dans un fast-food de la ville. Boulot-dodo était mon seul credo.

M'abrutir.

M'affranchir du passé.

Ne plus regarder en arrière.

Je ne pouvais pas vivre uniquement de ma bourse. Je venais d'avoir dix-neuf ans, et si quelques arcs-en-ciel avaient éclairé mon horizon, ce dernier n'en demeurait pas moins triste et sans perspective. En tout cas, c'est ce que je croyais. Jusqu'à ma rencontre avec Alexandre.

La première fois que je l'ai vu, c'est à la bibliothèque universitaire. J'avais entamé ma deuxième année de journalisme. Je lisais un manuel sur le droit du travail. J'étais bien loin de mes romans passionnants ! Autant vous dire que la réglementation du temps de travail, les conventions collectives ou encore le droit syndical avaient un effet soporifique. Plus efficace qu'un Stilnox, la dépendance en moins. Pour couronner le tout, une vilaine fièvre me guettait, ce qui m'empêchait de me concentrer. J'avais beau resserrer mon écharpe rouge autour de mon cou et mon gilet noir autour de mes épaules, je ne cessais de frissonner.

Puis j'ai entendu un rire.

Son rire.

J'ai relevé la tête vers ce bruit atroce qui venait de me déchirer les oreilles. Perforation et saignement des tympans.

Non, mais sérieusement, je croyais que rire aux éclats était proscrit dans ces lieux d'étude ! Je fulminais et m'apprêtais à le faire savoir au malotru, quand je l'ai vu. Il était tellement grand ! Il portait un jean avec des bretelles tombantes, un T-shirt beige col en V, une paire de bottines en cuir, assorties à son T-shirt et une veste. La classe à Dallas. Plus je le regardais, plus un sentiment étrange m'étreignait.

Mon cœur a d'abord eu un raté. Un temps d'arrêt. Puis il est reparti. J'ai porté la main à ma poitrine. L'inconnu avait dû sentir le poids de mon regard. Il a tourné la tête vers moi. Et ses yeux m'ont transpercée. Sensation de me retrouver nue au milieu d'une foule d'inconnus. J'ai piqué un fard, gênée, et me suis penchée de nouveau sur mon livre. Mes cheveux sont retombés, formant un rideau protecteur et j'ai prié très fort pour qu'ils cachent ma face cramoisie de honte. J'ai tenté de reprendre mes esprits et de retrouver un rythme cardiaque régulier. Quand j'ai osé enfin relever la tête, il avait disparu.

Allergique aux hommes, je ressentais pour celui-ci un attrait inexplicable. Comme les deux pôles d'un aimant qui s'attirent irrésistiblement. Un sentiment inédit. Troublant, inquiétant aussi. Des bulles éclataient dans mon ventre chaque fois qu'il s'invitait dans mes pensées. Je me surprenais à rêvasser de cette silhouette, tout en mâchouillant mes bouts de stylos. Puis, d'un coup, je me jetais sur mes ongles, angoissée, sans comprendre ce qu'il m'arrivait. Le lendemain, je suis retournée à la bibliothèque, le surlendemain aussi et les jours qui ont suivi. Je me demandais si je ressentirais encore cette sensation étrange. Mais aucune trace de lui.

Je rentrais, le soir, dépitée. Casque sur les oreilles, musique, je m'échappais de la réalité. Je revoyais ses cheveux blonds, son sourire franc. J'entendais son rire. Affreux certes, mais le sien. Dans mon imagination sans limites, je créais mille et un scénarios dont il était le héros. Je l'appelais Chevalier, comme dans les contes de mon enfance. J'étais une belle au bois dormant, perdue dans la forêt de la vie et il viendrait me délivrer des loups, de mes peurs et des ogres, avant qu'ils ne me dévorent. Je me demandais aussi ce qu'il se serait passé si je n'avais pas baissé la tête. Nous nous serions regardés, et puis ?

Dans les bons jours, j'imaginais des sourires réciproques. Il se serait avancé vers moi. Nous aurions entamé une banale discussion étudiante. Les cours, la vie, l'avenir. Mais j'étais vite rattrapée par mes désillusions. Idiote ! Tu ne connais même pas son prénom. Les mauvais jours, je le voyais détourner les yeux. Sentant sans doute que cette fille, qui avait capté son attention, n'était qu'une écorchée vive. Dissonance cognitive. J'avais toujours détesté les hommes, et voilà que l'un d'eux venait de faire vibrer mon cœur. De toute façon, avec mes cheveux blonds filasse et mon air de paumée, je transpirais tellement la souffrance. À quoi bon perdre son temps à s'intéresser à moi ?

Il envahissait mes pensées malgré moi et s'installait sur le fond d'écran de mon cerveau. Une conception naïve et romanesque des sentiments, de l'amour et de ses règles. Mais qu'avais-je eu d'autre comme modèle ?

Après quinze jours de présence quotidienne entre les rayons *Droit du journalisme* et *Presse écrite*, j'allais abandonner, me résigner à ne jamais le revoir, quand soudain il a fait son apparition. Je me suis cachée derrière une pile de livres et je l'ai observé de loin. Sa manière de bouger, les expressions de son visage. J'étais le serpent charmé par le joueur de flûte. Ce jour-là encore, j'ai été incapable de lui adresser la parole. Mon seul amour était mort à l'âge de six ans. Les hommes qui m'avaient approchée ensuite étaient des monstres. Construite dans des relations humaines perverties, je me noyais dans mes contradictions. Je luttais pour éteindre la flamme qui réchauffait ma poitrine, me répétant que ces choses-là n'étaient pas pour moi. Mais peut-on réellement s'interdire de ressentir ?

Plus je me faisais violence, plus je me sentais ballottée sur un esquif, en proie à une violente tempête sur l'océan de mes émotions. Je repoussais toutes les personnes qui s'intéressaient un peu à moi. Aimer, c'était souffrir et je voulais me préserver. À chaque fois que je pensais reprendre le dessus, et que je décidais de me tenir éloignée des parades amoureuses, la voix d'Abigaël résonnait sous mon crâne. *Faire confiance à la vie*. Et si c'était elle qui avait raison ? Et que, pour une fois, je rentrais les griffes et m'autorisais de vivre une relation autre que destructrice. En observant mon inconnu quitter la salle, je me suis promis que, la prochaine fois, j'irais lui parler.

Mais la vie est facétieuse.

Le lendemain, c'est lui qui est venu vers moi.

J'étais dans la file du restau U. Plongée dans mes pensées, comme à mon habitude. Écouteurs vissés aux oreilles pour me couper des autres. Je m'isolais derrière mes murs, m'enfermais dans mon univers. Juste après la caisse, quelqu'un m'a bousculée. Je me suis retournée, prête à dégainer ma colère comme une amazone dégainerait son arc. La mâchoire serrée, mon regard noir et plein de verve. C'était *lui !* Il a plongé ses yeux dans les miens et m'a souri. Le plateau m'en est tombé des mains.

— Désolé, je ne vous avais pas vue.

Je n'ai pas répondu. L'ai fixé, la bouche entrouverte. L'air bête. Il a ri. S'est baissé pour ramasser ma salade sous cellophane et mes couverts tandis que je restais tétanisée, à l'observer. J'allais finir par prendre racine. Une plante verte, la chlorophylle en moins. Il m'a tendu ce que je venais de renverser. J'aurais voulu le remercier, mais mes cordes vocales semblaient ankylosées. Je souriais, bêtement, mais avec sincérité. Une vraie parodie de comédie romantique à moi toute seule.

— Je peux t'accompagner pour déjeuner ?

Cette voix… La plus douce mélodie que j'ai entendue de toute ma vie. Grave, un peu railleuse et pourtant si chaleureuse.

Rien à voir avec son rire de crécelle.

— Euh… oui. Si tu veux.

Je tremblais de l'intérieur. Je rêvais de lui depuis des jours et il était là, prêt à déjeuner avec moi. Nous nous sommes dirigés vers une table un peu à l'écart et nous sommes assis.

— Au fait, jeune fille, nous ne nous sommes pas présentés. Moi c'est Alex.

Mon air niais ne m'a pas quittée d'une semelle. Être avec lui, en cet instant, me paraissait tellement irréel que j'en avais oublié jusqu'à mon prénom. Je le contemplais sans répondre, avec des yeux de crapaud mort d'amour. Aucun son ne voulait franchir la barrière de ma bouche. Quelle idiote je faisais !

— Et tu es ?

— Pardon… Je m'appelle Héloïse.

J'ai formulé une phrase. Sauvée. Enfin, pas tout à fait. Devant mon mutisme, il a pris les choses en main et a continué à se présenter. Il faisait des études de droit pour entrer dans la police, il visait le concours de commissaire, mais n'était pas certain d'aller jusqu'au master. Il aimait trop la vie pour se perdre dans de longues études. Il se contenterait sans doute d'une licence, pour ne pas gâcher les deux années du cursus qu'il avait entamé. Je buvais ses paroles. M'abreuvais à la fontaine de ses lèvres. Je ne courais aucun risque de déshydratation ! Quand il m'a interrogée, j'ai répondu brièvement sans rien lui révéler de moi, si ce n'est que je voulais être journaliste. Il a évoqué sa passion pour le basket, moi qui le croyais rugbyman. Il faut dire que sa carrure était trompeuse. Pour les dons de divination, je passe mon tour. Une heure s'est écoulée sans que je m'en aperçoive. J'étais dans une faille temporelle. Pendant ces soixante minutes, pas une souffrance. Pas le début d'un commencement de peur. Juste la sensation étrange de flotter dans un monde jusqu'alors inconnu.

— Je suis désolé, mais je dois t'abandonner. Je vais être en retard.

— Déjà ?

Chute tragique dans la réalité. J'ai dévalé la falaise de ma déception avant de m'écraser au sol. Il allait partir. Convaincue que je ne le reverrais jamais.

— J'ai cours dans cinq minutes. Mais si le cœur t'en dit, nous pouvons nous retrouver samedi soir au Havana. Tu sais, le bar cubain sur la plage. Leurs cocktails sont excellents.

— Samedi soir ?

Temps d'arrêt.

Réfléchir.

Vite, Héloïse.

Il avait l'air si gentil.

Am stram gram... J'ai inspiré une grande bouffée d'air et me suis lancée. Priant intérieurement de ne pas le regretter, j'ai accepté. Il s'est levé et je l'ai regardé s'éloigner. Ensuite, je suis allée en amphi. J'y ai fait acte de présence, ne pensant qu'à lui. Sa voix, son sourire, ce qu'il m'avait raconté. Nous étions mardi. Quatre longues journées et trois nuits avant de le retrouver.

En rentrant ce soir-là, j'avais le cœur léger. J'étais encore sous le coup de notre moment partagé. Je me suis glissée sous les draps, et pour la première fois depuis le meurtre de Florian, ma nuit a été ponctuée de beaux rêves.

Chapitre 14

Que la semaine avait été longue !

Des heures de cours et de révisions interminables. Des soirées à cogiter, à ruminer. Déchirée entre mon envie de revoir Alexandre et mes peurs de revivre l'horreur. Je m'étais réveillée avec des idées noires, mais nous étions enfin samedi et j'avais rendez-vous avec la vie. Mon cœur n'aurait dû être que joie et, pourtant, il pleurait. Le traumatisme était profond, les craintes nombreuses. Jusque-là, mon existence n'avait été faite que d'abandons. J'étais persuadée d'être incapable de m'attacher. Fuir avant de faire fuir, tel était devenu mon leitmotiv. J'ai passé la journée sous la couette, incapable de me lever. Je portais le poids de mes années d'errance.

Mais pas question de gâcher cette soirée. Ce soir-là, c'était *mon* soir. J'ai attrapé un mouchoir. Ai séché mes larmes qui ne savaient plus trop si elles coulaient de peur ou de joie. 19 heures. Je me suis extraite de mon lit. Direction la salle de bains. Miroir, mon beau miroir. Tu parles ! Mon Dieu, quelle tête j'avais ! Les traces de l'oreiller marquaient mes joues comme les rainures du bois dont je suis faite. Tiens, parlons-en du bois.

Robuste.

Si mentalement je l'étais, physiquement c'était autre chose.

Avec mon mètre soixante-cinq et mes cinquante kilos, j'étais plutôt frêle. La peur me vrillait les entrailles. Et s'il me rejetait ? S'il devait mal se comporter ? J'ai regardé à nouveau mon reflet. Mes yeux dans mes yeux. J'y lisais mes blessures, mes cicatrices, mais aucune trace de bonheur ou de sérénité. Non, je n'allais pas me rendre à ce rendez-vous. À quoi bon risquer, une fois encore, la désertion ? Héloïse est face à Héloïse sur le ring de sa destinée. À main droite, la jeune femme écorchée au couteau de la vie. Brute et brutale. À main gauche, la jeune adulte de dix-neuf ans qui voulait, enfin, faire confiance à la vie. Laquelle des deux sortirait vainqueur de ce combat ? Comme deux boxeuses professionnelles, elles cognaient, esquivaient, encaissaient.

Gong final.

Et la gagnante est…

J'avais mis une jupe noire, courte mais pas trop, des collants opaques, un pull noir. Certes, ce n'était pas gai, mais j'étais habillée et en route pour le bar. En même temps, les couleurs ne me mettent pas en valeur, normal, je suis incapable de les associer. Et puis, le noir c'est so chic. Aucune erreur de goût. Aucun risque de ressembler à un épouvantail bariolé. L'une des deux Héloïse avait gagné, par K-O. Je voulais croire, au moins ce soir-là, que tout pouvait arriver. Et c'est emplie d'un nouvel espoir que je suis entrée dans Le Havana.

J'ai passé la porte de l'établissement et l'ai aperçu. Il m'attendait déjà. On aurait cru un de ces mannequins de magazines masculins. Chemise rose cintrée, pantalon chino noir légèrement retroussé sur des tennis blanches. Classe et décontracté. Il n'y avait pas à tergiverser, cet homme avait du goût. J'en étais presque jalouse ! En remarquant ma présence, il s'est dirigé vers moi. Il a pris mes mains dans les siennes et m'a fait une bise. Ses lèvres ont caressé ma joue. Un frisson est né à la base de mon cou.

— Bonsoir, Héloïse.

J'ai souri comme une cruche et mon visage a pris une teinte rouge des plus saillantes. Ah non, je n'allais pas recommencer ! Je devais me laisser porter et profiter de la soirée, bon sang ! J'ai répondu à son bonsoir et nous nous sommes installés dans deux fauteuils club.

Le Havana était un bar *lounge* à l'ambiance détendue, mais raffinée. Le barman agitait ses *shakers* et les serveuses ondulaient entre les tables dans un ballet hypnotique. Mon regard s'est posé sur des photos de Cuba, des tableaux colorés et des palmiers qui invitent au voyage.

Une fois la commande passée, comme au restaurant universitaire, c'est lui qui a lancé la conversation. Il m'a parlé de sa famille et de ses amis. Je buvais ses paroles, le cœur serré de ne pas pouvoir lui raconter ma vie. Cacher mon passé. Surtout, ne rien dire. Ne pas le faire fuir. Les banalités épuisées, il a abordé une de ses passions, la littérature. Enfin un sujet sur lequel j'allais pouvoir m'exprimer. Pendant deux heures nous avons débattu sur nos auteurs préférés. Il était friand de littérature noire et moi, de blanche. Ses yeux brillaient alors qu'il évoquait ses auteurs fétiches et mon cœur s'est embrasé.

— Sais-tu ce que j'aime le plus dans les livres, Héloïse ?

— L'évasion ?

— Oui, mais pas seulement.

— Dis-moi alors…

— Les auteurs y mettent une partie de leur âme. Et quand on est suffisamment attentif, on peut deviner les sujets qui leur tiennent à cœur. J'aime cette espèce d'intimité que chaque lecteur partage avec un écrivain. Un échange unique. Presque… érotique.

Décidément, ce garçon était parfait. Je me suis nourrie de nos échanges, ai grandi de nos débats. Le puits de ses connaissances m'abreuvait. Une soirée magique pendant laquelle j'ai partagé, avec lui, bien plus qu'avec n'importe quelle autre personne ayant croisé le chemin de ma vie cabossée.

À 23 heures, nous avons quitté le bar. Nous avons marché, en silence, le long de la jetée. Nous nous sommes arrêtés pour écouter le chant des vagues qui venaient taquiner le rivage. La lune était pleine, aucun nuage, et les étoiles rencontraient l'océan dans un tableau fascinant, hypnotique. Une invitation au rêve, à l'émerveillement. Le vent a soulevé mes cheveux et m'a arraché un frisson. Il a remarqué mes poils hérissés.

— Tu as froid ?

— Un peu.

Alexandre a alors enlevé sa veste et l'a posée avec délicatesse sur mes épaules. Pendant un instant, j'ai revu Florian et, alors que je sentais l'angoisse m'envahir, mon regard a croisé celui de mon compagnon de soirée. Il a plongé ses yeux dans les miens. D'un bleu clair cerclé de bleu marine, ils me perturbaient. Il s'en dégageait une telle gentillesse, une telle tendresse. Il me faisait penser à Max, cela me rassurait.

Le temps s'était suspendu.

Mais, alors que je savourais ce moment presque parfait, il s'est penché vers moi, a passé sa main dans ma nuque. J'espérais qu'il ne m'embrasse pas, qu'il ne gâche pas tout ! Même si je mourais d'envie de sentir ses lèvres sur les miennes, je n'étais pas prête à me laisser aller ainsi. J'ai tourné la tête et suis partie en courant, le plantant là. Sans un mot. J'ai fui.

Les larmes m'aveuglaient et inondaient mon visage. Pourquoi avait-il fait ça ? Était-il nécessaire de nous embrasser, de briser la magie qui avait régné sur la soirée ?

En arrivant chez moi je me suis jetée sur le lit. La crise guettait. Ce n'était pas Alexandre le fautif, mais moi. Pourquoi étais-je incapable de vivre ? Il n'avait rien fait de mal, après tout. Mais je venais de me dérober, une fois encore. Rejetant un instant de bonheur. Refusant de me laisser approcher. Mais si je l'avais laissé m'embrasser, il y aurait eu un après. Un après qui m'aurait contrainte à dévoiler mon histoire, mes démons. Lui montrer ce qui se cache derrière mon masque. Lui permettre de découvrir qui je suis vraiment. Et puis il y aurait eu des baisers, des caresses qui m'auraient brûlée et rappelé que les hommes ne pensent qu'au sexe. Des animaux avides de chair fraîche.

Des sanglots me secouaient et je me noyais dans l'océan déchaîné de mon passé. Soudain, j'ai eu l'impression d'être bercée. De droite à gauche, doucement.

— Maman ?

J'aurais tant aimé qu'elle soit là pour me prendre dans ses bras, comme n'importe quelle mère qui console sa fille. Je l'imaginais près de moi, une vague de bien-être m'a submergée. Puis j'ai ouvert lentement les yeux. Maman n'était plus là. C'était Alexandre. Je ne savais pas comment il m'avait retrouvée, mais à cet instant précis je m'en fichais. Les yeux rongés par la tristesse, la colère et la frustration. Noyés par un lac salé. Les cheveux en bataille. Je ressemblais à un épouvantail.

Je tremblais.

Je devais trouver la force de lui parler, de lui demander pardon, mais il a été plus rapide que moi.

— Chut, Héloïse, je suis là.

Il m'a serrée si fort contre sa poitrine qu'il aurait pu recoller tous les éclats de moi, disséminés au vent de mes souffrances. Il était près de moi et je me suis endormie, épuisée.

Apaisée.

Chapitre 15

Quand je me suis réveillée, à l'aube, Alexandre ne m'avait pas quittée. Un rayon de soleil traversait les volets ajourés et illuminait son visage endormi. Je le contemplai pendant de longues minutes. Il était si beau. Sa poitrine se soulevait au rythme de sa respiration. Il était bien là, je ne rêvais pas. J'ai tendu une main vers ses cheveux, les ai caressés. Doucement. Il a ouvert les yeux et m'a adressé un sourire. Ce sourire, je le revois à chaque fois que je pense à lui.

— Bonjour, vous.

— Bonjour, toi.

Nous restions là, à nous regarder, un éclat nouveau illuminant mes pupilles. Aucun de nous n'osait briser le silence quasi religieux qui régnait, ni la magie du moment. Mais c'était plus fort que moi. Il fallait que je sache.

Je me suis lancée.

— Comment es-tu arrivé jusqu'à chez moi ?

— Je t'ai suivie.

Je l'ai scruté, en attendant la suite de ses explications. Mon appartement avait beau être desservi par une coursive extérieure, cet accès facile ne m'expliquait pas comment il était arrivé jusqu'à chez moi.

— Tu avais mon manteau.

J'ai grimacé, il a ri.

— Je plaisante. Tu m'as surpris, mais aussi bouleversé, en t'en allant si subitement. J'ai agi à l'instinct. Je ne pouvais pas te laisser partir comme ça. Je t'ai suivie… Arrivé devant chez toi, j'ai attendu un moment devant ta porte, sans savoir quoi faire. Puis je t'ai entendue pleurer et je suis entré. Tu n'avais pas verrouillé.

Moment de gêne. Je me suis interrogée sur ce que je pouvais lui raconter comme bateau. Ne rien dire était mon armure. Le secret, l'ingrédient de ma survie dans cette société dans laquelle je ne trouvais pas ma place.

Puis il a prononcé ces mots :

— Qu'est-il arrivé à ta mère ?

Je suis retournée sur le ring pour un combat singulier avec moi-même. Que pouvais-je lui dire ? Que devais-je garder secret ? J'avais tellement peur qu'il s'enfuie en découvrant la vérité. J'étais tiraillée. Quel chemin prendre ? Ne rien lui cacher ou travestir ma réalité ? J'ai fait le pari de lui faire confiance. Son comportement de la veille m'avait laissé penser que je pouvais m'ouvrir à lui et j'ai lâché dans un soupir :

— Elle est morte.

Un nouveau silence s'est interposé entre nous.

Il a plongé ses yeux dans les miens et, par ce simple regard, j'ai enfin ouvert mon cœur. Je lui ai raconté la mort de ma mère, l'abandon de mon père. Les familles d'accueil, les foyers. Mais de Maxence, Killian, le gros Duprès, de ma violence, je ne lui ai rien dit. Il n'était pas prêt. Moi non plus, d'ailleurs. Je n'ai fait aucune mention de l'Ombre qui m'accompagne. Il m'aurait prise pour une folle. J'ai juste évoqué ce sentiment d'abandon permanent.

Profond.

Les abysses de mon cœur, mon incapacité à aimer. Il m'a laissée m'épancher, sans jamais me couper. Mes murs se sont effondrés. Plus je me racontais, plus je pleurais. Pas de crise. Pas de hurlement. Juste des larmes.

— Voilà, dis-je en reniflant. Tu sais tout.

Il m'a tendu un mouchoir, a pris mes mains entre les siennes et a déposé un baiser sur mes lèvres.

Un tendre baiser, une caresse pleine d'un avenir nouveau.

— Va te rafraîchir et t'habiller.

— Mais…

— Il n'y a pas de *mais*, fais-moi confiance, Héloïse. S'il te plaît.

Comment refuser ? Son ton était doux et ferme à la fois. Il savait s'y prendre, le bougre ! Lorsque je suis sortie de la salle de bains, deux tasses de café fumant étaient posées sur la table. Une agréable odeur planait chez moi. Nous avons bu, sans un mot. Mon cerveau, lui, continuait de mouliner. Que se passait-il dans sa tête ? J'étais paniquée à l'idée qu'il ne prenne ses jambes à son cou dès que nous aurions franchi la porte de mon appartement. Nos arabicas terminés, Alexandre m'a demandé de le suivre, dehors. Quand j'ai verrouillé la porte, il est resté à mes côtés. Il a approché sa main pour glisser ses doigts entre les miens et m'a emmenée jusqu'à la plage. Durant la dizaine de minutes qui nous séparaient du littoral, je me suis concentrée sur le contact de sa peau. Elle était chaude, douce et rassurante. Je l'observais du coin de l'œil. Les pattes d'oie qui se devinaient déjà au coin de ses yeux lui ajoutaient un charme fou. Une fois sur la digue, Alexandre m'a attirée dans le sable, jusqu'au bord de l'eau.

— Crie.

— Quoi ?

— Crie, Héloïse.

J'ai froncé les sourcils, interloquée.

— Tant que tu garderas tes douleurs prisonnières, tu ne pourras pas aller de l'avant. Même si tu as sans doute déjà craqué, il faut que tu cries. Aujourd'hui et chaque fois que ce sera nécessaire.

J'ai hésité un court instant. Mais il avait sans doute raison. Alors, je me suis lancée. Timidement d'abord, car je n'osais pas me lâcher. J'avais déjà hurlé mon désarroi sur la plage quand j'étais adolescente, mais j'étais seule. Sans public. Là, l'homme qui me faisait vibrer était le premier spectateur de ma détresse.

Blocage.

Il m'a encouragée, m'a poussée à expulser ma rage. Et je me suis lâchée enfin. Je me suis époumonée à en perdre la voix. Plus je criais, plus je me libérais, allégée d'un poids.

J'avais le visage inondé par les larmes et les embruns. Mes cheveux chahutaient dans le vent.

Puis, je me suis adressée à l'univers :

— Pourquoi ? Pourquoi moi ? Putain, c'est injuste. Je n'ai rien demandé.

Alexandre me serrait dans ses bras, mais je ne m'arrêtais pas.

— Pourquoooooooooi ?

Je me suis mise à taper sur son torse, les poings serrés. Il encaissait, en silence, tentant de contenir mes soubresauts. Après quelques minutes, j'ai enfin fini par me calmer.

La source était tarie.

Il a pris mon visage entre ses mains et m'a embrassée. Les bras ballants, je l'ai laissé faire alors que mes pieds venaient de quitter le sol. Ses lèvres ont touché les miennes avec tendresse. Nos langues se sont mélangées. Ce baiser avait un goût salé, un goût unique. Celui du tout premier. Nous nous sommes assis, sur le sable, face à la mer. J'ai posé ma tête sur son épaule.

Épuisée.

J'ignore combien de temps nous sommes restés là, muets. Ce sont les gargouillis de son estomac qui nous ont tirés de cette contemplation.

— Excuse-moi. Je crois que j'ai faim.

J'ai pouffé. J'ai ri, encore et encore, et j'ai découvert, à cet instant précis, que je n'étais pas faite que de tristesse. Cet homme était parvenu à ouvrir mon cœur, mais aussi mon âme. Avant ce jour, je n'avais jamais ri. Souri, oui. Mais jamais je n'avais ri spontanément.

Ensuite, nous sommes allés manger dans une petite brasserie, sur la digue. Nous avons fait des projets pour les jours à venir. Regarder un film sur grand écran, aller voir un match de basket, retourner au Havana… Il avait deviné que j'étais étrangère à la vie et il voulait m'en faire découvrir les joies.

La semaine qui a suivi a été magique. En dehors des cours, nous passions tout notre temps libre ensemble. J'ai même découvert le cinéma. Je n'y avais jamais mis les pieds ! Ça peut paraître étrange de découvrir le 7e art à dix-neuf ans, et pourtant. Nous sommes allés voir *American History X*. Je suis ressortie groggy de la séance. La puissance du film, le jeu des acteurs, l'histoire, le tout sur écran géant, s'il vous plaît. Aujourd'hui encore, ce film reste l'un de mes préférés. Je serais, d'ailleurs, bien incapable de dire combien de fois je l'ai regardé.

Dix jours étaient passés depuis qu'il m'avait emmenée m'époumoner sur la plage. Nous avions eu une journée de cours particulièrement chargée. Quand nous sommes arrivés devant chez moi, alors que je m'apprêtais à lui dire au revoir, il m'a demandé :

— Je peux rester chez toi, ce soir ?

Je réponds, trop sèchement.

— Non. C'est hors de question !

Sur le moment, il n'a pas compris pourquoi. Il a tourné les talons, déconfit. Ce n'est que quelques jours plus tard que mon refus a pris du sens.

Les premiers temps auprès de lui m'ont paru irréels. Je touchais le bonheur du bout du doigt. Je me sentais légère, pleine d'une énergie nouvelle. Alexandre m'avait apporté apaisement et sérénité. J'apprenais à vivre comme un enfant apprend à marcher. Je trébuchais encore dans mes relations avec les autres, mais globalement je m'en sortais bien. Il m'avait présenté ses amis les plus proches et j'avais mis en pratique un concept dont je ne connaissais que la théorie : avoir une vie sociale.

Un vendredi soir, nous avons été invités chez Fred, un de ses copains de l'équipe de basket. Nous avons passé une soirée sympathique, pleine de bonne humeur. Nous avons fait des *blind tests* musicaux et j'ai gagné haut la main. Forcément, après des années à ne pas côtoyer mes semblables et à me cacher derrière des écouteurs, j'étais devenue incollable dans le domaine. Manau, Lou Bega et Tina Arena n'avaient aucun secret pour moi. Nous avons bu aussi.

Un peu.

Trop.

À la fin de la soirée, mon Chevalier servant m'a raccompagnée chez moi. Nous étions joyeux et un peu soûls. Il m'a embrassée, sur le pas de la porte. Avec douceur, d'abord, avec passion ensuite. Alors que je peinais à soutenir le rythme, une de ses mains est descendue le long de mon dos, s'attardant sur la chute de mes reins avant de glisser sur mes fesses. J'ai senti sa respiration s'accélérer, son sexe se tendre et là, c'est moi qui me suis raidie. Je l'ai repoussé, violemment.

— Non !

Il m'a regardée, interdit.

Ses yeux posaient mille questions, mais aucun son ne franchissait ses lèvres. Je suis rentrée chez moi en claquant la porte et j'ai mis un tour de clé. J'ai coulé un œil dans le judas et je l'ai vu s'éloigner, sans se retourner. Comment pouvait-il savoir, à ce moment-là, qu'une déferlante de souvenirs venait de m'emporter ? Duprès. Sa langue sur ma joue, ses mains, ses doigts me fouillant et ses coups de reins. Je perdais pied. Je me suis effondrée, me suis recroquevillée.

La réminiscence de ces viols me hantait, jouait une pièce macabre dans laquelle je tenais le premier rôle, sans pouvoir prononcer un mot.

Rideau.

Chapitre 16

Sur la scène de ma vie, la nuit avance et le niveau de la bouteille de rhum a arrêté sa chute vertigineuse. Je me relève et m'enroule dans mon plaid. Telle une poupée de chiffon ivre, je danse au son de la valse des souvenirs de ces jours heureux et je souris. Les yeux fixés au plafond. Mon cœur se souvient de chaque instant passé aux côtés de mon premier amour de jeune femme.

Les bons et les mauvais, mais les plus heureux, surtout. Ces moments auprès d'Alexandre sont enfermés dans le coffre-fort de mon cœur et je ne laisserai rien ni personne me les voler. Sans lui, j'aurais continué de vagabonder sur une terre qui m'a rejetée mille fois. Pourtant, je ne lui ai pas facilité la tâche, le pauvre. Ah ça, elle est robuste, Héloïse. Je m'étais entourée d'une muraille à faire pâlir de jalousie les Chinois. Je ne pensais pas qu'Alexandre aurait la force de la briser.

Après lui avoir claqué la porte au nez, j'ai cru qu'il ne reviendrait pas, et pourtant…

Pendant une semaine, il est venu frapper à ma porte chaque jour. Il voulait juste que je lui fasse confiance.

Something just changed in your soul
Tell me baby what's wrong
What's going on

Have you been crying
Something just flaked in your eyes
There's a crack in your gaze
Like those broken days
Am I seeing things…
Talk to me
Talk to me
Baby talk, it's me[1].

Cette chanson me ramène irrémédiablement à lui, à ces jours fatidiques.

Talk to me.

Mais comment parler, comment parvenir à s'ouvrir quand on a une histoire comme la mienne ?

Nouvelle tournée générale. Installez-vous et savourez, ce soir c'est Héloïse qui régale.

1. Quelque chose au fond de toi a changé
Dis-moi ce qui ne va pas ma chérie
Que se passe-t-il ?
As-tu pleuré ?
Quelque chose s'est brisé dans tes yeux
Il y a une fissure dans ton regard
Comme ces jours ruinés
Est-ce que je vois des choses…
Parle-moi
Parle-moi
Chérie parle, c'est moi
Talk to me, Maxime Nucci

Chapitre 17

Tous les soirs, adossée à la porte, je l'écoutais. Il me demandait juste de lui parler, mais j'étais incapable de lui répondre. Qu'aurais-je pu lui dire ? Que j'avais été violée ? Que l'idée même de sentir ses caresses me rendait malade ? Que pour moi sexe rimait avec violence, perversité et avilissement. Lui raconter que mon innocence avait volé en éclats et que, malgré la parenthèse enchantée qu'il venait de m'offrir, il avait suffi d'un instant, d'un emballement, pour que mes tourments reviennent me visiter.

Me hanter.

Je traînais mon passé enchaîné à la cheville, comme un boulet. Nous nous connaissions à peine, Alex et moi. Son prénom était pour moi synonyme de bonheur, de rire, de joie et je voulais que cela reste intact. Ces moments auprès de lui m'avaient donné envie de croire que moi aussi j'avais le droit d'être heureuse. En équilibre sur un fil instable, telle une funambule de l'extrême, il me fallait choisir. Lui offrir mon histoire en repentance à mon refus, et nourrir l'espoir d'un monde où mon ciel serait dégagé. D'un monde où j'apprendrais à danser sous la pluie, sans plus jamais en avoir peur. Ou alors, me fermer et tourner la page sur tout ce qu'il m'avait apporté.

Dans la tragédie qu'était ma vie, j'ai accepté la main qu'il me tendait. Et, dans sa blanche armure, il a guerroyé et occis mes démons. Pour un temps…

Le soir où je lui ai claqué la porte au nez, les souvenirs de Duprès et de Florian ont fait leur grand retour sur le devant de la scène, sous les applaudissements de mes souffrances. À mon réveil, le lendemain matin, je me sentais à nouveau sale. J'avais enchaîné mon cœur et, à chaque battement, il criait sa douleur. Oppressé et à l'étroit dans la cage que je lui avais fabriquée. Ma nuit n'avait été faite que de cauchemars. Au moment de m'habiller, je me suis mise devant mon miroir et je n'y ai vu que l'Ombre. Elle était si imposante, si noire. Elle me serrait dans ses bras comme pour me consoler.

Moi, je serai toujours là pour toi, Héloïse me susurrait-elle à l'oreille.

Je suis restée plantée devant le miroir, bercée par la voix glaciale de mon encombrante compagne et basculant sur mes pieds, d'avant en arrière.

Je refaisais le film de mon existence tout en cherchant d'autres moments où j'avais ressenti si ce n'est de la joie, un peu de réconfort.

Les visages de Max et d'Abigaël, auréolés de lumière, me sont apparus. C'est vrai qu'auprès d'eux j'avais trouvé un semblant de paix. J'ai pris une boîte de somnifères dans la pharmacie. J'ai avalé trois cachets, avec une bière. Je me suis allongée sur le sol et je me suis endormie. C'est sa voix qui m'a tirée des limbes. La première fois où Alexandre est revenu et où il m'a demandé de lui parler.

Talk to me…

C'est parce qu'il est venu sans relâche que je n'ai pas laissé ma noirceur m'envahir davantage. Et le neuvième soir…

— Héloïse, s'il te plaît, je sais que tu m'entends. Dis quelque chose.

J'en étais incapable. Personne jusqu'ici n'avait voulu de moi. Pourquoi serait-il différent des autres ? Pourtant, le neuvième soir, il a prononcé les mots qui ont tout changé.

— La première fois que je t'ai vue, j'ai su. Tu es entrée dans la bibliothèque, moi, j'attendais des amis, devant la porte. Tu portais un gilet noir, une écharpe rouge et un jean. Tes cheveux cachaient la moitié de ton visage, mais tu dégageais une telle détermination. Je suis entré peu après toi. Je te regardais du coin de l'œil. Tu étais déjà penchée sur un livre. Il avait l'air passionnant parce que, malgré mes rires forcés pour attirer ton attention, tu n'as pas levé la tête.

J'avais du mal à croire ce qu'il me disait. On se serait cru dans une romance à l'eau de rose pour petite fille en fleur ou cougar en mal d'amour. Pourtant, je me suis approchée de la porte et je me suis assise, dos contre celle-ci.

— Quand mes copains et moi sommes partis, je ne savais pas si je te reverrais. J'ai pensé à toi tous les jours. Il émanait de toi une aura fascinante. À la fois sombre et lumineuse. Chaque jour, j'ai pensé à toi, je te jure. Même si j'imagine que tu ne me crois pas. Et pourtant ! Cette fois où je t'ai bousculée, au restaurant, je l'ai fait exprès. Je voulais te parler, savoir qui tu étais. Dans le peu de mots que tu prononçais, je sentais ta fragilité. Puis il y a eu ce soir où tu t'es enfuie et où je t'ai suivie jusqu'à chez toi. Cette nuit-là, j'ai perçu ta souffrance, profonde. Mais aussi la force qui t'habite et dont tu n'as peut-être pas conscience. Je suis tombé amoureux de toi comme on tombe en se prenant les pieds dans un tapis. Sans m'y attendre. Sans possibilité de faire autrement parce que les élans du cœur ne se contrôlent pas.

Plus je l'écoutais, plus j'étais tiraillée. Devais-je le croire ? Le rejeter ? Je ne savais plus. J'étais perdue. Pathétique Héloïse, incapable d'offrir sa confiance à qui que ce soit.

Tu devrais essayer pourtant, si ça te réussissait cette fois ? m'a soufflé une voix que je rejetais.

— Je t'aime, Héloïse. Je ne peux pas te promettre de ne jamais m'enfuir. Je ne sais pas ce que tu caches, ni si je serai assez fort pour encaisser. Mais je veux essayer.

Temps mort.

Mon cerveau bouillonnait et mon cœur saignait. Alex ne me promettait rien. N'était-ce pas justement ce qui prouvait sa sincérité ? Rien n'était pire que les promesses non tenues et les espoirs vains.

Et lui, justement, me proposait la seule chose à laquelle je ne m'attendais pas. Une « non-promesse ». Comme un pantin désarticulé, tiré par des ficelles invisibles, je me suis levée et lui ai ouvert la porte. Lui aussi était assis par terre, dos contre le battant. Déséquilibré, il est tombé en arrière, surpris. Il s'est relevé d'un bond. Un peu de fierté, tout de même. Et s'est mis face à moi. D'un geste tendre, il a écarté les cheveux qui pendouillaient devant mon visage et les a passés derrière mes oreilles, plongeant ses yeux dans les miens. Puis il a pris mon visage inondé de larmes entre ses mains et m'a répété :

— Je ne te promets pas de ne jamais m'enfuir.

Mon cœur a chaviré et je ne désirais plus qu'une chose, goûter encore et encore à ses baisers. Je me suis hissée sur la pointe des pieds et ai tendu mes lèvres vers les siennes pour l'embrasser. Par ses mots, il m'offrait sa sincérité et me libérait.

Je l'ai fait entrer chez moi et nous nous sommes assis sur mon lit. Sans nous parler, nous nous fixions et mille choses passaient dans nos regards. J'y lisais les supplications qu'il ne verbalisait pas. Il brûlait de savoir. Mais je ne pouvais pas me livrer.

Pas encore.

C'était trop tôt.

En le laissant m'aimer tout en connaissant mon passé, je risquais de lui donner du pouvoir. Le pouvoir de me détruire davantage, mais aussi celui de, peut-être, renverser la vapeur et de m'emmener aux portes du bonheur. Toutefois, je ne pouvais pas faire un chèque en blanc et lui confier ce que j'avais mis tant de temps à enfouir dans les recoins les plus profonds de mon âme.

Nous nous sommes allongés, côte à côte, main dans la main. Je ne voulais pas gâcher cet instant de communion, j'ai décidé de me taire. Et Alexandre a respecté mon silence. Ma playlist en mode aléatoire, nous nous sommes laissé porter par la musique et nous avons rejoint les bras de Morphée, apaisés.

Chapitre 18

Lorsque nous nous sommes réveillés, le lendemain matin, nos doigts étaient entrecroisés et nos souffles mêlés. Son odeur est montée à l'assaut de mes narines. Les nuances boisées et musquées de son parfum mêlées à celui de l'homme endormi. Une fragrance unique. La sienne. Nous nous sommes dit « bonjour » du bout des lèvres, mais nous n'avons pas évoqué les événements de la veille. Nous nous sommes levés, nous sommes douchés tour à tour. Notre pudeur cachée dans ma minuscule salle de bains. Nous avons pris le petit déjeuner puis sommes allés à la fac. Chacun de notre côté. Nous avons repris une vie normale. Une vie banale. Et quel plaisir que cette normalité chèrement payée. Restaurants, cinéma, promenades en bord de mer, soirées avec ses amis. Et bien sûr, nos cours. Jamais nous n'avons reparlé de ce qu'il s'était passé le soir où je l'avais rejeté, ni des non-promesses. Il était très précautionneux. Attentif, en permanence. Chacun de ses gestes était d'une tendresse infinie et tout en retenue. Il savait qu'il manipulait un composé hautement atomique. Une bombe à retardement qui pouvait exploser à tout moment.

Il prenait soin de ne pas me crisper. Devinant sans doute qu'au moindre faux pas la furie Héloïse ferait son grand retour. Il était d'une patience pour laquelle il faudrait créer un prix spécial du jury au festival des incontournables de l'amour :

Et ce soir, nous décernons le prix spécial de la patience en couple à… roulement de tambours… Alexandre, mesdames et messieurs. Applaudissez-le bien fort.

Il venait dormir chez moi, me prenait dans ses bras, mais ne tentait aucune approche de nature sexuelle. Il bridait son désir, respectait ma pudeur et mon incapacité à me défaire de mes chaînes. Il laissait ses doigts courir sur mes épaules, fourrageait son nez dans mes cheveux pour humer l'odeur de mon shampoing, mais n'allait jamais plus loin.

Cinq mois sont passés ainsi. Il m'a entourée de son amour, de sa bienveillance sans jamais rien me demander. Chaque jour à ses côtés était une renaissance. L'Ombre avait fini par disparaître et ne venait plus me visiter. Alors, j'ai su que le moment était venu de lui parler.

Ce soir-là, j'avais un invité de marque et je me suis mise aux fourneaux. Risotto aux pointes d'asperges, l'un des seuls plats que j'étais certaine de ne pas rater ! Je n'étais pas un cordon-bleu et ma petite cuisine me limitait en réalisations cinq étoiles. Mais je me suis plutôt bien débrouillée. Trois coups frappés à ma porte et j'ai ouvert à Alexandre. Tout sourire, il m'a tendu une bouteille de vin rouge.

— Les fleurs c'est démodé, m'a-t-il dit en m'adressant un clin d'œil.

J'ai ri.

— Excellent choix, très cher.

Je portais une petite robe noire, classique. Elle faisait ressortir ma silhouette longiligne. Pour cette soirée particulière, j'avais envie d'être jolie pour celui qui avait conquis mon cœur.

— Ta tenue te va à ravir. Tu es très belle. Tu ne m'as pas habitué à une telle élégance, lança-t-il avec humour.

Il est vrai que je n'ai jamais été très douée pour me mettre en valeur. Et, même si j'ai progressé, je ne suis pour autant pas prête à m'habiller en couleurs. Je l'ai invité à entrer et à prendre place sur un tabouret en paille. Vestige du précédent occupant de mon appartement.

Sous son regard amusé, j'ai dressé le couvert de mon mieux. Fourchette à gauche, couteau à droite, verres à vin et verres à eau. Je n'ai rien omis. Pas d'argenterie, mais un magnifique service d'une grande enseigne suédoise ! Pour rendre le tout un peu romantique, j'ai allumé trois grosses bougies grises, de tailles différentes, que j'ai placées au centre de la table. Posées sur un miroir, le jeu de lumière que faisaient leurs flammes était du plus bel effet. Mon studio n'était pas très grand, mais j'avais fait en sorte de le rendre chaleureux et douillet.

Nous avons dîné tranquillement, devisant autour de notre sujet de prédilection : la littérature. Les dernières sorties, nos incontournables, nos pires expériences. Après le repas, nous nous sommes assis par terre, contre mon lit. Épaule contre épaule. Tête contre tête. Je me sentais heureuse, détendue, amoureuse.

C'était le bon moment.

Il était temps de lui raconter. De me dévoiler. J'avais le sentiment que si je ratais cet instant je n'y serais plus arrivée. Et il avait le droit de savoir. Une gorgée de vin m'a donné de l'entrain.

— Je veux que tu saches, que tu comprennes. Que tu *me* comprennes.

Il m'a considérée quelques secondes, a hoché la tête et posé un baiser sur la commissure de mes lèvres pour m'encourager. Alors, en confiance, je me suis lancée.

Je suis revenue sur ma naissance, la mort de ma mère et le rejet de mon père. J'ai insisté sur le gouffre creusé par leur absence, le manque de mes racines, cette incapacité à découvrir qui j'étais. Je lui ai parlé de mon amour pour Maxence, le premier à avoir apporté de la lumière à mon monde si noir. J'ai évoqué ma violence après la mort de cet amour d'enfant.

Mon calvaire.

Je lui ai raconté la spirale infernale des foyers. Puis j'ai abordé Duprès. Mais je ne savais pas comment lui expliquer ce que cet enfoiré m'avait fait subir. Mes mains sont devenues moites, les battements de mon cœur se sont accélérés, j'ai tenté de dompter ma respiration.

— Après les foyers, j'ai atterri dans une famille d'accueil réputée pour sa capacité à recadrer les mômes comme moi. Visiblement, ce couple obtenait des résultats exceptionnels. L'administration et ses assistantes sociales attribuaient cette réussite au fait que Duprès était militaire. Droit dans ses bottes, à cheval sur la discipline et zéro affect.

Il y avait du dégoût dans ma voix. Mon regard s'était perdu dans le vide devant moi et je faisais tout pour ne pas croiser celui de mon amoureux. J'avais trop peur de ce que j'allais y lire. Il ne m'a pas coupé la parole, m'a écoutée presque religieusement, fixant le sol. J'ai poursuivi.

— L'administration était loin d'imaginer les méthodes dont usait ce pervers pour y arriver.

J'ai craché cette phrase comme d'autres crachent un glaviot et je me suis tue.

Mon visage était déformé par la colère. Rien que de m'entendre prononcer le nom de cet homme me donnait des haut-le-cœur. Alexandre a relevé la tête et m'a observée. Je n'avais pas eu besoin d'en rajouter. Au mot « pervers », il avait compris que cet homme avait volé le reste de mon enfance. Assassinée sur l'autel de son plaisir déviant.

Il m'a prise dans ses bras. Entre lui et moi, comme souvent, pas besoin de mots pour se comprendre. Je suis restée blottie contre lui. Persuadée que, après avoir tué les dragons de mon passé et botté l'Ombre hors du royaume, il allait maintenant me délivrer du château de mon affliction. Mais il a fait mieux encore, il m'a offert de partir avec moi dans ma quête du Graal. Il m'a embrassée et a soufflé au creux de mon oreille :

— Et si je t'aidais à retrouver ton père ?

Dans toute mon histoire, de tout ce que je venais de lui raconter, les familles d'accueil, les viols, il avait saisi que ce qui me manquait le plus c'était mon père.

Chapitre 19

Je suis allongée sur le canapé, un pied par terre pour éviter au *Titanic* qu'est ma vie de sombrer plus rapidement que le vrai paquebot. Mon verre est vide. Je m'y accroche comme à une bouée de sauvetage. Et pourtant… Je me noie davantage à chaque minute qui passe. Me voilà devant un nouveau chapitre de mon histoire. La quête de mon Graal.

Pas de belles arabesques et d'enluminures sur ce livre-là. Et, même si j'avais mon Chevalier, nous n'avions ni la Table ronde en renfort, ni Merlin pour nous guider. Jusque-là, dans ma cour, pas de miracles. Mais j'y croyais, pourtant.

Mon père est un homme sans visage.

Sans nom.

Sans prénom.

Il m'a condamnée à l'enfer sur Terre pour avoir tué l'amour de sa vie. Je suis une meurtrière. Ma mère, Duprès, Florian, je les ai tous assassinés.

Les yeux rivés au plafond, les chimères de mon existence dansent. Elles me regardent m'enfoncer en me narguant. Clown pathétique ou poupée de chiffon, tu n'es pas robuste, Héloïse. Tu n'es rien. Pauvre petite chose insignifiante. L'une des ombres flotte vers moi. Gracieuse, elle ondule en volutes et vient se poser à mes pieds. Elle m'observe. Une hallucination de plus dans cette soirée que peuplent mes démons. Elle s'approche de moi, légère et brumeuse, insaisissable. Elle entame sa danse macabre. Un ballet contemporain fait de mouvements élégants. Elle pointe un doigt fantomatique vers moi et susurre :

Meurtrière.

Mon âme se déchire une fois encore et je hurle dans un silence de mort. Je me recroqueville. Je t'en supplie, pardonne-moi, papa.

Chapitre 20

La fin du trimestre approchait à grands pas et mes examens aussi. Alex me soutenait en permanence, m'aidant à réviser, presque chaque soir. Il m'avait convaincue d'attendre que mon année soit validée pour commencer à rechercher mon père. Au départ, je m'étais braquée face à cette riche idée. Mais que croyait-il ? Qu'on pouvait tout dire et faire son exact contraire ? Le jour où il me l'avait proposé, j'avais piqué une colère noire. Cris, pleurs et les cavaliers de l'Apocalypse.

Héloïse dans toute sa splendeur. Alex devait vraiment m'aimer pour supporter mes ires et mes délires.

Nous étions samedi. La semaine avait été éprouvante. Le temps était à l'orage et nous avions décidé de nous détendre en faisant un marathon de films d'horreur, dans mon appartement.

Alors que nous venions de regarder le classique *Vendredi 13*, qui m'avait bien plus ennuyée qu'effrayée, j'ai interpellé Alex :

— Quand allons-nous commencer les recherches, pour mon père ?

— J'y ai beaucoup pensé justement. Je pense qu'il est préférable d'attendre cet été.

Pardon ?

Je me suis emportée, en rage.

Mon visage a pris une teinte cramoisie, mes yeux se sont mués en deux mitraillettes de compète et je lui ai craché au visage :

— Quoi ? Menteur ! Tu m'as embobinée. En fait, tu n'en as rien à foutre de mon père, de moi.

J'ai piqué une de ces colères dont je tenais la recette secrète. Les larmes sont montées, le tonnerre a grondé. Je me suis levée et ai tourné en rond en gesticulant. Une harpie incontrôlable.

— Tu n'es qu'un menteur ! Un putain de baratineur et tu n'es pas mieux que les autres.

J'ai couru m'enfermer dans la salle de bains en claquant la porte. Assise sur l'abattant des toilettes, je pleurais et vociférais à travers la porte.

— T'en as rien à foutre de moi ! Rien à foutre de mon père !

J'ai été injuste, je le sais. Mais ma fureur avait tout emporté sur son passage. Les minutes sont passées. Les sanglots et les tressautements ont cessé.

Inspirer.

Expirer.

Me calmer.

J'ai entendu alors sa voix s'élever, de l'autre côté de la porte :

— Ça y est ? Tu as fini ?

Pour le coup il m'a cloué le bec. Je m'attendais à tout, sauf à cette réaction. Je suis redescendue en pression, me suis levée pour sortir de mon refuge provisoire. Alex me considérait avec un grand sourire. Il n'était pas parti. Il était là, devant moi. J'ai alors écouté ce qu'il avait à me dire.

— Tu vas d'abord valider ton année, parce que je ne passerai pas ma vie à t'entretenir. Il me semble que l'indépendance est une de tes priorités, non ? Ensuite, dès le premier jour des vacances, nous irons à la maternité où tu es née.

Décidément, cet homme me surprenait un peu plus chaque jour. J'ai acquiescé et me suis jetée dans ses bras en l'embrassant à pleine bouche. Puis je me suis écartée avec un grand sourire et lui ai lâché un « merci » sincère. Grâce à son soutien, je me suis donc concentrée sur mes examens et j'ai obtenu le droit de filer vers une troisième année.

Le premier jour des vacances, il est venu me chercher devant ma résidence. Fred, son ami de l'équipe de basket, lui avait prêté sa voiture pour huit jours, pas un de plus. Nous avons commencé notre road trip vers mes origines, vers mon père. Étrangement j'avais le cœur léger. Première étape, la maternité qui m'avait vue naître. Je ne savais pas ce que nous y trouverions. Presque vingt ans étaient passés depuis que j'avais poussé mon premier cri. Internet et les clouds avaient commencé leur invasion. Avait-on numérisé les fichiers de l'époque ? Il faisait chaud et nous roulions les fenêtres grandes ouvertes. Nous avions décidé de passer par les nationales pour des questions de budget. La poire pour la soif était mince et nous devions être prudents, si nous ne voulions pas nous retrouver à faire la manche pour rentrer chez nous. Le paysage défilait sous mes yeux. En dehors de Paris que j'avais visité pour mes dix-huit ans, c'était mon premier voyage. Quel merveilleux goût que celui de l'aventure !

Nous traversions des champs de colza prêt à être récolté. Sur les bords de route, des coquelicots se dressaient avec fierté et ponctuaient d'une touche de rouge cet océan de jaune.

J'avais détaché mes cheveux et le vent qui s'y engouffrait me procurait un plaisir à peine dissimulé, fermant parfois les yeux, le nez hissé vers le ciel. La Golf bleu métallisé édition spéciale Bon Jovi que nous avait prêtée Fred avait un autoradio dernier cri, sur lequel j'avais pu mettre une clé USB avec mes chansons préférées. Nous roulions depuis une heure environ, quand vint le tour de *Stupid Girl* de Garbage. Que j'aimais cette chanson !

Alex tourna la tête vers moi.

— Ce morceau te va comme un gant.

— Pardon ?

— Je dis que ce titre te va comme un gant.

— Oui, ça j'avais compris, mais pourquoi ?

Et le voilà parti dans une traduction des paroles avec, à la clé, sa propre interprétation.

— Parce que, comme la fille de la chanson, tu es persuadée que personne ne t'aime, que tu ne peux te fier à personne. Tu ne crois en rien, comme elle. Et c'est stupide.

Prends ça dans la tronche, jeune fille. Alex 1 – Héloïse 0. Mais il n'avait pas tort. Avant lui, je n'avais cru en personne. Bien sûr, il y avait eu Abigaël, mais c'était différent. C'était une soignante et moi une dépressive. J'avais vécu tant de choses. Tant de conflits, tant d'épreuves. Comment croire en quoi que ce soit, après ça ?

— Tu as sans doute raison.

J'ai laissé ma tête retomber, me suis renfrognée comme une enfant qui venait de se faire gronder. Vexée. Je n'avais aucune envie d'aborder ce sujet avec lui.

Même si cela faisait plus de six mois que nous nous fréquentions, j'étais incapable de me lâcher complètement. Il lisait en moi comme dans un livre que je m'acharnais à refermer.

J'avais appris à aimer au contact d'Alex, mais je n'étais toujours pas prête à me laisser aimer. C'était encore trop difficile et je sentais bien que cela finirait par être problématique. Mais nous n'en étions pas là. Pour le moment, nous roulions vers mon passé et mes origines. Enfin je l'espérais.

Après quatre heures de route et une pause technique – *je déteste les toilettes publiques* –, nous sommes arrivés sur les lieux de ma naissance. C'était un établissement de campagne. Il ressemblait davantage à une maison de maître qu'à un complexe hospitalier. Un grand bâtiment de briques rouges dont les encadrements de fenêtres étaient en pierres blanches et de la vigne vierge s'élevant le long de la façade. Il se situait au milieu d'un petit parc arboré, à l'extérieur de la ville. Le parking qui se trouvait face à l'entrée ne pouvait pas accueillir plus d'une trentaine de voitures. L'endroit était charmant, mais en total décalage avec notre époque. On l'aurait cru sorti tout droit d'un album illustré ou, pourquoi pas, d'un conte de fées. Avec la désertification des campagnes, il doit rester très peu d'hôpitaux de ce genre. Par chance, la cheffe de service actuelle, Mme Domain, y travaillait déjà l'année de ma naissance. Je l'avais prévenue de notre venue, la veille au soir et lui avais expliqué brièvement que je recherchais des informations sur mes parents. Sans hésiter, elle avait accepté de me rencontrer.

Nous nous sommes présentés à l'accueil et Mme Domain nous a invités à entrer dans son cabinet. Nous avons pris place sur deux chaises face à son bureau en acajou. J'ai regardé autour de moi. Une bibliothèque, de la même essence que le bureau, couvrait tout le mur de droite. Elle était pleine de vieux livres médicaux aux couvertures de cuir bordeaux. Contre le mur de gauche, une vitrine garnie d'archaïques outils chirurgicaux. Il régnait là une ambiance de musée. Il n'aurait plus manqué que le parquet craque sous nos pieds. Elle nous a proposé un café, que nous avons refusé, s'est assise et a résumé les raisons de notre présence.

— Vous êtes née ici et vous voulez savoir si je me souviens de quelque chose ou si nous possédons un document qui vous aiderait à retrouver votre père, c'est bien ça ?

J'ai opiné du chef, tremblante.

Alex a pris ma main et l'a serrée pour me rassurer. Sa présence, dans cet endroit, me prouvait que je ne rêvais pas.

— Suite à votre appel et aux éléments que vous m'avez fournis, j'ai effectué des recherches.

Elle m'a alors confirmé ce que je savais déjà, c'est-à-dire l'identité de ma mère et ma date de naissance. J'étais bien avancée. Ma mère était orpheline, comme moi. Aucune filiation. Aucun moyen de savoir si quelqu'un connaissait mon père, de ce côté de la famille. Cette infirmière était mon seul espoir d'en savoir un peu plus. Elle s'est levée et s'est mise face à la fenêtre, les mains dans le dos. Des stylos dépassaient des poches latérales de sa blouse immaculée et des mèches rebelles semblaient vouloir fuir son chignon comme si leur vie en dépendait.

Elle a poussé un long soupir.

— Je me souviens bien de votre mère, Héloïse. De votre père également. C'était mon premier soir de garde dans cet établissement. On se souvient toujours des premières fois.

J'ai retenu mon souffle. Allais-je enfin savoir qui il était ?

En restant de dos, Mme Domain m'a expliqué que le tonnerre grondait, ce soir-là, et que mes parents étaient arrivés sous une pluie battante. Ma mère avait perdu les eaux et mon père était en panique. Il avait hurlé que sa femme était sur le point d'accoucher, qu'elle souffrait, qu'il fallait un médecin sur-le-champ. Il courait dans tous les sens, trempé jusqu'aux os, puant le chien mouillé, dans le hall des urgences. Ma mère se plaignait de fortes douleurs et de maux de tête, anormaux selon elle. Ils avaient alors été emmenés dans une chambre, et c'est Mme Domain qui avait examiné la patiente. Le col n'était pas très dilaté et le travail s'annonçait long et fastidieux. L'infirmière avait injecté un calmant à ma mère qui avait fini par s'endormir. Mme Domain avait alors proposé à mon père d'aller boire un café.

Elle s'est retournée vers nous et a poursuivi son récit, les bras croisés, adossée contre le rebord de sa grande fenêtre.

— Je le voyais si désespéré. Ses yeux étaient rougis par les larmes, ses traits déformés par l'angoisse et la peur. Il a accepté de me suivre à la cafétéria.

J'étais suspendue aux lèvres de cette dame venue de mon passé. Les yeux à demi-clos, fouillant dans le disque dur de sa mémoire, elle continuait de raconter. Mon père lui avait confié qu'il avait rencontré sa femme un an plus tôt, au bal des pompiers, dans un petit village du Sud. Qu'il l'avait trouvée magnifique dans sa petite robe à fleurs. Qu'il l'avait invitée à danser un rock endiablé sous les ampoules colorées qui ornaient le chapiteau. Alors qu'il croyait faire la démonstration de ses talents à cette jolie nymphe, c'était elle qui l'avait séduit. Elle virevoltait, riait sans jamais s'arrêter. Ses yeux pétillaient de bonheur. Elle le narguait, le laissant conduire tout en imposant ses passes, ses tours et ses jeux de jambes.

Essoufflés et en nage, ils étaient ensuite allés prendre un verre au bar. Une bière pour lui, une sangria pour elle. Il était subjugué par ses grands yeux verts. Il buvait ses paroles. Elle lui avait raconté son enfance, sa formidable famille d'accueil très catholique, particulièrement aimante, mais attachée aux principes. Lui qui ne croyait qu'aux voyages qui lui faisaient parcourir le monde, il avait senti que le cœur de la belle pouvait devenir son port d'attache. Ce soir-là, ils avaient décidé de s'enfuir à deux.

— Il m'a expliqué que votre mère était mineure, qu'il devait repartir le lendemain du bal pour l'Afrique, mais qu'il ne pouvait pas quitter l'Europe sans elle. Que la famille de votre mère ne l'aurait jamais accepté. Alors, ils s'étaient envolés le lendemain, sans rien dire à personne… Mon bip s'est mis à sonner, et je suis partie en courant. Il m'a suivie. Il savait que c'était pour votre mère. Éclampsie. Il fallait vous faire naître par césarienne pour avoir une chance de vous sauver toutes les deux. La suite de l'histoire, vous la connaissez…

Pendant tout le récit de Mme Domain, je n'ai pas desserré les mains. J'ai serré si fort que les jointures en étaient devenues blanches. Alex me regardait, impuissant. Les larmes roulaient le long de mes joues. C'était la première fois que j'avais un morceau de mon père, de ma mère, de moi. De nous. J'ai tenté de reprendre un peu de contenance. Ne pas m'écrouler, pas maintenant. Je n'avais jamais été si proche de lui. D'elle. Je me suis essuyé les yeux et me suis redressée, les épaules en arrière, la tête haute.

J'ai demandé :

— Vous avez retrouvé un document indiquant l'identité de mon père ? Une adresse, peut-être, aussi ?

Mme Domain s'est contentée de me fixer.

Sa mine s'est voilée de cet air désolé que prennent les personnes qui s'apprêtent à nous annoncer une mauvaise nouvelle.

— Non, je suis navrée. Vos parents n'étaient pas mariés et votre père risquait de gros ennuis. Aux yeux de la loi, il avait enlevé une mineure.

J'ai sombré.

Les abîmes de mon désespoir se sont ouverts, prêts à m'avaler. Je ne le retrouverais donc jamais ? Je me suis effondrée, me suis coupée du monde, un instant. Je ne voulais plus rien entendre. Juste assimiler le peu que je venais d'apprendre. Encaisser ce nouvel échec. Graver les uniques souvenirs qui restaient du jour de ma naissance et de mes parents dans un coin de ma mémoire. Des souvenirs racontés par une infirmière. Je me suis recueillie en silence, imaginant mes parents heureux, amoureux, lorsque j'ai senti une main dans mes cheveux. J'ai relevé la tête, pensant que c'était Alex. Mais non. Mme Domain était accroupie devant moi. Elle a séché mes larmes d'un revers de main, puis a prononcé cette phrase qui a allumé le phare dans ma tempête.

— Je n'ai pas de documents. Mais je me souviens de son nom. Comme je vous l'ai dit tout à l'heure, les premières fois ne s'oublient pas. Votre père s'appelle François. François Priats.

Chapitre 21

Si je ne pouvais toujours pas lui donner de visage et qu'il restait « l'homme de dos » sur les dessins de mon enfance, il avait une identité. J'en savais un peu plus sur sa vie. Sur celle de ma mère aussi.

François Priats.

En sortant de la maternité, ce nom tournait en boucle dans ma tête. Une des plus douces chansons qu'il m'ait été donné d'écouter. Pas que je trouve que ce soit très mélodieux, soyons honnête, mais c'était une partie de lui. Un début de piste pour le retrouver, enfin ! Alex m'a emmenée déjeuner dans l'unique restaurant abordable de la ville, un fast-food. J'avais gardé les mâchoires serrées depuis que nous avions quitté la maternité. J'ai senti qu'il commençait à s'inquiéter. J'étais perdue dans une quatrième dimension où j'imaginais papa virevoltant avec maman, sur une piste de danse. Ou encore devant un coucher de soleil dans la savane, façon *Out of Africa*. Mon amoureux m'a sorti tout à coup de mes rêveries.

— Maintenant, on fait quoi ?

— Comment ça « on fait quoi » ? On part à sa recherche, bien sûr !

— Certes, mais par où commence-t-on ?

En effet, excellente question. Si je connaissais son nom et son prénom, je ne savais pas grand-chose d'autre. Visiblement, il n'était pas du coin puisqu'il avait rencontré maman dans un village du Sud. Son penchant de globe-trotter n'allait pas nous faciliter la tâche.

Puis une lueur s'est allumée dans mon cerveau. C'était pourtant d'une évidence…

— Il nous faut une connexion Internet.

J'ai pressé Alex et nous avons débarrassé nos plateaux. Nous avons quitté le restaurant et nous sommes mis en quête d'un cybercafé. Après quelques minutes à tourner dans le centre-ville, nous en avons trouvé un, niché au cœur d'une petite place anonyme. Nous nous sommes installés devant un ordinateur.

Google est mon ami… Je lui ai donné le nom et le prénom de mon père en priant pour que, quelque part dans sa base de données, il trouve *le* François Priats que je recherchais. Nous avons tout épluché, les pages jaunes, blanches, les articles de presse…

Nous avons trouvé des professeurs, des agents immobiliers, des banquiers, des Jean-François, des Albert, des Georges, mais aucun François Priats. Je sentais le désespoir regagner du terrain. Plus les minutes passaient, plus mes épaules s'affaissaient. Nous avions un accès à l'ordinateur pour deux heures et le gérant du café n'allait pas tarder à siffler la fin du temps réglementaire. J'ai jeté un coup d'œil dehors. Le ciel, lui aussi, s'assombrissait à mesure que je me décourageais. La pluie s'est mise à tomber et, avec elle, ma peine. Je commençais à penser qu'il serait impossible de retrouver cet homme dont le sang coule dans mes veines.

Même si j'en avais appris plus en quelques heures qu'en dix-neuf ans, je désespérais de le dessiner, un jour, de face, mon papa. Alors que je plongeais de nouveau dans le puits de ma tristesse, Alex m'a retenue de justesse en me donnant un coup de coude.

— Héloïse, regarde.

Sur l'écran, il pointait du doigt l'article d'un scientifique relatant la découverte d'un site archéologique, datant de l'âge de pierre, en plein Sahara.

J'étais dépitée.

Qu'est-ce que j'en avais à faire que des pseudo Indiana Jones aient découvert des fossiles, inestimables, dans le désert ? Moi ce que je voulais, c'était le retrouver, *lui !*

— Ouais. Et alors ? Tu te passionnes pour les dinosaures maintenant ?

Mon ton était tellement acide que j'aurais pu faire disparaître le corps d'Alex en quelques secondes. Pas de trace. Le crime parfait.

— Mais non, enfin. Regarde, je te dis.

Son index m'a désigné le bas de l'article.

— Le nom du scientifique qui en est à l'origine est inscrit en italique. Et tu ne devineras jamais. Enfin si, tu me vois venir avec mes gros sabots.

J'ai regardé. Une première fois. J'ai dévisagé Alex avant de poser de nouveau les yeux en bas de l'article. Je m'y suis reprise plusieurs fois, pour être bien certaine. Je n'y croyais pas. Il était signé d'un certain François Priats. J'ai sauté de joie, renversant ma chaise.

Coup de sifflet du gérant.

Fin de partie.

Notre temps était écoulé, nous devions quitter le cybercafé. Frustration maximum, mais avec elle, l'espoir.

La pluie avait cessé en même temps qu'Alex m'avait redonné le sourire.

Cette découverte, ce n'était pas grand-chose certes, mais c'était déjà un début. Alex m'a promis que nous retournerions au cybercafé, le lendemain, pour poursuivre nos recherches.

Ce soir-là, en m'endormant, j'ai rêvé de lui, en aventurier. Le chapeau, le fouet et les bottes, la panoplie complète *made in* Steven Spielberg. Finalement, nous étions peut-être pareils, mon père et moi. Nous chassions des choses disparues. Lui des civilisations et moi, mon identité.

C'est l'odeur douce et épicée du café qui m'a réveillée. Et le baiser d'Alex, aussi.

Le pauvre, six mois qu'il dormait près de moi en supportant mes cauchemars et sans avoir le droit de me toucher sauf pour me serrer dans ses bras. J'ai à peine pris le temps d'avaler le petit déjeuner que mon amoureux avait préparé avec attention, j'ai filé sous la douche, puis me suis habillée. Jean, T-shirt, baskets. J'étais prête pour fouiner sur le Net.

— Allez dépêche-toi, Alex. On y est presque. Je le sens.

Je lui avais à peine laissé le temps d'enfiler ses tennis que je lui attrapais la main et l'entraînais hors de notre chambre. Nous avons filé vers le cybercafé et avons repris les recherches. Cette fois, nous nous sommes concentrés sur les sites scientifiques et archéologiques. Nous ne savions pas si c'était bien mon père qui se cachait derrière cet article, mais c'était le seul élément que nous avions. Deux heures à surfer sur les vagues des pages Web spécialisées, mais à la fin du sablier nous n'avions aucune piste. Nous n'avons pas trouvé d'autre article de François Priats, ni aucune référence à son nom. Vaines recherches. J'étais lasse, abattue et vide.

Vide d'énergie.

Vide d'envie.

Vide d'espoir.

Je me suis levée avant même qu'Alex ne s'en rende compte et ai quitté le café en claquant la porte.

Le temps était aussi maussade que mon moral. La pluie tombait en fines gouttes glacées. De celles qui s'immiscent en vous comme de petits parasites vicieux, pour vous glacer de l'intérieur. Je suis restée là, la tête levée à accueillir l'eau du ciel comme si elle allait laver l'abattement qui me rongeait. Un pas en avant et trois en arrière, dans la sombre valse de ma vie, c'était encore le désespoir qui menait la danse. Alex est sorti du café à son tour, m'a pris la main et m'a entraînée vers la voiture. Une fois à l'abri, il m'a proposé de retourner à l'hôtel pour nous sécher et nous changer.

J'ai accepté d'un signe de la tête. Je n'étais plus dans mon corps, mais prisonnière d'un *Spleen* à faire pâlir de jalousie celui du grand Charles.

Quand le ciel bas et lourd pèse comme un couvercle
Sur l'esprit gémissant en proie aux longs ennuis,
Et que de l'horizon embrassant tout le cercle
Il nous verse un jour noir plus triste que les nuits ;
[...]
Et de longs corbillards, sans tambours ni musique,
Défilent lentement dans mon âme ;
L'Espoir,
Vaincu, pleure, et l'Angoisse atroce, despotique,
Sur mon crâne incliné plante son drapeau noir[1].

Quand nous fûmes secs, Alex a proposé de sortir nous promener et visiter la ville, mais j'ai refusé. Je ne voulais pas bouger de la chambre. Je refusais de prononcer le moindre mot. Las, il a déposé les armes. Il est sorti, seul. Comme une éponge pleine d'eau, je ne pouvais plus rien absorber. C'était l'échec de trop. Cet après-midi-là, alors que l'espoir m'avait fuie à nouveau, je voulais mourir, ne plus ressentir, ne plus souffrir. Ce n'était certes pas la première fois, mais plus jeune je n'avais jamais eu le courage de passer à l'acte. D'aucuns pensent que le suicide est un acte de lâcheté ; moi, je pense que c'est l'inverse. Il faut du courage pour braver la mort et l'accueillir dans ses bras. Même si elle vient délivrer celui qui fait le choix de la suivre, il faut être capable de défier son regard à l'instant ultime où l'on franchit le Styx, pour un voyage sans retour. Quand Alex est rentré, il m'a retrouvée dans la salle de bains. J'étais recroquevillée sur le sol, baignant dans mes larmes et dans mon sang.

1. *Les Fleurs du Mal*, Baudelaire.

Chapitre 22

Approche, papa.

Dans la grande tragédie de ma vie, je t'invite à un nouvel acte… La mort d'Héloïse. La mort de ta fille. Celle que tu as abandonnée. Que tu as condamnée pour le meurtre de sa mère, sans procès, sans défense et sans avocat pour plaider sa cause. Celle à qui tu n'as donné aucune chance d'expier sa faute.

J'ai mal.

Moi qui pensais que la mort nous libérait de nos douleurs, il va falloir réécrire tout ce qui se dit sur le sujet, parce qu'alors que je passe de l'autre côté je te garantis qu'un étau broie mon crâne et que je ne souffre pas moins qu'avant de m'être ouvert les veines. Je n'ose pas lever les paupières.

Que vais-je découvrir ? Certainement pas le paradis. Je n'ai jamais cru à ces conneries.

Si Dieu et ses anges existaient, c'est plutôt Satan qui serait venu me chercher. Satan le rebelle. Satan le Malin. Serait-ce lui qui m'a guidée jusqu'à ce jour ? Suis-je là pour aller grossir son armée des ombres ? J'ai peur Papa. Je voulais mourir pour ne plus souffrir.

Pour oublier.

Oublier mes malheurs et ma vie d'errance. T'oublier toi, parce qu'espérer te retrouver m'a fait plus de mal que ton absence. L'espoir est traître. D'abord, il nous enrobe de douceur, soigne nos blessures. Il nous prend par la main en nous promettant que demain tout ira mieux. Il éclaire nos nuits sans lune. On se laisse porter. On y croit très fort. On s'y accroche parce que notre vie en dépend. Puis ce traître nous lâche. Et c'est le plongeon.

Vertigineux.

Constant.

Dans un puits sans fond. Me couper les veines a été le seul moyen d'arrêter la chute. De ne plus rien ressentir. De chasser la sensation d'avoir de l'acide dans les entrailles. Mais je me suis trompée, la douleur est plus vive que jamais. Il est temps d'ouvrir les yeux et de découvrir où la Mort m'a emmenée. Partager avec toi mon nouvel univers. Tu es prêt, papa ?

Je clignais des yeux sans rien distinguer d'autre qu'un plafond vert kaki. Quelle couleur affreuse ! C'était certain j'étais en enfer ! J'ai refermé les yeux.

— Héloïse ?

Cette voix m'était familière.

Qui aurais-je pu donc croiser au Pandémonium de mon âme ? Duprès ? Florian ?

— Tu m'entends ?

J'ai ouvert à nouveau les yeux, doucement. J'ai plissé les paupières pour faire le point sur la personne qui était penchée au-dessus de moi.

— Alex ?

— Tu attendais quelqu'un d'autre ?

À ce moment-là, j'ai repris pied avec la réalité. Ma réalité. Je n'étais pas au purgatoire, mais en vie. Je m'attendais à croiser l'un des cadavres qui hantent mon passé, mais pas lui ! J'ai essayé de me redresser pour regarder ce qu'il y avait autour de moi, mais il m'en a empêchée.

— Reste allongée. Tu as perdu pas mal de sang.

Mon cerveau refusait de fonctionner. Je ne comprenais pas. J'aurais dû être morte à cet instant.

— Alex. Mais qu'est-ce que… ?

— Chut. Repose-toi, me dit-il, passant sa main délicatement sur mon visage.

J'étais en vie, allongée sur le lit dans notre chambre d'hôtel.

Choc.

Que dis-je ?

Électrochoc, sans défibrillateur. Cent mille volts d'un coup et j'étais de retour dans le monde des vivants. Alex m'a expliqué qu'en rentrant il m'avait trouvée dans la salle de bains. D'abord paniqué, il avait pensé appeler les pompiers. Puis il s'était rendu compte que je m'étais entaillé les poignets dans le sens de la largeur. C'est plus efficace dans la longueur... J'avais perdu du sang, certes, mais mon pouls était régulier. Il avait soigné mes blessures, les pansements de la trousse de secours de la voiture avaient été très utiles. Ensuite, il m'avait mise sur le lit et avait attendu mon réveil, aux aguets.

Une envie de meurtre m'a prise à la gorge. De quoi se mêlait-il ? Pourquoi ne m'avait-il pas laissée mourir en paix ? De quel droit m'avait-il volé *ma* mort ? Celle que j'avais rêvée.

Mais putain, Alex, tu ne pouvais pas retirer ton armure et laisser le Dragon gagner, pour une fois !

La colère est montée, m'a envahie tout entière. Mon regard s'est noirci et mes poings se sont serrés.

— Je ne voulais pas que tu meures.

— Merde, Alex, c'était mon choix ! Tu n'as toujours pas compris à quel point j'ai mal. Mal d'avoir tué ma mère. Mal de penser chaque jour à cet inconnu qui m'a abandonnée. Mal de survivre plutôt que de vivre dans un monde qui ne veut pas de moi.

Je fulminais. Mes bras fendaient l'air en de grands gestes.

— Je suis fatiguée. Fatiguée de lutter en permanence. Je n'ai plus de forces, tu entends. JE SUIS À BOUT !

Je lui ai tourné le dos et, tremblante, me suis repliée en position fœtale sur le lit. Après plusieurs secondes, il a lâché :

— C'est toi qui ne comprends rien, Héloïse.

Mon sang n'a fait qu'un tour. J'ai fait volte-face et ai planté mon regard dans le sien. J'allais lui cracher mon venin, ma haine, avec toute la verve dont j'étais capable. Quoi ? C'était moi qui ne comprenais rien ! Elle était bonne, celle-là. Au moment où j'ai ouvert la bouche, il a posé sa main sur mes lèvres avec autorité et m'a dit :

— Tu es persuadée que tu n'es rien. Que personne ne veut de toi. Que ta vie n'a aucune valeur. Mais tu te trompes parce que moi… je t'aime. Et quand je t'ai vue étendue sur le sol de la salle de bains, j'ai cru suffoquer.

Il a retiré sa main de ma bouche et a attendu une réaction de ma part. Je le dévisageais, interdite, assommée par ses mots. Je ne bougeais plus. Il m'a prise dans ses bras. Je ne l'ai pas repoussé et ai ressenti tout son amour dans cette étreinte. Il m'a serrée, encore et encore, comme si sa vie dépendait de la mienne. Je me suis laissée aller à la chaleur de son étreinte et ai fini par fondre en larmes. Ce jour-là, plus que jamais, j'avais compris la signification du verbe aimer.

À cet instant précis, j'ai pris une grave décision. Je ne chercherais plus mon père. Cette quête m'avait fait frôler la mort et j'avais failli perdre la seule personne qui restait près de moi contre vents et marées. Pour un temps, j'allais apprendre à vivre. J'allais enfin ressentir autre chose que la palette de sentiments noirs qui m'avaient accompagnée, une bonne partie de ma vie. Découvrir la saveur d'un bonheur auquel j'avais accordé si peu d'importance. Me libérer de mes souffrances. Goûter à une existence sans l'ombre de mon père.

Sans racines, sans passé… mais avec un avenir.

Chapitre 23

I've waited a hundred years
But I'd wait a million more for you
Nothing prepared me for
What the privilege of being yours would
[…]
Your love is my turning page
Where only the sweetest words remain
Every kiss is a cursive line
Every touch is a redefining phrase.
I surrender who I've been for who you are
For nothing makes me stronger than your fragile heart
If I had only felt how it feels to be yours
Well I would have known
What I was living for all along
What I've been living for[1].

1. J'ai attendu une centaine d'années
Mais j'en attendrais un million de plus pour toi
Rien ne m'a préparé
Au privilège que ce serait d'être tien.
[…]
Ton amour est ma page qui se tourne
Où seuls les mots les plus doux demeurent
Chaque baiser est une ligne en italique
Chaque contact est une phrase redéfinie.
J'abandonne qui j'étais pour qui tu es
Car rien ne me rend plus fort que ton cœur fragile
Si seulement j'avais ressenti ce que c'était d'être tien
Eh bien, j'aurais su
Pourquoi j'existais (depuis toujours)
Pourquoi j'avais vécu.
Turning page, Sleeping at Last

La voix du chanteur de Sleeping at Last prend le relais sur la playlist qui m'accompagne dans cette nuit de souvenirs. *Turning page.*

Pour la première fois, ce soir, je n'ai pas envie de remplir mon verre. Je repense à ce jour où j'ai cessé de lutter et où j'ai enfin accepté d'être aimée. La rivière de mes larmes s'est tarie, laissant place au souvenir des instants magiques auprès d'Alex. Une parenthèse hors du temps où toutes mes souffrances ne prenaient de sens que pour ces heures passées dans ses bras. J'aurais supporté et je supporterais encore tous les maux du monde pour revivre, une seule fois, cette nuit-là. Le sentir une dernière fois avant de fermer les rideaux.

Je me lève et laisse la musique m'emporter. Je danse un slow avec lui, Alex, mon invisible cavalier. Je sens même son souffle dans mon cou. Ses mains autour de ma taille. Il me fait tourner, doucement, sur une piste de danse qui n'existe que dans mes pensées. Il me regarde avec amour. Mon cœur se libère. Je souris aux anges et à leur Dieu qui m'a oubliée. La tendresse de ses baisers, la douceur de ses caresses, plus rien ne compte que cette onde de chaleur qui m'envahit. Me voilà en apesanteur. Virevoltante au milieu de mes ombres. Il les tient à distance. Elles ne peuvent m'atteindre. Mes pieds ne touchent plus terre. Nous dansons, lui et moi, enlacés, au beau milieu d'un ciel étoilé. Même si cette nuit il est loin de moi, la lumière dont il m'a fait don s'est réveillée pour commémorer le souvenir de mon Chevalier.

J'avais lutté dix-neuf ans, et en ce jour où j'avais voulu mettre fin à ma vie, il m'avait fait renaître femme.

Chapitre 24

Après la déclaration d'amour d'Alex, je me suis endormie. Assommée par les émotions. Lovée contre celui qui venait de me dire trois petits mots qui, enfin, prenaient tout leur sens. Je crois que moi aussi je l'aimais, mon Chevalier.

Quand je me suis réveillée, il me regardait. Il y avait tellement de choses dans ses yeux. Pour la première fois, j'avais le sentiment d'être *vue*. Moi, Héloïse. Pas ma douleur. Pas mes blessures. Pas ma noirceur ni ma violence. Pas ma détresse ou mon incapacité à trouver le mode d'emploi de ce monde étrange. Non, il ne voyait que moi. Juste moi. J'ai posé mes lèvres sur les siennes. Timidement, d'abord. Puis j'ai recommencé appuyant un peu plus mon baiser. J'ai entrouvert la bouche et ai lancé ma langue à la recherche de la sienne. Je voulais qu'elles s'effleurent. Qu'elles communient dans la promesse de nos lendemains. Il m'a rendu ce baiser avec passion.

J'ai senti sa main glisser de ma joue vers mon cou et, pour la première fois, je ne l'ai pas retenue. Je l'ai même dirigée vers ma poitrine. Je voulais qu'il me caresse, je voulais m'abandonner à l'amour et découvrir la beauté de deux corps qui se cherchaient, se mélangeaient et s'aimaient. Nous nous sommes explorés, à tâtons, par-dessus nos vêtements. Des gestes lents, délicats et tendres. Mon pouls et ma respiration se sont accélérés. Je découvrais un sentiment nouveau, le désir. Je voulais parcourir le corps d'Alex et l'imprimer au bout de mes doigts, pour pouvoir le redessiner à l'infini. Nous avons retiré nos T-shirts et j'ai senti la chaleur de sa peau contre la mienne. Une sensation de bien-être profond m'a submergée. L'univers nous appartenait, à nous et à nous seuls.

Ses lèvres se promenaient sur mes flancs, revenaient sur mon ventre. Il y avait tant de sensualité dans ses baisers. Il a déboutonné mon pantalon et l'a fait glisser le long de mes jambes. Il a dû déceler la crainte dans mon regard parce qu'il est revenu m'embrasser avec passion et bienveillance. Un baiser qui voulait dire *n'aie pas peur.* Alors je me suis laissée aller. Impression étrange et inédite que d'offrir son corps à un autre être humain. Nos caresses se sont faites plus insistantes, plus ardentes et plus intimes. Plus ses mains et ses lèvres prenaient possession de mon être, plus je me libérais des fers de mon passé.

C'est moi qui l'ai attiré entre mes jambes, je voulais le sentir en moi. Que nos corps fusionnent comme nos cœurs. Que nous ne fassions plus qu'un. Lorsqu'il m'a pénétrée, les derniers maillons qui me retenaient prisonnière ont cédé. Mon corps s'est arc-bouté pour l'accueillir. Alex a pris possession de moi pour effacer mes cicatrices physiques, comme il l'avait fait avec mon cœur. Mes sens étaient en ébullition. J'ai lâché prise. Au moment où j'ai senti la vague approcher, je me suis abandonnée complètement et ai découvert le plaisir. J'ai été submergée par l'émotion. Une explosion de sensations. Je me suis mise à rire et à pleurer. Incapable de me contenir. Je venais de vivre un instant de grâce et de naître femme.

Nous nous sommes réveillés au lever du soleil. Un nouvel avenir s'offrait à moi, et j'avais décidé que rien ne pourrait venir troubler cette sérénité. Au revoir les tourments, bonjour la vie ! Nous avons petit-déjeuné dans la chambre. Alex m'a proposé de reprendre nos recherches, j'ai refusé. À quoi bon m'acharner à retrouver un homme qui n'avait pas voulu de moi et dont l'absence m'avait tant fait souffrir ? Nous avons quitté l'hôtel et repris la route.

Direction le bonheur.

Mon amoureux m'a suggéré de faire une halte dans un village de pêcheurs, Ambleteuse, sur la côte sauvage. À une centaine de kilomètres de chez nous. J'ai adoré l'idée. Nous avons trouvé une supérette dans le centre-bourg et nous y avons pris de quoi pique-niquer sur la plage. Nous avons déambulé dans les petites rues, admirant les façades bleues et blanches des maisons, levant le nez au vent et tendant l'oreille au chant des goélands. Arrivés sur la plage, nous nous sommes assis sur un rocher, dans les dunes, face à la mer. Alex a débouché la bouteille de rosé achetée peu avant et nous avons trinqué à l'avenir.

Nous regardions les enfants courir avec leurs cerfs-volants. Les couples qui se promenaient main dans la main. Le soleil brillait haut dans le ciel. Pas de nuages. C'était une belle journée qui annonçait l'approche de l'été.

Nous avons évoqué les deux années qu'il me restait avant d'être diplômée. Puis il m'a avoué son désir d'arrêter ses études pour passer le concours d'officier de police à la rentrée. Je me souviens lui avoir répondu que, quels que soient ses choix, je le soutiendrais. Après notre déjeuner, nous sommes allés marcher. J'avais l'impression de découvrir le monde sous un regard nouveau. À la manière d'une citadine qui découvre le bleu du ciel et de la mer, alors qu'elle ne connaissait que les cinquante nuances de gris de son horizon. L'odeur iodée, le cri des mouettes, le vent transportant les embruns, les grains de sable entre mes mains, tant de découvertes qui me remplissaient le cœur d'une euphorie nouvelle.

Nous dévalions les dunes, en roulant, comme si nous avions dix ans. Une journée pendant laquelle j'ai oublié tout ce que j'avais vécu avant lui. Nous avons regardé le soleil s'éteindre dans l'océan. Rien d'autre ne comptait à part nous. Nous avons rejoint la voiture et repris la route sous un ciel orangé virant sur le violet. Cendrillon devait être rentrée avant minuit, si elle ne voulait pas que le rêve se transforme en cauchemar. Mon cher et tendre m'a déposée chez moi. Il devait rendre la voiture à Fred et j'avais besoin de solitude. La nuit serait nécessaire pour assimiler et digérer ce que nous venions de vivre intensément en si peu de temps. Nous nous sommes dit au revoir dans un chaste baiser.

À peine rentrée et mon sac déposé sur mon lit, j'ai allumé la télévision. Il était temps de me mettre à la page sur les événements marquants. Nous venions de vivre coupés du monde trois jours durant et la journaliste qui sommeillait en moi avait besoin de son shoot de médias. Je me suis rendue côté kitchenette et me suis préparé un thé. Dans le même temps, j'ai zappé sur une chaîne nationale. L'une de celles qui vous racontent tout ce qu'il se passe dans notre beau pays. Voyage du Président, économie morose, puis cette information qui m'a fait tendre l'oreille :

Le corps de Florian Malpart, professeur de journalisme, disparu il y a plus d'un an, a été retrouvé ce midi, dans un canal situé à plusieurs kilomètres de son domicile. Le décès serait survenu peu de temps après sa disparition. Il s'agirait d'un homicide, mais nous n'avons, à cet instant, reçu aucune confirmation. Une autopsie aura lieu demain.

Chute et explosion de ma tasse sur le sol.

J'ai été aspirée dans un vortex temporel. Je me suis revue lui fracasser le crâne avec cette pierre. Je me suis effondrée.

Après avoir repris connaissance, j'ai vidé toutes les bouteilles de mon bar.

Whisky, rhum, vodka, un aller sans retour vers la migraine, mais surtout le moyen d'oublier, le temps d'une soirée, que c'était moi la coupable.

Meurtrière.

Chapitre 25

Le lendemain, le réveil a été difficile.

Les tambours du Bronx avaient décidé d'élire domicile dans mon cerveau. Et cette voix qui me répétait *meurtrière* en permanence. J'ai couru vers la salle de bains. J'ai vomi, ai expulsé de mon corps l'alcool qui avait engourdi mes sens et, avec lui, mon mal-être. Le ventre est le siège des émotions, paraît-il. Le mien était en surcharge, trop de sentiments contradictoires. Alors que j'étais à genoux devant la cuvette des toilettes, Dame Culpabilité est venue me rendre visite.

Comment as-tu pu faire ça, Héloïse ? Tuer un homme de sang-froid. Oui, il y a des pervers sur Terre. Oui, tu en as fait les frais, c'est vrai. Mais tu es allée trop loin. Florian n'était qu'un coureur de jupons invétéré, abusant de son statut de professeur pour séduire les jeunes étudiantes. Un Casanova de plus, rien d'autre.

— Je sais chère Culpabilité, mais ce n'était pas moi. C'était elle, l'Ombre.

Son rire a résonné.

Arrête, je t'en prie. Arrête.

Je me tenais la tête entre les mains, la secouait de droite à gauche dans un non sans fin.

Mais Dame Culpabilité ne le voyait pas de cet œil. Elle m'étreignait et me harcelait :

Que vas-tu devenir, Héloïse ? Que vas-tu dire à Alexandre ? Et si tu allais en prison ? Tu peux oublier tes rêves d'avenir et te préparer à dire adieu à la liberté…

Spasmes et sanglots me secouaient.

Alors que je venais de goûter au bonheur, j'étais rattrapée par mon malheur. Celui que j'avais provoqué. Je ne sais pas depuis combien de temps j'étais prostrée quand on a frappé à la porte. Sans doute Alexandre. Qu'allais-je lui dire ? La police viendrait forcément m'interroger. J'étais la dernière à avoir vu Florian vivant. Je n'avais jamais relaté cette histoire à Alex.

Sortir de la panique.

Sécher mes larmes.

Ouvrir la porte avec un sourire et aviser.

— Bonjour…

J'ai été coupée dans mon élan. Ce n'était pas mon petit ami, mais deux officiers de police. Le sang a quitté mes joues, j'ai manqué défaillir. Je me suis tenue au montant de la porte, tentant de dissimuler ma peur derrière un masque d'innocence.

Ils se sont présentés, ont vérifié mon identité et m'ont expliqué la raison de leur venue : la découverte du corps sans vie de Florian. Étant la dernière personne à l'avoir vu, j'étais invitée à me rendre au commissariat dans l'après-midi. J'ai acquiescé. Bien sûr que j'irais, si je pouvais apporter mon aide… Je tenais là mon meilleur rôle. Quel aplomb dans le mensonge ! Quelle aisance dans la composition de la mine défaite ! Prête pour les molières et les césars. Heckel et Jeckel m'ont remis la convocation écrite et ont regagné leur véhicule.

J'ai refermé la porte et m'y suis adossée pour ne pas tomber. Bas les masques. Maelström de pensées, d'interrogations. Me voilà à deux doigts de passer le reste de ma vie entre quatre murs. Et dire que je pensais avoir abandonné mon passé derrière moi. Mon futur horizon ? Un soupirail et des barreaux. Il me faudrait bien plus qu'un double aux dés pour sortir de ce guêpier. Je n'ai jamais voulu être une victime. J'ai subi l'enfer, mais je me suis toujours relevée. Je suis une guerrière. Et même si j'ai perdu pied autrefois, il est hors de question que je renonce à mon bonheur naissant.

Pas question que la découverte de ce corps vienne tout gâcher.

Il était 11 heures.

Alex n'allait pas tarder. Il me fallait une solution et vite. Hors de question de le mêler à ce bourbier. S'il découvrait que j'étais une criminelle, il ne voudrait plus me voir. Je refusais de prendre ce risque, c'était au-dessus de mes forces. J'ai saisi mon portable et lui ai envoyé un texto. Je lui ai conseillé de ne pas venir, car j'avais attrapé froid, la veille.

Je vais immédiatement chez le médecin.

Sa réponse est arrivée dans la seconde.

OK. Tiens-moi au courant.

J'ai respiré, soulagée. Il me restait deux bonnes heures avant de me rendre au commissariat. Il fallait que je plonge dans le passé. Je n'avais pas le choix, je devais me souvenir de la déclaration que j'avais faite aux policiers de l'époque. Là se trouvait mon seul et unique salut. Je me suis placée devant mon miroir. Dans mon reflet je me suis revue saisir cette pierre, fracasser le crâne de Florian. Son corps qui s'effondrait. Était-il possible qu'il ait été encore vivant quand je l'ai poussé dans le canal ? Comment avais-je pu en arriver à commettre un tel acte ? Je tentais de me convaincre que ce n'était pas moi, mais Elle. Celle qui m'accompagnait depuis mon premier cri. Pourquoi m'encombrer de remords ? Je n'y étais pour rien. Rejeter ce meurtre sur l'Ombre m'apaisait. Elle était là, s'étendant tout autour de moi. Alors que je m'apprêtais à quitter l'appartement, Elle a murmuré au creux de mon oreille.

Je veille sur toi.

Chapitre 26

L'accueil du commissariat était glacial. Sur les murs gris et défraîchis, des affiches de personnes disparues, des numéros verts à l'intention des femmes battues ou des enfants victimes de violences. Le lieu était triste, sans aucune âme. Des personnes attendaient, sur un banc rouillé. On aurait dit des zombies. Les épaules affaissées, tel Atlas portant le poids du monde. Elles patientaient pour qu'un agent prenne le temps d'écouter leurs plaintes aux allures de complaintes. Certaines somnolaient, d'autres avaient le regard perdu. Toutes attendaient la délivrance. Qu'un sauveur en uniforme vienne mettre fin à leur supplice.

Prise de nausées, je me suis présentée à l'accueil, raide comme la justice à laquelle je voulais échapper. La jeune femme qui m'a répondu avait l'air blasée. Elle devait faire partie de ces gens qui avaient tout vu et ne s'émouvaient plus de rien. Elle m'a demandé de patienter. L'officier en charge du dossier allait me recevoir. Je l'ai remerciée et suis restée debout, à l'écart. Comme toute bonne actrice, j'ai répété mon texte mentalement, avant de monter sur scène. Pas d'audition pour Héloïse. Il n'y aurait qu'une seule prise. Je ne devais pas la rater.

Le policier qui est venu me chercher a l'air jeune. Trop jeune pour faire ce métier, pourtant il a déjà le visage marqué par de nombreuses nuits sans sommeil et des réveils aux aurores. Il m'a invitée à le suivre. L'ascenseur nous a avalés, puis nous a recrachés au deuxième étage de ce bâtiment qui cachait, en ses murs, les secrets les plus sombres de notre société. Combien de meurtres, de viols, de trafics avaient été avoués dans ses entrailles ? J'étais dans l'antichambre de l'enfer. Je n'avais pas eu cette impression la première fois que j'étais venue, juste après la disparition de Florian. J'ai supposé que c'était la peur qui modifiait ma perception des lieux.

Le policier s'est écarté pour me faire entrer dans son bureau. J'ai découvert son repaire. Partout où mes yeux se posaient, des affiches. *L 627, Dobermann, Le Poulpe…* Uniquement des films qui mettaient en scène des flics. Ces femmes et ces hommes vivaient-ils pour autre chose que leur métier ?

Le jeune lieutenant m'a désigné une chaise. Je m'y suis assise. Il m'a expliqué qu'avant de m'interroger sur la dernière soirée où j'avais vu Florian il devait reprendre mes éléments d'identité. Pendant qu'il vérifiait ma date de naissance, mon adresse et tout le volet administratif, j'ai détaillé son visage. Il avait les cheveux bruns, un coiffé-décoiffé savamment étudié et des yeux d'un noir profond, sans aucune luminosité, éteints. De petites rides marquaient le coin de ses yeux et les cernes mangeaient la moitié de son visage. Il ne devait pas avoir trente ans, mais semblait en avoir presque dix de plus. Je ne voulais pas qu'Alex fasse ce métier. Il allait vieillir avant l'heure, allait être confronté à la lie de la société, devrait encaisser une violence aux mille facettes. Je refusais qu'il finisse comme ces policiers et gendarmes qui choisissent de se suicider chaque année. Trop d'horreurs, trop de pression. Ce métier est une machine à broyer.

Il allait falloir que je lui en touche un mot quand je serais sortie d'ici. Enfin, si j'en sortais.

L'officier a sonné la fin de mes réflexions. Il était temps de m'expliquer.

— Vous avez déjà été entendue dans le cadre de la disparition de M. Malpart, il y a dix-huit mois. Pouvez-vous me raconter de nouveau le déroulé de votre soirée ?

— Je n'ai rien de plus ou de moins à vous dire. Nous sommes allés boire un verre et nous sommes ensuite rentrés chacun de notre côté.

Je me suis tue. Il m'a scrutée. Je crois qu'il en voulait plus. Ce simple résumé ne lui avait pas suffi. Nos regards s'affrontaient. Je sentais bien qu'il cherchait à me sonder. À ce jeu-là, j'étais certaine de remporter la partie. L'expérience plaidait en ma faveur. Je n'allais lui laisser aucune chance de me déstabiliser. Je ne comptais pas perdre sur ce coup de poker. J'allais bluffer et rafler la mise. Tapis.

— Parlez-moi de M. Malpart. C'était votre professeur. Pourquoi avoir accepté d'aller boire un verre avec lui ?

— Il était plutôt bel homme et il le savait. Je pense que vous avez dû prendre connaissance des déclarations des autres élèves.

— Effectivement. Mais c'est la vôtre qui m'intéresse. Donc… Je vous écoute.

Il a croisé les mains et y a posé son menton, le regard perçant, persuadé de gagner la manche.

— Comme je vous le disais, il était plutôt bel homme et avait la réputation de conter fleurette aux étudiantes. Il ne s'en cachait pas. J'ai accepté d'aller boire un verre avec lui comme d'autres avant moi. Au-delà de son côté Casanova, c'était un homme intéressant, cultivé et brillant. Passer un moment en sa compagnie ne me semblait pas être une si mauvaise idée.

— Que s'est-il passé au cours de cette soirée ?

— Nous avons discuté journalisme essentiellement. Mes aspirations futures. Lui avait envie de reprendre une activité de terrain. L'enseignement avait été une bonne expérience, mais il en avait fait le tour. Il m'a dit qu'il avait une piste, pour un poste à Paris. Puis nous nous sommes séparés devant le bar. Je suis rentrée chez moi.

J'étais parfaite ! J'avais l'avantage.

— Le serveur qui était en charge de votre table ce soir-là vous décrit comme ayant été je cite « très proches. Comme un couple qui flirtait. » Ça ne ressemble pas trop à votre description, vous ne croyez pas ?

Celle-là je ne l'avais pas vue venir. Je me rappelais ses caresses, sentais son odeur.

Malaise.

Ne rien montrer.

Rester maîtresse de mes émotions. Si je voulais remporter la manche, mon coup de bluff devait être imparable.

— Les deux ne sont pas incompatibles, lieutenant. Oui nous avons flirté. Je vous l'ai dit, M. Malpart était un coureur de jupons. Je savais ce qui m'attendait en acceptant d'aller prendre un pot avec lui. J'avais besoin de me changer les idées. De laisser un peu de côté les cours et c'est pour cette raison que j'ai accédé à sa demande. Les jeux de séduction n'ont jamais fait de mal à personne. Par contre, je ne voulais pas aller plus loin. J'avais été claire avec lui, et ce dès le début.

Il a hésité. J'ai vu dans son regard qu'il ne savait pas quoi penser. Ils n'avaient aucun élément contre moi. Rester sur ma ligne de conduite et mes déclarations initiales. Ne pas dévier et tout irait bien.

— Dans quel état était M. Malpart quand vous vous êtes quittés ?

— Normal. Enfin je veux dire pas ivre. Nous n'avions bu que deux verres.

— Savez-vous si une de ses étudiantes avait des griefs contre lui ?

— Je ne sais pas trop. Enfin… Vu son comportement avec les femmes, ce n'est pas impossible. Je ne fréquente pas les autres étudiants. Je suis quelqu'un de solitaire. Donc…

L'audition s'est terminée une dizaine de minutes plus tard. Le policier m'a remerciée de m'être déplacée, mais a précisé qu'il était possible que je sois reconvoquée quand les résultats de l'autopsie seraient connus. Je suis sortie du commissariat la tête haute.

Ce coup-là avait été pour moi.

Mais je devais rester prudente. Tant que l'enquête était en cours, je n'étais pas à l'abri. Je suis rentrée chez moi d'un pas décidé.

Fin du premier acte.

Des applaudissements résonnaient dans mon crâne.

L'Ombre m'a félicitée.

Bravo, meurtrière !

Chapitre 27

Arrivée chez moi, j'ai jeté mon sac sur la table du coin cuisine et me suis servi un verre d'eau. J'avais la gorge sèche. Même si tout s'était bien passé, l'entretien avait été éprouvant. Je jouais ma vie avec ce rôle…

Alex me croyait chez le médecin, il allait falloir que je l'appelle. Je devais à tout prix le tenir à distance, juste quelques jours. Le temps que cette affaire se tasse. S'il était venu me voir, il se serait aperçu tout de suite que quelque chose clochait. Il commençait à me connaître. Un peu trop peut-être…

Lui seul avait su voir, en partie, ce qui se cachait sous ma carapace. Pourtant, s'il avait percé entièrement mon armure…

Plus de masque.

Plus de protection.

Plus de rôle.

Il m'aurait laissée tomber et je ne supportais pas cette idée. Je devais fuir avant d'être fuie. J'étais tiraillée, déchirée, écartelée. La raison m'ordonnait de rejeter cet homme, mon cœur me suppliait d'accepter d'être aimée. Une question me taraudait, toutefois. Comment pouvait-on aimer, si on ne s'aimait pas soi-même ? Héloïse face à Héloïse, une fois encore. Nouveau combat sur le ring de ma conscience. Ils étaient légion. Signes de mon instabilité. Ne dit-on pas que nous sommes notre pire ennemi ? Les chaînes qui m'entravent sont celles que je m'impose. C'était à moi seule, de m'en libérer. Mais en étais-je capable ? Et, était-ce vraiment ce que je souhaitais ?

La sonnerie de mon téléphone m'a arrachée à mes réflexions. Un message d'Alex.

Comment vas-tu ? Qu'a dit le médecin ?

J'ai fermé les yeux et me suis imaginée blottie contre lui. Il me murmurait à l'oreille des mots rassurants. Un songe, une utopie à laquelle j'aspirais, mais qui ne se réaliserait pas. C'était trop dangereux. Je suis revenue à la réalité et ai envoyé ma réponse en espérant qu'il n'insiste pas.

Grippe. Je suis contagieuse. Je te tiens au courant, mais on ne pourra pas se voir cette semaine.

Je détestais l'idée de devoir mentir, une fois encore. Je ne voulais pas qu'il ressente la douleur d'un cœur trahi. Cette impression qu'une partie de nous-même est offerte à ces vautours que sont la méfiance et le doute. Ce duo infernal gangrène la moindre des relations humaines, aliénant les femmes comme les hommes. Pour une fois, la parité était parfaite. Pas de guerre des sexes face à la trahison. Sa réponse a été rapide.

OK. Tiens-moi au courant quand même.

Soulagement.

Pas d'autre bobard à ajouter sur la longue liste de mes erreurs. Il fallait que je me recentre sur la découverte du corps de Florian. Le moindre pas à côté de la corde et la funambule que j'étais aurait plongé pour un aller simple en prison. Et j'aurais payé le tarif plein. J'ai troqué le thé habituel du soir contre un shot de rhum et allumé la télé. Dans cette boîte étrange qui a fait des humains des voyeurs, accros à la vie des autres, j'ai choisi de faire défiler la misère. J'ai zappé sur la chaîne d'information en continu.

La course au buzz affranchit les médias de toute forme de respect. Respect du secret de l'instruction, respect des familles des victimes ou du travail des policiers ne sont pour ces « journalistes » que de vagues concepts embarrassants. Ils allaient parler de l'autopsie de Florian, c'était certain.

Après une heure à voir défiler cette allégorie de la vie en technicolor, un élément m'a fait sortir de mon état de zombie. Sur le bandeau défilant en bas de l'écran, une information capitale :

> L'autopsie du corps de Florian Malpart n'a pas permis de mettre en lumière toutes les circonstances de son décès. En effet, il semblerait que le médecin légiste n'ait pas pu conclure, avec certitude, à un homicide.

Je me suis dégonflée comme un ballon de baudruche en poussant un profond soupir d'apaisement. Cette nouvelle m'a permis de repousser mon voyage vers la case prison sans toucher les deux cents euros. Je venais de tirer une carte chance, mais je devais garder les pieds sur terre. Le jeune lieutenant était plus chiot que vieux clébard. Il ne lâcherait pas son os sans être certain qu'il n'y avait plus rien à ronger. Je devais être prête pour le deuxième acte.

J'avais beau connaître mes répliques par cœur, je n'avais aucun moyen d'anticiper la réaction de mon public. J'ai décidé de m'anesthésier pour le reste de la journée.

Ne plus penser.

J'ai déballé deux bouteilles que j'avais achetées, en rentrant du commissariat. Le liquide ambré m'appelait et les verres de rhum se sont enchaînés. Titubante, j'ai dansé au milieu de mes ombres.

Meurtrière.

Elles m'enlaçaient.

Meurtrière.

Leurs caresses glacées contrastaient avec la chaleur de l'eau-de-vie.

Meurtrière.

Trop d'alcool.

Choc thermique.

État de choc.

J'ai sombré dans une nuit sans fin.

Black-out.

Quel est ce bruit ?

Perdue dans mes vapeurs éthyliques, un tintement m'a intriguée.

J'ai entrouvert un œil sur l'obscurité dans laquelle je m'étais réfugiée.

Me soûler, fuir la réalité, oublier. Triathlon d'un nouveau genre qui, lui, n'avait rien de bon pour ma santé. Mais tellement plus facile à réaliser ! Une lumière clignotait. Mon téléphone. J'ai laissé mon répondeur faire son travail. Il fallait bien qu'il serve à quelque chose.

J'ai refermé les yeux.

La bile est remontée en un jet puissant et a envahi ma bouche. Allongée sur le sol, je baignais dans une mare humide. Depuis quand étais-je là ? Un rayon de soleil traversait timidement les volets ajourés. Les yeux semi-ouverts, je regardais les ombres. Je n'ai aperçu que celles de mon mobilier. Celles de mon âme avaient décidé de me laisser en paix. En revanche, le vomi, dans lequel je me noyais, me rappelait le mal que je m'infligeais sans relâche.

Un espace dans lequel je ne ressens plus rien.

Pas de tristesse.

Pas de colère.

Pas de spleen.

Juste le néant.

Même l'Ombre avait des difficultés à en franchir les barrières.

Je me suis relevée péniblement et me suis dirigée vers la salle de bains, à pas hésitants. L'eau ruisselait sur mon corps et, même si elle balayait ma gueule de bois, elle ne pouvait rien contre la culpabilité qui me rongeait de l'intérieur. Je suis restée, un long moment, sous le jet bouillant avant de me rappeler que mon téléphone avait sonné durant la soirée. J'ai quitté, à regret, mon hammam de fortune.

Enroulée dans ma serviette, je fixais l'écran d'un air dubitatif. Un appel manqué, un message vocal provenant du commissariat. Fébrile, j'ai enclenché le répondeur :

« C'est le lieutenant en charge de l'enquête sur la mort de M. Malpart. Vu les conclusions de l'autopsie, le procureur a clôturé le dossier et… »

Je n'ai pas écouté la suite du message.

Délivrée.

Florian Malpart ne resurgirait plus de mon passé.

Affaire classée.

Chapitre 28

Une semaine enfermée dans mon studio.

Une semaine sans voir Alex. Lui demander de venir aurait été une preuve de mon mensonge. Il n'en était pas question. Alors, j'ai préféré laisser cette chère culpabilité me tenir compagnie. Mon quotidien ? Lit, salle de bains. Salle de bains, lit. Voilà à quoi se sont résumés ces sept jours loin de celui que j'aimais. J'étais devenue une loque humaine. Un fantôme parmi mes fantômes, répondant à peine aux messages.

Au matin du huitième jour, Alex a débarqué croissants et bouquet de roses à la main. C'était un vrai romantique. Une galanterie un peu vieille France, mais tellement séduisante. Il nous restait cinq semaines de vacances avant la rentrée. L'un comme l'autre, nous n'avions pas de job pour l'été. Nous avions bouffé nos économies dans notre mini road trip et n'avions plus la possibilité de partir. Raisonnables, nous avons mis ce temps à profit pour réviser. Il me restait deux années d'études et je ne voulais pas les planter. De son côté, Alex s'était décidé. Il présenterait le concours d'officier de police l'année suivante et arrêtait donc ses études.

— Je ne veux pas être chef d'entreprise. Un commissaire, aujourd'hui, sort de Sciences Po, gère son commissariat comme une PME, mais il n'est pas flic.

— Tu es certain de ton choix ?

Comment lui dire que je ne voulais pas qu'il devienne comme le lieutenant qui m'avait auditionnée ? Vieux avant l'âge, les yeux éteints à trop subir la folie des hommes.

Il avait trouvé sa voie. Alors, plutôt que de le mettre en garde, je me suis tue et l'ai soutenu.

Nous avons passé l'été entre plage et révisions. Pour faire des économies, nous avons décidé de vivre à deux, chez moi. À ma plus grande surprise, cette étape ne m'a pas fait peur.

Il a apporté son ballon de basket, son sac puant, ses chaussettes sales et tout l'arsenal ! Nous avons choisi les plus belles photos de nous et avons fait un pêle-mêle que nous avons accroché au-dessus de mon lit, dans la pièce de vie. Mon studio est devenu notre nid, notre cocon.

J'entamais une existence sereine. Plus de lutte. Juste le bonheur de me réveiller chaque matin auprès d'Alex. La joie de partager un quotidien et de ne plus vivre chacun dans son coin. Comme tous les couples, nous avions des prises de bec et bizarrement je trouvais cela amusant. J'en jouais parfois, juste pour le plaisir. Le provoquer, le regarder faire semblant de s'énerver avant de venir m'embrasser. Il avait su m'apprivoiser. L'indomptable Héloïse appartenait au passé. J'étais heureuse. Je vivais.

Le temps filait à toute allure. Nous avons enchaîné. Rentrée universitaire. Révisions. Validation de trimestre pour moi. Concours pour lui. L'année s'est déroulée sans heurts, enfermés dans notre routine rassurante. Je préparais les repas et lui faisais la vaisselle. Il laissait traîner ses chaussettes, je râlais et il riait. Nos brosses à dents se côtoyaient dans le même verre et nous en partagions deux autres le vendredi soir, pour fêter la fin de semaine. Nous avions réussi à décrocher des jobs étudiants. Moi, à la bibliothèque municipale et lui, au supermarché de la ville. Entre le quotidien et le boulot, nous n'avons pas vu le temps passer. À la veille de l'été suivant, nous avons appris qu'il avait réussi le concours. En septembre, il intégrerait l'École nationale supérieure des officiers de police, pour dix-huit mois.

Une année et demie durant laquelle nous serions séparés la semaine. Nous passions de vie commune à vie en parallèle. Cet été-là, nous avons pris nos sacs à dos et sommes partis à l'aventure. Direction la chaîne pyrénéenne. Camping à la belle étoile et randonnées, au programme. Besoin de faire le plein de « nous » avant son départ. Même si nous ne nous étions pas quittés depuis le début de notre histoire, nous avions besoin d'anticiper le vide de la séparation. Incruster nos parfums dans nos mémoires. Retenir l'emplacement de chaque grain de beauté. Être capables de redessiner nos visages les yeux fermés. Pendant quatre semaines, nous avons bourlingué de fermes en refuges, nous abreuvant à l'eau des ruisseaux et goûtant la fraîcheur des fromages artisanaux. Des paysages apaisants où la nature s'exprime sans que la main de l'Homme vienne tout détruire. Une parenthèse enchantée en mode bobos désargentés. À notre retour, nous avons préparé nos rentrées respectives. Dernière année d'études pour moi et premiers pas dans la vie active pour lui. À l'approche de son départ, mes cauchemars sont revenus me tourmenter.

Une forêt. La nuit.

Je cours, sans me retourner. Elle pourrait me rattraper. Je l'entends qui m'appelle.

Héloïse.

Je regarde droit devant moi sans m'arrêter.

Le souffle court, mon cœur s'emballe et je trébuche sur une racine.

En chien de fusil sur le sol glacé, les bras au-dessus de la tête, je n'ose pas ouvrir les yeux. Je sens sa présence. Je sais qu'Elle est là. Immobile, j'ose à peine respirer. Un déplacement d'air dans ma nuque me fait frémir.

Je t'en supplie, laisse-moi. J'arrivais enfin à vivre sans toi.

Tu ne peux pas me fuir. Je fais partie de toi, Héloïse. Je n'existe que parce que tu existes.

Elle s'est immiscée dans ma tête. A pris une nouvelle fois possession de mon âme.

Elle que je dessinais avec application sur mes dessins d'enfant.

Celle qui me berçait. Celle qui ne s'était plus montrée depuis que mon Chevalier l'avait chassée.

L'Ombre, mon Ombre.

Je suis vaincue. J'ouvre les yeux, elle me toise.

Dans sa main, c'est mon cœur qu'*Elle* tend vers moi. Le trophée de sa victoire.

Tu es à moi, Héloïse.

Son sourire s'étire sur son visage déformé par la haine. Ses dents pointues luisent comme des scalpels. Et alors qu'elle porte mon organe gorgé de sang à sa bouche, je hurle.

Alors que mon cri de terreur semblait encore résonner dans la pièce, Alex m'a prise dans ses bras, m'a bercée et a tenté de me rassurer :

— Chut, ce n'était qu'un cauchemar.

J'étais bouleversée. Bien que réveillée, j'oscillais entre ce rêve immonde et la réalité.

Je revoyais encore ses dents, mon cœur dans son poing. Je lui appartenais. Mon Ombre était de retour.

Ce cauchemar m'a assaillie toutes les nuits jusqu'au départ d'Alex. Si la première fois m'avait troublée, le refaire chaque soir me détruisait à petit feu. Perte d'appétit, nervosité, agressivité. Mon amoureux servait de punching-ball à mes peurs et à ma colère. N'était-ce pas son départ qui avait fait resurgir la gardienne de mes enfers ?

Notre dernière semaine à deux a été l'exact opposé de nos vacances. Des tensions se sont installées, des disputes ont éclaté. Il choisissait d'être loin de moi et je ne le supportais pas. Je lui reprochais sans cesse son départ. Son choix. La lumière m'avait quittée et les ténèbres réinvestissaient la place. J'utilisais le moindre prétexte pour m'en prendre à lui. Un bol resté dans l'évier. Une chaussure mal rangée. Un livre sur le canapé.

Je hurlais mon désespoir au travers de mes crises.

Je l'attaquais pour ne pas sombrer.

Et j'ai tout gâché…

Chapitre 29

Quand Alex est entré dans ma vie, j'étais un tas de morceaux épars que je tentais de recoller. Rassembler les pièces de mon puzzle intérieur, me regarder dans un miroir sans y voir une œuvre de Picasso. Léchant mes blessures comme un animal craintif, grondant ou mordant à la moindre sensation de peur. Tel un dompteur de fauves, il m'a apprivoisée. Nourrie de son amour, de ses caresses, de ses baisers, je lui ai confié mon histoire, ma solitude, mes peurs.

Il a fait renaître l'espoir. L'envie de vivre et de croire que j'avais le droit au bonheur. Mais lui aussi a fini par m'abandonner. La voix de Chris Cornell résonne dans mon appartement…

In my eyes
Indisposed
In disguise
As no one knows
Hides the face
Lies the snake[1]*…*

Oui, au lendemain de son départ pour l'école de police, c'est un *Black Hole Sun* qui a envahi mon cœur.

1. Dans mes yeux
Souffrant
Déguisé
Comme nul ne le sait
Se cache le visage
Se trouve le serpent…
Black Hole Sun, Soundgarden

Mes cauchemars.

Sa scolarité.

Chaque week-end n'était fait que de disputes.

De mes colères.

De ma jalousie.

Encore un rhum, barman ! Mon verre est vide ! Nouvel acte d'une vie dont je ne veux plus, mais que je mets en scène. Ce soir, dans ce théâtre à accès réservé, une fois encore, je vous offre ma déliquescence en spectacle. La douleur que j'ai besoin d'exorciser pour tenter de survivre. Cette douleur qui me ronge comme la lèpre, détruisant chaque bout de moi, à commencer par mon sourire. Le vrai. Celui que je ne déploie que rarement. Celui qui est le reflet d'intenses moments de bonheur. Celui qui n'existe plus. À votre santé, mes amis. Admirez ma déchéance. Je vous l'offre en cadeau.

Je me lève, titubante. Un pas en avant, deux en arrière. Je cherche mon équilibre. Le truc qui nous fait tenir debout. Au sens propre, comme au figuré d'ailleurs. Ce truc qui me fait cruellement défaut…

Bouteille vide.

Cerveau plein.

Chargé de mes souvenirs. Saturé de mes échecs. Gavé de mes peurs. Farci de ma jalousie qui a conduit notre histoire dans un mur.

Chapitre 30

Six mois étaient passés depuis qu'il avait endossé l'uniforme. Six mois pendant lesquels je n'avais pas supporté ses absences. Ses silences. La distance. Le manque de lui me consumait. Qu'il puisse vivre sans moi m'était insoutenable. De mes messages rageurs à mon mutisme calculé, je lui avais tout fait endurer. Et puis, il y a eu ce week-end où notre univers a basculé.

J'avais passé une semaine entre cours et ivresse. Boire pour ne pas penser. Boire pour oublier le manque. Boire pour échapper aux cauchemars.

La porte s'est ouverte et s'est refermée. Vautrée sur le canapé, un verre à la main, je n'ai pas bougé.

— Héloïse ?

Grognement.

— Tu as bu ?

— Waouh… Quel sens de l'observation, monsieur l'officier de police.

Agression verbale. Cynisme olympique. Rire jaune.

— Héloïse…

Sa lassitude se ressentait dans chacune des trois syllabes de mon prénom.

— Quoi ? Tu vas me faire la morale ? Prends plutôt un verre avec moi !

— Non. Tu bois trop.

— N'importe quoi. Ça va, c'est le week-end ! J'ai bien le droit de décompresser, non ?

Je me suis levée pour aller me resservir. La Terre tournait, les murs de mon studio aussi. J'évitais le regard d'Alex pour ne pas y lire sa déception. Pathétique Héloïse. La porte a claqué. Il est parti, sans un mot. Sans un regard.

SMS 1 :

Pourquoi tu es parti ?

SMS 2, dix minutes plus tard :

Alex, réponds-moi !

SMS 3, au bout de quinze minutes :

Putain Alex tu es où ???

À chaque appel, sa boîte vocale « Vous êtes bien sur le portable d'Alex. Je ne suis pas disponible pour le moment, mais laissez-moi un message après le bip. »

Pour la dixième fois, je n'avais droit qu'à sa voix enregistrée. J'ai craqué :

— Alex, bordel, rappelle-moi ! T'es où, putain ? Pourquoi tu ne réponds pas ? Tu as rejoint une de tes putes de l'école poulaga, c'est ça ?

Colère.

Incompréhension.

Pleurs.

Mon téléphone a embrassé le mur avant de voler en éclats, lui aussi. Je sentais bien qu'Alex ne reviendrait pas. Je me suis effondrée sur le canapé, épuisée. J'ai sombré et mon cauchemar m'a rendu de nouveau visite. Ce sourire démoniaque. Ces dents acérées. Mon cœur dont la bête se repaît. Mon sang. Hurlement.

À mon réveil, il n'était toujours pas rentré.

Une nouvelle journée s'est écoulée entre pleurs et ivresse. J'étais tellement perdue sans lui. Où était-il ? Les verres se sont enchaînés et la désolation avait pris possession de mon âme. Son absence acide rongeait mes entrailles.

J'avais si mal. Pourquoi m'avait-il abandonnée ? Je tournais en boucle. Disque rayé. Pourquoi ? Pourquoi ? Pourquoi ? J'avais le sentiment de tomber dans un précipice. D'abord mon père, puis Alex. Je le savais. J'étais née pour être rejetée par ceux qui m'aimaient. Par la société. Par la vie. Malgré mes efforts, il n'y avait pas de place pour moi dans ce monde.

Verre plein. Verre vide. Verre plein. Trop plein d'alcool. D'émotions. D'abandon. D'amour.

Une nouvelle fois, je me suis abîmée dans les limbes.

Coma.

J'avais la tête broyée. Derrière mes paupières closes, je percevais la lumière. Je refusais d'ouvrir les yeux. Je n'aurais vu que le néant de mon existence.

Me rendormir.

Oublier.

— Allez, Héloïse, il faut vous réveiller maintenant.

Un bras sur mon épaule. On m'a secouée avec douceur.

Laissez-moi. Je ne veux pas.

Nouvelle secousse. Légère.

À contrecœur, mes yeux se sont éveillés sur un environnement que je ne connaissais pas.

Murs blancs. Blouse blanche.

Merde, j'étais à l'hôpital.

L'infirmière près de moi m'a expliqué que j'avais fait un coma éthylique.

— Qui m'a amenée ici ?

— Un jeune homme. Il n'a pas souhaité faire connaître son nom. Il nous a juste donné une lettre à vous remettre.

Une chape de plomb m'a écrasée tout entière. Ni elle ni moi n'avons prononcé le moindre mot. Dans son regard, je lisais de la pitié. Dans les miens, elle avait dû déceler de la désespérance et de l'affliction. Une larme a roulé sur ma joue. L'infirmière m'a souri, l'air désolé.

— Vous souhaitez lire ce courrier ?

— Non. Je n'en veux pas… Laissez-moi.

Le soir même, le médecin est venu me voir.

— Vous sortez demain. Nous vous donnerons les coordonnées de groupes de soutien pour vous aider, mais aussi celles d'un addictologue.

— Je ne suis pas alcoolique.

— Si vous le dites. Je ne peux pas vous forcer. Mais vous devriez essayer.

Avant de quitter ma chambre, il sort de sa poche une enveloppe et me la tend.

— Je n'en veux pas, lui dis-je en lui tournant le dos.

Bruit de porte que l'on referme. Je me retrouvais seule. Enfin presque.

Alors que je m'abandonnais aux bras de Morphée, une volute de fumée est venue m'entourer.

Dors, Héloïse, je veille sur toi.

De retour à l'appartement, je me suis affalée sur le canapé. Sentiment étrange de ne pas être chez moi. Quelque chose avait changé, mais je n'aurais pas su dire quoi. Regard à 180 degrés. Prise de conscience de la situation. Le vide de son absence n'avait jamais été aussi grand depuis son départ à l'école d'officiers. Il ne restait plus rien d'Alex. Ses chaussettes qui traînaient à côté du panier de l'entrée, son ballon de basket, nos photos. Dans la salle de bains, ma brosse à dents pleurait sa compagne. Il ne restait rien, sauf sa clé. Posée sur la table de l'entrée.

Crise de larmes.

Les sanglots longs des violons de l'automne blessent mon cœur d'une langueur monotone. Tout suffocant et blême, quand sonne l'heure, je me souviens des jours anciens et je pleure.

Merci, monsieur le poète.

Les Parques devaient bien s'amuser avec ma destinée. Je les imaginais se repaître de mes malheurs, observant le fil de mon destin. Couperaient, couperaient pas. Elles étaient les premières spectatrices du triste spectacle dont j'étais l'héroïne.

Direction le bar. Plus de bouteilles. Elles aussi, Alex les avait emportées. Sans doute son cadeau de départ. J'ai tenté d'endiguer l'inondation.

Me calmer.

M'allonger.

Alors que je m'enfonçais à nouveau, ma conscience m'a rappelée à l'ordre.

Regarde au moins les documents que l'on t'a donnés à l'hôpital.

Pourquoi pas ? Je me suis relevée pour aller récupérer mon sac. Et là, au milieu des prospectus des AA, du dépliant de la clinique d'addictologie, j'ai trouvé la fameuse enveloppe. La lettre que j'avais refusé de lire à l'hôpital. Lire ou ne pas lire, telle était la question. Fulgurance shakespearienne, mais ma vie n'était-elle pas digne du plus grand dramaturge de tous les temps ?

Tremblante, la peur rivée au ventre, j'ai déplié la feuille A4.

Je redécouvrais son écriture. Ses lettres légèrement penchées. La rondeur dans les pleins et les déliés. Plus je lisais, plus le chagrin me submergeait. Si j'avais su…

Chapitre 31

Remember, I will still be here,
As long as you hold me, in your memory,
Remember me[1]*…*

Pourquoi ne m'a-t-il rien dit à l'époque ? Cette lettre, je la connais par cœur. J'ai gravé chaque phrase dans ma mémoire. Une lettre de rupture certes, mais pas seulement. Il y a tant d'amour dans ses mots.

Mon Héloïse,

Les hommes aiment peu. Les hommes aiment mal. Mais ils aiment.

De ma courte vie, je n'ai aimé que toi. Je t'ai mal aimée. Mais je t'ai aimée. Tellement.

Mal aimée parce que, quand j'ai eu conscience de ta souffrance, de cette douleur qui te rongeait, j'aurais dû réagir. J'ai longtemps pensé que mon amour suffirait. L'homme est orgueilleux et je ne déroge pas à la règle. J'étais persuadé que je pourrais effacer tes années d'errance, de souffrances. Le manque de tes parents. Mais je me suis trompé.

1. Souviens-toi, je serai toujours là,
Tant que tu me garderas, dans ta mémoire,
Souviens-toi de moi…
Remember Me, Josh Groban

J'étais un superman sans cape. Et tu as fini par devenir ma kryptonite. Te voir mourir à petit feu me détruisait. Et j'ai été lâche. J'ai fui. Encore. Mes mots doivent te surprendre. Oui, j'ai fui. Encore.

Quand mon père a quitté ma mère, elle a trouvé refuge dans l'alcool. C'est mon père qui avait ma garde, comme tu le sais. Les premiers week-ends se sont bien passés. Maman m'emmenait au parc, jouait avec moi. Le soir, nous nous faisions un petit apéro. Soda pour moi, whisky pour elle. Avec le temps, aux apéritifs du soir sont venus s'ajouter ceux du midi. Puis… J'ai vu maman sombrer à l'appel de l'ivresse. Pour oublier que papa l'avait quittée pour une autre femme. Pour ne pas penser à l'argent qui manquait. Pour museler sa douleur. Je pensais que ma présence suffirait à lui rendre le sourire. Mais je me suis trompé. Avec les années, je n'ai plus supporté. Je suis allé de moins en moins souvent la voir. Puis j'ai fini par arrêter. Je ne supportais pas qu'elle se détruise et j'étais trop lâche pour le lui dire. Et je l'ai abandonnée. Comme elle, je t'ai vue décliner. Te réfugier dans l'alcool. Tu es devenue jalouse, agressive. Tu me la rappelais.

Je n'ai pas été fort. Je te quitte comme je l'ai fuie, elle, parce que… je peux tout supporter, Héloïse, mais pas ça. Et j'ai été incapable de t'en parler. Nous portons tous notre croix. L'alcoolisme est la mienne. Cette maladie est mon talon d'Achille. La seule chose contre laquelle je ne peux pas lutter.

Pardonne-moi de ne pas avoir su t'aider. De ne pas t'en avoir parlé. Mais c'était au-dessus de mes forces.

Je bats en retraite, Héloïse, parce que je ne veux pas te voir te détruire davantage. Parce que plus tu plonges, plus je plonge avec toi. Parce que je ne suis pas assez fort pour assumer.

Je t'aime. Plus que tout. Je pars parce que je t'aime. Aujourd'hui, demain et pour toujours. Ne l'oublie jamais.

Adieu.

Cette lettre ne m'a jamais quittée. Elle est pliée en huit dans mon portefeuille.

Elle y est restée toutes ces années. Je n'ai jamais pu m'en séparer. Malgré le temps, malgré ma colère, malgré la vie qui a continué. Elle est tout ce qu'il me reste de lui. Enfin… presque…

Le rideau s'ouvre sur un nouvel acte de mon drame.

Et quel acte !

Chapitre 32

Deux semaines s'étaient écoulées depuis qu'Alex m'avait quittée. Je n'ai eu aucun signe de lui. Je n'ai pas cherché à en avoir. Le premier soir j'ai pensé au suicide. Le deuxième et le troisième aussi.

Quelle raison aurais-je pu avoir de continuer de vivre ? *Nous n'avons qu'une vie, prenons-en soin.* Foutaises ! La vie a-t-elle pris soin de moi ? Non ! Étrangement, malgré mes funestes pensées, je n'ai rien tenté. Le sentiment étrange que mon heure n'était pas arrivée, que je devais lutter m'avait retenue. Alex n'était peut-être plus à mes côtés, mais j'avais découvert un monde plus lumineux, grâce à lui. Un monde que je voulais continuer à explorer. Alors, j'ai décidé de ne pas mourir. J'ai repris peu à peu le cours de ma vie. Aussi fade et plate était-elle. Aucune sortie de secours, mis à part les cours et les courses. Mode pilote automatique activé. Une enveloppe corporelle vide de tout. Aucune pensée. Aucun sentiment. Un petit animal errant. Ma seule certitude ? Je devais avancer. Cette fois, sans bâton de pèlerin, mais en suivant un chemin. Au rayon des nouveautés ? Des nausées…

Le réveil a sonné. Ma tête bourdonnait. Encore une mauvaise nuit. Je me suis levée péniblement. Aussi fatiguée que si je n'avais pas dormi depuis des lustres ! De l'eau, une capsule et ma cafetière m'ont livré mon indispensable breuvage matinal. Je l'aime noir et corsé. L'odeur de ma potion magique s'est répandue dans le studio. J'ai toujours aimé ces effluves, mais ce matin-là… Haut-le-cœur. Je me suis précipitée dans la salle de bains et ai engouffré ma tête dans la cuvette des toilettes.

Une douche plus tard, je sortais de chez moi, direction la bibliothèque universitaire. J'avais vraiment foiré mon début d'année et je devais à tout prix me rattraper. Il me fallait me reconstruire sans Alex. Avancer, ne pas flancher. Après une matinée studieuse, j'ai foncé à la plage. Envie de vent salé, d'embruns, de cris de mouettes, de grains de sable sous mes pieds. Un rituel qui m'a toujours apaisée. Mais pas ce jour-là.

Une brique m'écrasait le ventre. Un nœud m'obstruait la gorge. Les larmes. Impossibles à retenir. J'étais rodée, pourtant ! Mais j'étais impuissante face à cette montée des eaux que je ne m'expliquais pas. Lasse, j'ai laissé se déverser les flots sans lutter. Après une heure à pleurer sur la plage, retour chez moi.

Crampes d'estomac.

Décidément, c'était un jour sans. Pourtant, je me sentais mieux. J'ai décidé de lire pour occuper mon esprit et chasser ce spleen. Confortablement installée dans mon canapé, je me suis glissée dans la peau de Marguerite de Valois. *La Reine Margot*, mon roman préféré. Personnage fascinant que cette femme avide d'émancipation. Ses nombreux amants, son esprit vif, son besoin de liberté, mais aussi cette puissance amoureuse qu'elle dégage, me fascinent. Combien de fois n'ai-je pas rêvé de mener sa vie ? Pourtant, elle aussi a eu son lot de souffrance. Mais elle a aimé et a été aimée. Passionnément. Tant de fois. Et, alors que je fermais les yeux, le marchand de sable, sans sommation, m'a emportée au pays des songes.

Mon crâne me faisait mal. J'avais l'impression qu'une des cloches de Notre-Dame y avait élu domicile. Je n'avais aucune idée de l'heure qu'il pouvait être. Je n'avais plus de repères. J'ai consulté l'heure. Ma sieste avait duré quatre heures ! Je ne comprenais pas ce qui m'arrivait. Quelque chose n'allait pas. J'ai toujours été une marmotte, mais pas à ce point. Entre mes coups de fatigue et ces putains de nausées ! Soudain, mon cœur a manqué un battement. Non. Ça ne pouvait pas être ça ! On avait toujours fait attention avec Alex, sauf peut-être… Depuis quand n'avais-je pas eu mes règles ? Aucune idée, je ne le notais jamais. J'ai tenté de me rassurer : « Mais n'importe quoi, Héloïse. Ne te mets pas martel en tête pour rien ! »

Mille et une pensées m'ont assaillie tout au long de ma nuit blanche. Étais-je enceinte ?

Impensable. Improbable. Était-ce juste le choc de ces dernières semaines ? Je ne pouvais pas porter la vie, je n'étais qu'une terre aride. C'était certainement lié à mon traumatisme, ou au manque d'alcool.

Et si un petit être avait pris racine en moi ? Il fallait que je sache, au plus vite. Impossible de laisser place au doute. Je ne pouvais pas rester comme ça. Je me suis habillée et ai pris le chemin de la pharmacie.

J'ai erré dans les rayons. Il y avait tellement de choix dans les tests de grossesse. Certains étaient classiques, à l'ancienne, d'autres offraient une réponse digitale. On n'arrête pas le progrès !

Je me sentais perdue au milieu de ces boîtes rose et bleu. Quelle idiotie que d'attribuer aux tests de grossesse la même couleur que les layettes. Cliché bicolore d'une société où tout doit entrer dans des cases. Pages roses pour les filles et bleues pour les garçons dans les catalogues. Poupées pour les filles et petites voitures pour les garçons. Les filles sont des princesses et ne vivent que pour trouver le prince charmant. Les garçons sont forts et ne pleurent pas. Tant de poncifs qui, malgré les évolutions sociétales, ne sont pas près de disparaître. Cynique Héloïse.

— Bonjour, je peux vous aider ?

La pharmacienne m'a adressé un grand sourire aux dents blanches et au rouge à lèvres impeccable. On l'aurait crue sortie d'une publicité.

— Bonjour. Oui je cherche un test de grossesse, s'il vous plaît.

Sœur sourire m'a demandé si j'avais une préférence, mais cherchait à me vendre le plus cher :

— Il est très précis. Fiable à 99,9 %. Affichage digital *enceinte ou pas enceinte*, au moins pas de doute quant à l'interprétation ! Bon, il est un peu plus onéreux que les autres, mais avec ça, vous avez la Ferrari des tests de grossesse !

Super ! Qu'est-ce que j'en avais à foutre d'avoir un vieux tacot ou un bolide ? Je voulais juste savoir si j'avais un locataire dans mon utérus, moi !

J'ai pris le modèle qu'elle m'avait vendu avec tant d'ardeur. J'ai choisi la simplicité. Pas de casse-tête. Je voulais juste savoir.

De retour chez moi, j'ai lu la notice. *Pour un résultat plus fiable, utiliser de préférence le premier jet d'urine du matin.* Ah non, il était hors de question d'attendre le lendemain. C'était tout de suite ou… tout de suite.

Un seul choix, le mien et qu'ils aillent se faire foutre avec leur « de préférence », ai-je pensé.

Toilettes.

Bandelette.

J'ai fermé les yeux. Trois minutes. Verdict.

Fin de la partie. J'étais dans la merde.

Game over.

J'ai attrapé le tournis. Mon cœur s'est affolé. Comment était-ce possible ? Je prenais la pilule, putain !

Non, le test devait se tromper. Je n'avais pas pris l'urine du matin. Je n'en avais fait qu'à ma tête sans tenir compte du « de préférence » qui soudain prenait tout son sens. C'était une erreur. Ça ne pouvait être qu'une erreur. Pourtant, si le test avait été négatif cet argument aurait été valable, mais là…

Polichinelle dans le tiroir. En cloque. Engrossée. Kinder surprise. Toutes les expressions possibles ont défilé dans ma tête.

J'ai éclaté en sanglots, j'ai ri en même temps.

Euphorie.

Désespoir.

Amoncellement de sentiments. Super cadeau de départ, Alex ! Mais quelle vaste blague. Il n'y a qu'à moi qu'un truc pareil pouvait arriver. Me faire engrosser juste avant d'être plaquée. Dans quel merdier m'étais-je encore fourrée ?

Chapitre 33

Le silence.

Juste le silence.

Assourdissant.

Le vide et l'absence m'oppressent. La solitude est mon unique compagne. Debout devant la fenêtre, je caresse mon ventre. Vide. Mon enfant aurait dû fêter ses dix ans, auprès de moi. J'ai imaginé tant de fois son visage, la couleur de ses yeux, le son de sa voix. Je ne l'entendrai jamais prononcer le mot « maman » ni rire aux éclats. La chaleur de son corps blotti contre le mien m'est inconnue. Son odeur, aussi. Nouvelle descente en apnée dans les eaux troubles de mes souvenirs…

Le regard perdu à l'horizon, mes yeux ne perçoivent aucune lueur. Les lumières artificielles n'atteignent pas ma rétine. Seul le noir règne en maître. Sur la ville. Sur ma vie. Dans mon cœur.

Je ne suis qu'une ombre de plus parmi celles qui peuplent le monde. Et la mienne vient de nouveau m'enlacer, m'avaler, me digérer.

Je suis là, Héloïse.

Je me retourne et crie.

— Laisse-moi tranquille !

Ombre habile et perverse qui a creusé encore un peu plus le tombeau de mes souffrances. Moi qui ai cru tout ce temps qu'elle voulait me protéger. Elle n'a jamais été là pour moi, sauf pour se repaître de mon désespoir. Devenant plus forte à chacune de mes chutes. Nourrie au sein de ma déchéance alors que c'est ce bébé que j'aurais dû nourrir au sein de mon amour éternel. Un amour dont j'ai été privée. Celui que j'ai tant de fois imaginé sans jamais pouvoir en savourer le goût. Cet enfant, j'aurais dû l'allaiter et le couvrir de baisers. Ce petit bout de moi que j'ai abandonné.

Les regrets me dévorent. Je perds pied et me noie dans mon désespoir. Je ne veux plus que la solitude m'accompagne.

— Non, finalement, reste. Je n'ai plus que toi, ma fidèle amie. Ma meilleure ennemie.

L'étreinte de l'Ombre se relâche. Sa main fantomatique m'attire vers le canapé. Je la suis comme un pantin désarticulé. Elle se blottit dans mes bras comme l'aurait fait mon enfant et je la berce avec l'affection que j'aurais pu lui offrir si…

— Chut, ne pleure pas, maman est là.

Chapitre 34

Mon regard est resté accroché au test de grossesse.

Enceinte.

Un petit morceau d'Alex et moi.

Deux moitiés de nous en CDD, pour neuf mois. Il n'était pas question de durée indéterminée. Pourtant, Dieu sait que je l'ai aimé cet homme. Je l'aime encore, d'ailleurs. Tant et plus encore. Peut-être que, avec lui à mes côtés, j'aurais pu endosser le costume d'une maman, mais seule ? Je n'ai pas connu la saveur de l'amour maternel. Celui de l'amour paternel a alimenté mes fantasmes, pendant des années, sans succès. Je n'ai aucune idée de ce qu'ils peuvent représenter. Ces amours que l'on dit instinctifs, innés. Des généralités dans un monde fait d'exceptions. Pour autant, avec Alex auprès de moi, peut-être aurais-je été capable de jouer ce nouveau rôle. Mais il n'était plus là. Garder ce petit bout de nous et lui offrir une vie comme la mienne ? Pas de père et une mère en kit. Une vie de vagabond, sans véritable foyer. Une quête d'identité incessante et inaccessible.

Avorter ? Tuer ce qu'il restait de nous ? Je me suis arrêtée un instant. Enfin, il ne s'agissait pas de mort symbolique, Héloïse. Il n'était pas question d'Alex et toi. Je parlais d'une vie qui avait pris ses quartiers dans ton ventre. Mais peut-on parler de vie au stade embryonnaire ? J'entendais déjà les ardents défenseurs de l'IVG et les grenouilles de bénitier. Combien de ces militants, donneurs de leçons, ont été confrontés à ce choix ? Prendre une vie ou donner la vie. Décision individuelle que nul ne peut juger. Féministe, héritière de Simone Veil et des femmes qui ont lutté pour que nous ayons le droit de disposer de nos corps, j'étais perdue.

Assise sur l'abattant des toilettes, je ne pouvais me résoudre à lever les yeux de ce foutu test.

Enceinte.

Quand la théorie rencontre la vraie vie, rien n'est aussi simple. Un choix manichéen s'imposait à moi.

Exercice pratique : pour ou contre ?

POUR	*CONTRE*
Fruit de notre amour	Pas de père
Une vie	Si j'avorte tôt, ce n'est pas encore une vie
Je l'aime	Son géniteur me déteste
Tu peux offrir ce qu'on t'a volé	Suis-je capable d'aimer ?
Tu lui donneras ce que tu n'as jamais eu	Comment donner ce que tu ne connais pas ?

Il ne rimait à rien mon tableau ! Et puis comme si j'étais une adepte des cases ! Je n'ai jamais aimé quand c'est blanc ou noir. Je préfère le gris, les nuances, l'imparfait.

Je me triturais les méninges.

Je devais me poser et prendre mes responsabilités, pour changer.

Gardera ?

Gardera pas ?

Ces questions tournaient en boucle.

Dans tous les cas, je savais qu'il ne grandirait pas près de moi. Everest insurmontable.

Je n'aurais jamais su être mère. J'ignore ce qu'est une mère. Ce qu'il faut faire ou ne pas faire. Mon seul modèle a été Cécile et nous étions déjà grandes, les filles et moi. Comment s'occupe-t-on d'un nourrisson ? Comment lui donner à manger, le changer ? Comment faire cesser ses pleurs ? Tant de questions que se posent toutes les femmes et pour lesquelles je n'avais et n'ai toujours aucune réponse. C'est un fait.

Je me répète, mais je ne crois pas en l'instinct maternel. Je n'ai jamais songé à fonder une famille. Je n'ai jamais joué à la poupée, d'ailleurs. Tout cela m'est tellement étranger. Jouer au fameux « papa et maman » sans papa ou à la mère célibataire qui sait tout gérer sans craquer, très peu pour moi. Je ne suis pas de ces femmes-là. Ces femmes admirables qui cumulent les jobs : femme accomplie, mère aimante, amante, couturière, mécanicienne… Trente-six casquettes interchangeables avec lesquelles elles jonglent à longueur de journée.

Je repartais dans mes divagations. Il me fallait pourtant être pragmatique. Trois mois. Le délai légal pour avorter en France. Normalement, il devait rester un peu plus de deux mois pour me décider. Enfin, si j'avais bien compté. J'ai passé la fin de la journée à surfer sur le Net. Me suis renseignée sur les démarches pour faire partir ce petit être. Jusqu'à la cinquième semaine, un médicament et hop, évacuation de l'embryon dans les toilettes. Oui je sais c'est glauque, mais c'est la réalité. Ou alors, passé cette échéance, ce serait un acte chirurgical. M'endormir et me réveiller vide. L'un et l'autre me semblaient insurmontables. Je devais rester concentrée. Pas de choix immédiat. La loi est bien faite, j'avais du temps. Deux consultations sont nécessaires, l'une pour entamer la démarche, recevoir les informations, s'entretenir avec une psy ; la seconde pour confirmer le choix. Au moins je pouvais me rétracter si je changeais d'avis.

Besoin de témoignages.

J'ai visité différents forums. Lire ce que d'autres filles avaient traversé avant moi. Elles avaient toutes des raisons valables, à part peut-être celles qui confondaient avortement et contraception. Ces dernières me filent la gerbe. Je n'ai pas d'indulgence envers la bêtise. Il y a tant de communication autour de ce sujet.

Je devrais avoir honte, je prône le non-jugement et voilà que tu me transformais en inquisitrice. *Mea culpa.* Je ne le referai pas.

J'ai continué mes investigations. Grossesses issues de viols. Accidents de pilule, de préservatif ou de stérilet. Changement de situation sociale. Aucun profil ne se ressemblait, mais ces femmes avaient quasiment toutes un point commun : comment être certaine que c'était la bonne décision ? Toutes étaient tiraillées entre remords et regrets. Plus je lisais, plus mon cœur se serrait, mais je devais continuer mes recherches. Si j'arrêtais, je m'effondrais. Et ce n'était pas le moment.

La gorge nouée, j'ai envisagé une autre possibilité. L'accouchement sous X. Là aussi, j'ai découvert de nombreux témoignages ainsi que les démarches à accomplir, si j'avais dû me rabattre sur ce choix. Il m'aurait suffi de signaler à l'hôpital que je ne souhaitais pas reconnaître mon enfant. Que je choisissais de l'abandonner. On ne posait aucune question. Pas de demande de pièce d'identité et deux mois pour me rétracter. Au-delà de cette date, il pourrait être adopté et grandirait heureux, dans une famille aimante. Il ne saurait jamais qui il était ni d'où il venait, s'il ressemblait à son père ou à sa mère. Il subirait ces absences que je ne connaissais que trop bien. Comment lui faire vivre ce que j'abhorrais ?

Aux nausées et aux angoisses se sont ajoutés mon cerveau qui bouillonnait et la morsure qui rongeait mes entrailles. Je me souviens d'avoir caressé mon ventre, le sourire triste. D'un revers de main, j'ai séché mes larmes. Mes pensées s'égaraient. Soudain, une fulgurance : quelle était la place d'Alex, dans tout ça ?

À aucun moment, depuis que j'avais appris ma grossesse, je n'avais imaginé le prévenir.

Égoïste Héloïse.

Il avait le droit de savoir… ou pas.

Il avait préféré déserter, mais il était le père de ce haricot qui se nichait en moi. J'étais encore une fois écartelée. Mon Jiminy Cricket me susurrait qu'Alex avait le droit de savoir. Mais l'Ombre veillait.

Pourquoi lui dirais-tu ? Il t'a abandonnée, Héloïse. S'il l'apprend, il reviendra pour de mauvaises raisons. Qui te dit qu'il ne s'en ira pas de nouveau, vous laissant toi et ce petit être innocent ?

Une forêt.

La nuit.

Je cours sans me retourner. Elle pourrait me rattraper. Je l'entends qui m'appelle.

Héloïse.

Je regarde droit devant moi, le souffle court. Ne pas m'arrêter. Mon cœur s'emballe, je trébuche sur une racine et m'écroule. Le silence règne en maître. Recroquevillée sur le sol glacé, je referme les bras sur mon ventre et rentre la tête dans les épaules. Je sens sa présence. Je sais que l'Ombre est là.

Je reste immobile, c'est à peine si j'ose respirer. Un déplacement d'air dans ma nuque.

— Je t'en supplie, laisse-moi. Tu ne me le prendras pas.

Donne-le-moi, Héloïse. Tu es à moi et nul ne peut se mettre entre nous.

Je resserre un peu plus ma propre étreinte sur mon ventre arrondi.

— Non. Tu ne me le voleras pas. Il fait partie de moi. Je le protégerai. Même de toi !

L'Ombre m'encercle et jette l'une de ses volutes griffues vers mon abdomen. Je la balaie d'un revers de la main. Elle recommence, encore et encore.

Donne-le-moi, Héloïse. Tu sais bien que tu ne peux rien contre moi.

J'ai beau la repousser, elle poursuit ses attaques. Plus vives et plus violentes à chaque fois que je la chasse. Je m'épuise, suffoque et me débats. Une de ses mains fantomatiques m'atteint, elle déchire mes entrailles. Je hurle de douleur, de peur. L'Ombre recule et me toise.

Ses yeux ne sont que deux trous noirs sans fond. Son sourire s'étire jusqu'à fendre son visage en deux, dévoilant ses dents pointues. Elle lève un bras et me présente ce bout de moi, dégoulinant de sang.

Alors que je porte mon regard sur la plaie béante, sans comprendre ce qu'il vient de se passer, l'Ombre rit. Je crie à m'en déchirer les cordes vocales.

Mes propres cris m'ont arrachée à mon sommeil. En sueur, assise, les draps épars autour de moi, mon cœur peinait à retrouver un rythme normal. Putain de cauchemar ! Variation paroxystique de celui qui m'habitait chaque nuit jusqu'au jour de mon coma. Je me suis extraite péniblement du lit, la bouche asséchée. Je me suis servi un verre d'eau que j'ai avalé d'un trait. Direction la salle de bains. Douche salutaire pour me laver des affres de la nuit. L'eau savonneuse coulait sur mon corps, emportant péniblement mes angoisses. Je suis sortie, me suis enroulée dans ma serviette et ai pris mon téléphone.

8 heures.

Je savais qu'à cette heure-là il était déjà sur le pied de guerre.

— Docteur Aubenque, bonjour, c'est Héloïse. Pourriez-vous me recevoir aujourd'hui ?

— C'est urgent ?

— Oui.

Le ton de ma voix ne laissait aucune place au doute. Il a soupiré.

— Mon planning est contraint, mais venez à 9 heures. Je vous verrai avant mon premier rendez-vous.

— Merci, docteur. À tout de suite.

Chapitre 35

La route jusqu'au cabinet m'a paru durer une éternité. Les doutes tournaient en boucle dans ma tête.

Je ne voyais pas le ciel bleu, les maisons en moellons que j'aimais tant regarder habituellement. La petite vieille au coin de ma rue avait disparu. Les oiseaux ne pépiaient pas. Il n'y avait que moi. J'étais perdue au milieu des questions qui m'assaillaient telles des abeilles défendant leur ruche. J'ai fendu l'air des mains pour les chasser, sans succès. Que faire ? Demi-tour ? Noyer mes angoisses ? Boire jusqu'à plus soif pour sortir de ce cauchemar. Non, je ne pouvais pas. Je devais éviter ce chemin-là. Je n'étais plus seule dans ce corps déjà trop étroit pour mes névroses et moi. Je devais faire face. Je suis arrivée devant la porte, ai tenté de retrouver un semblant de calme.

Inspiration.

Expiration.

Le Dr Aubenque était un médecin à l'ancienne. À l'écoute de ses patients, il donnait de son temps. Il était un peu bourru, parfois moralisateur, mais je savais qu'il saurait me conseiller.

Interphone.

Tremblante, j'ai sonné.

— Oui ?

— C'est Héloïse.

— Vous connaissez le chemin.

Je suis entrée dans son cabinet. Il était penché sur un document, concentré. Ses petites lunettes rondes étaient en équilibre instable sur le bout de son nez. Sans relever la tête, il m'a demandé de m'asseoir. Je me suis exécutée. Les épaules en avant, la tête basse, j'attendais qu'il termine. Anxieuse, je jouais avec les petites peaux autour de mes ongles. Aïe ! J'ai fini par en arracher une trop fort. Je saignais. Goût métallique sur ma langue. Il a levé la tête :

— Alors, Héloïse. Qu'y a-t-il de si urgent ?

Il avait une voix chaude et rassurante. De ses yeux bruns, interrogatifs, il me regardait avec bienveillance. Je me suis lancée. Enfin, c'est ce que je croyais. En réalité, j'ai entrouvert les lèvres, mais aucun son n'est sorti. La boule d'angoisse logée dans ma gorge avait étouffé mes cordes vocales.

— Héloïse ?

J'ai pris une profonde inspiration, ai fermé les yeux avant d'annoncer enfin :

— Je suis enceinte.

M'entendre prononcer ces trois dernières syllabes à haute voix concrétisait mon état. Jusque-là, ce n'était qu'une abstraction. Une image mentale. Le flou s'est dissipé et j'ai paniqué. Une feuille au vent n'aurait pas tremblé plus que moi, à ce moment-là. Pourtant, il fallait bien que je lui explique. Les yeux posés sur mon ventre, j'ai lâché, dans un soupir coupable.

— Et je ne peux pas le garder.

Cette certitude m'écrasait. Pourtant, le doute n'avait jamais été permis. La seule question encore en suspens était de savoir comment j'allais mettre un terme à cette grossesse.

Devant ma détresse, il a enchaîné.

— Vous avez fait une prise de sang ou uniquement un test de pharmacie ?

Pragmatique, le Dr Aubenque. Il va toujours à l'essentiel. Je préfère. D'autant que je n'étais pas d'humeur à tenir un débat, ce jour-là.

— Juste le test pipi. Je ne savais pas que je pouvais faire une prise de sang sans ordonnance.

Moue blasée de médecin. Il a dû me prendre pour une idiote.

Une idiote qui s'était fait engrosser.

Une idiote qui n'était pas capable d'assumer.

Une idiote qui ne savait même pas qu'elle pouvait faire une prise de sang sans passer par la case médecin.

— C'est un des seuls cas où c'est possible. Le seul inconvénient, si je puis dire, c'est que ce n'est pas remboursé par votre mutuelle. À quand remontent vos dernières règles ?

La question qui tue. Je me suis rendu compte que toute femme, en âge de procréer, devrait tenir un agenda de ce rendez-vous mensuel !

— Je ne sais pas. Je ne le note jamais.

— D'accord. Alors avant d'envisager quoi que ce soit, je vais vous prescrire une prise de sang. Sans confirmation de votre grossesse, il est prématuré d'envisager quoi que ce soit.

Il est resté factuel. Pas d'affect dans son discours. Je ne me suis pas sentie jugée. Professionnel jusqu'au bout, le doc.

Mais un mot m'a fait sortir de mes gonds. Je ne voulais rien *envisager*, j'étais déjà décidée :

— Vous ne comprenez pas, docteur, je ne peux pas le garder. Je suis incapable de l'élever. Je ne peux pas être mère…

J'ai crié :

— Je ne veux pas !

L'hystérie me guettait. La pression était trop forte. Elle montait, irrémédiable. Une boule de sanglots a pris naissance dans ma gorge et cherchait à sortir par tous les moyens. Mes épaules tressautaient alors que je tentais, vainement, de contenir l'inondation.

Mon médecin s'est levé, a fait le tour de son bureau et s'est agenouillé devant moi. Puis il m'a tendu un mouchoir.

— Calmez-vous, Héloïse.

Me calmer ? Il en avait de bonnes ! Ce n'était pas lui qui se retrouvait avec un squatteur dans l'utérus. Pas lui qui allait avoir le pouvoir de vie ou de mort sur un être qui n'avait rien demandé. Pas lui qui allait vivre chaque jour avec un poids sur la conscience. Et si je prenais la mauvaise décision ?

La crise de larmes a redoublé. Mes ressentis s'entrechoquaient. Big-Bang.

Colère.

Frustration.

Détresse.

Il m'a entourée de ses bras et a murmuré :

— Chut.

Je me suis laissée aller et j'ai pleuré, encore et encore. Les minutes s'égrenaient. Je me suis calmée peu à peu. La chaleur de ses bras a fini par m'apporter un peu de réconfort. J'ai relevé la tête en reniflant. La crise était passée. Pour combien de temps ?

— Merci.

Alors que je me mouchais bruyamment, il est retourné s'asseoir.

— Écoutez, j'entends votre détresse. Mais nous ne pouvons rien faire ni envisager sans cette prise de sang. Il faut s'assurer de l'avancée de la grossesse, s'il y en a une. Ensuite, nous pourrons examiner les solutions qui s'offrent à vous.

J'ai reniflé et ai bredouillé :

— D'accord.

Pas d'auscultation cette fois-là. Après les quelques mots apaisants du Dr Aubenque, j'ai récupéré l'ordonnance et réglé la consultation. Rendez-vous a été pris pour le lendemain pour les résultats.

Je n'avais pas une minute à perdre, il fallait que je sache. C'était peut-être un faux positif. Je gardais espoir et me suis rendue au laboratoire. Sur place, pas un chat. Ouf ! Je n'avais pas envie de patienter des plombes au milieu des vieux. Ils avaient le chic pour prendre d'assaut les salles d'attente, dès le chant du coq. Vérification de leur taux de cholestérol, de diabète et autres joyeusetés de l'obsolescence de la machine humaine.

Les lieux étaient aseptisés. Murs blancs, sièges en métal, froids. Des affiches habillaient le tout. Grossesse, cancer, arrêt du tabac… Bref, un carburant de taille pour nourrir ma déprime. La secrétaire m'a appelée, m'évitant, in extremis, un nouveau saut dans le gouffre de mes angoisses. Je suis entrée dans une salle aussi déprimante que la précédente. Un placard. Cette pièce faisait la taille d'un placard ! Des murs gris, une toise en forme de girafe pour les enfants. Contre le mur, une tablette avec des centaines de tubes prêts à recueillir du sang. Des étiquettes colorées. À chacune leur utilité. Il n'y a pas à dire, côté décoration, les laboratoires sont à la pointe de l'innovation !

Une jeune femme, en blouse immaculée, m'a fait asseoir dans le fauteuil de prélèvement. Il était d'un rouge des plus saillants ! Crevé par endroit, il avait dû en voir défiler des fessiers de patients stressés. L'infirmière a vérifié mon identité et ma date de naissance sans poser un seul regard sur moi.

— Et vos dernières règles datent de quand ?

Putain, mais ils allaient me lâcher avec cette question à la con !

— Aucune idée.

— C'est mieux quand on le sait. Tant pis, on fera avec.

Connasse !

Elle a fait son garrot. L'élastique a pincé ma peau, j'ai grimacé. Elle a tapoté le pli de mon coude pour faire ressortir mes veines.

— Respirez. Je pique.

J'ai regardé mon sang remplir le tube. Il était le gardien de la vérité. Le seul qui pouvait affirmer si Alex avait bien égaré un bout de lui en moi.

Retrait de l'aiguille. Coton. Scotch.

— Vos résultats seront disponibles à partir de 17 heures.

Je me suis levée en vacillant. L'immaculée m'a rattrapée de justesse.

— Venez vous asseoir et manger quelque chose.

Certainement pas. Je voulais quitter ce lieu. Rentrer chez moi.

— Non merci, ça va aller. J'habite juste à côté.

Je me suis éloignée, je ne tremblais plus. Un sourire de façade s'est imposé. Mensonge éhonté. Elle m'a laissée m'en aller. J'ai quitté le labo avec mon petit numéro. L'attente a commencé. Sept longues heures pendant lesquelles la suite de ma vie allait être suspendue.

Dehors, je suis restée plantée sur le trottoir, indécise. C'est dans ces moments que la solitude me pesait. Personne à qui parler. Personne à qui me confier.

« Je suis sans famille et je m'appelle Rémi… » Ah non, Rémi avait des amis, lui.

J'ai embrassé la rue du regard. À ma droite, une dame promenait son chien. Un yorkshire à sa mémère. Moque-toi, Héloïse, elle a de la compagnie, elle, au moins. En face de moi, un couple déambulait main dans la main. Mon cœur s'est serré. La jalousie pointait le bout de son nez. J'ai songé à Alex. Pensait-il encore à moi ? Comment se passait sa scolarité ? M'avait-il déjà remplacée ? J'échafaudais des scénarios plus tordus les uns que les autres. Je sentais poindre le mal de tête. Mes jambes se sont mises à trembler, l'extrémité de mes mains fourmillait.

Chaud.

Froid.

Une perle de sueur a dégouliné lentement le long de ma tempe. Je sentais venir le nouveau malaise. La rue s'est mise à tanguer. Le sol s'est dérobé sous mes pieds. Je me suis sentie partir. Qu'il était beau ce ciel bleu. Puis le noir.

Je me suis réveillée dans le laboratoire. L'infirmière à la blouse éclatante prenait ma tension.

— Vous auriez dû m'écouter, me dit-elle en me couvant d'un regard bienveillant.

Je sais. Je sais. Mais je n'écoute jamais. Ce n'est pas nouveau. Je n'en fais qu'à ma tête. Et cela n'a pas changé depuis. Obstinée Héloïse.

— Vous faites peut-être une hypoglycémie. On va appeler les pompiers et vous faire transporter à l'hôpital.

J'ai refusé. J'allais bien. Ce n'était pas de sucre que j'avais besoin. C'est juste un trop-plein. Trop-plein d'émotions, de peurs, de choix.

Pas d'ambulance. Pas d'hôpital. Je voulais juste être seule, chez moi. Devant mon air buté, l'infirmière a abdiqué.

— D'accord, mais restez assise ici. Vu votre état, j'ai fait passer votre analyse en priorité. Nous aurons les résultats dans trente minutes.

Mille huit cents secondes à patienter. À torturer les petites peaux autour de mes ongles. À les arracher à m'en faire saigner, encore. À espérer que je faisais partie des 00,1 % d'erreur des tests de grossesse. À me convaincre que je n'étais pas enceinte. À caresser mon ventre en me demandant ce que je foutais dans cet endroit et comment j'avais pu en arriver là. Mille huit cents secondes et le couperet est tombé.

— Voilà vos résultats.

Fébrile, j'ai saisi l'enveloppe et l'ai ouverte.

Taux de bêta-hcg 85000UI/ml

Super. J'étais bien avancée. Ça voulait dire quoi ? Devant mon air interrogatif, l'infirmière m'a souri.

— Félicitations, mademoiselle. Vous devez être environ à six semaines de grossesse.

Gauche.

Droite.

Uppercut.

Crochet.

K-O.

Le gong venait de sonner. Plus de doute possible, il était temps de me montrer adulte.

Six semaines.

Quarante-deux jours.

Quarante-deux jours que je portais la vie sans le savoir. Quarante-deux jours que quelque chose grandissait en moi. Sur le chemin du retour, j'ai croisé quatre femmes enceintes. Elles avaient l'air heureuses, épanouies… C'était la première fois que j'en voyais autant dans un laps de temps aussi court. Un des effets secondaires de la grossesse paraît-il. Avant je n'y faisais pas attention. Depuis que j'étais concernée, j'allais voir des ventres arrondis partout.

Je suis arrivée. Je me suis enfermée et ai baissé les volets. L'obscurité a englouti le studio.

Les battements de mon cœur devaient se calmer. Je devais chasser mon anxiété. Une seule solution m'est apparue, familière et réconfortante. Le rhum, fidèle pourfendeur de mes démons intérieurs. Oublier un instant la merde dans laquelle je m'étais fourrée.

Je faisais tournoyer le liquide salvateur dans mon verre. Hypnotisée par sa couleur, je ne le quittais pas des yeux. Il m'a appelée. Boire ou ne pas boire, telle est la question. J'ai porté plusieurs fois le verre à mes lèvres sans prendre de gorgée. Respirer les senteurs épicées. Hésiter.

Comme chaque fois que j'étais face à ma conscience, les voix se déchaînaient et prenaient possession de ma tête. Je tremblais. Déchirée entre la vertueuse Héloïse qui savait qu'elle devait éviter de boire. Et la sombre Héloïse, égoïste, qui n'avait que faire des conséquences de l'alcool sur son locataire temporaire.

Une cacophonie s'est emparée de mon crâne. Des voix se disputaient la vedette.

Ce n'est bon ni pour toi, ni pour le bébé.

Cri de la raison, ma raison. Bébé… C'était bien la première fois que mon esprit le formulait ainsi. J'ai reposé le verre sans y avoir touché. Assise sur le canapé, la tête entre les mains, j'ai fait le point. Feu d'artifice d'émotions.

Culpabilité.

Doutes.

Peur.

Colère.

Je me suis recroquevillée. Les bras autour de mes genoux, je me balançais d'avant en arrière.

Et cette question tournait en boucle, comme un vieux quarante-cinq tours rayé : que faire ?

Chapitre 36

De mes trente années de présence dans ce monde pourri, aucune décision n'a été plus difficile à prendre que celle-là. Six semaines que tu avais pris tes quartiers, que tu grandissais en moi. Avec ton père, j'avais connu le bonheur, la normalité. Il m'avait ouvert une fenêtre que je m'étais empressée de refermer. Ce qu'il m'avait offert, je l'ai gâché. Comme tout ce que j'ai touché. Que pouvait-il sortir de bon de ce corps à l'âme rongée par la culpabilité ?

You're in my head
Always, always
I just got scared
Away, away I'd rather choke on my bad decisions
Than just carry them to my grave
You're in my head
Always, always, always[1]*…*

Demain, tu fêteras tes dix ans.
Dix ans que je t'ai donné la vie.

1. Tu es dans ma tête
Toujours, toujours
J'ai juste pris peur
Je préfère m'étouffer avec mes mauvaises décisions
Que de les emporter dans ma tombe
Tu es dans ma tête
Toujours, toujours, toujours…
Always, Gavin James

Dix ans que tu grandis loin de moi.

Dix ans que je t'aime sans que tu le saches.

Dix ans que je te parle sans que tu m'entendes.

Dix ans que je prie chaque jour que tu me pardonnes.

Si tu savais combien je souffre de t'avoir abandonné. Si tu savais à quel point mon existence est vaine sans toi. À quel point je suis vide de toi, mon petit garçon aux cheveux blonds. De toi, de nous, il me reste le précieux souvenir de notre cohabitation qui a duré neuf mois. De nous partageant mon corps. De toi t'installant sans bruit dans mon cœur. De tes coups de pied dans mon ventre arrondi. De ton regard le jour où tu es né.

You're in my head
Always, always, always…

Chapitre 37

J'ai résisté à l'appel du rhum et me retrouvais sans filet. Je continuais de me balancer d'avant en arrière. Encore et encore. J'étais le métronome de mon horloge intérieure. Je marquais la mesure de mon malheur. Mon visage n'avait plus rien d'humain. Les larmes et le désespoir l'avaient redessiné. Mes yeux étaient bouffis, rougis. Le mascara avait coulé. De la morve et de la bave mêlées avaient séché sur mon menton. Mes cheveux étaient gras, ébouriffés. Tableau vivant représentant ma désespérance. Œuvre réaliste et originale signée Héloïse. Mes pensées s'entrechoquaient, ma lucidité avait volé en éclats. Je divaguais et perdais pied. Comment prendre une décision ? la bonne décision. Tout ce dont j'étais certaine, c'est que je ne voulais pas d'enfant et qu'Alex ne saurait jamais qu'il était, peut-être, père. Quel que soit mon choix, il était hors de question de lui en parler. Il ne m'aurait pas pardonné de lui avoir caché ce secret. Qui l'en aurait blâmé ?

J'avais si mal et personne pour me venir en aide. Je ne voulais plus sentir et ressentir. Mon corps, récipient de mes tourments, se tordait de douleur. J'ai réprimé un hurlement.

Je devais me poser, me calmer. Introspection :

Comment avaient-elles fait, toutes ces femmes qui avaient traversé cette épreuve avant moi pour ne pas succomber à la pression de la société ?

L'humain juge sans savoir. Il se base sur ses valeurs, son éducation, ses croyances. Il a toujours un avis sur tout et le plus souvent sur rien. Il ne peut s'empêcher de dire et de médire. Mais quand il passe de spectateur à acteur, les certitudes s'effondrent. Le doute s'installe.

Explosion de mes convictions. Elle est belle la féministe ! Échec et mat.

J'ai revécu mes cauchemars, revu l'Ombre brandir mon bébé ensanglanté, comme un trophée. Son sourire démoniaque.

J'ai sangloté de plus belle.

Non ! Rends-le-moi ! Tu ne me le prendras pas. Tu ne le posséderas pas !

Je me suis recroquevillée plus fort.

Ombre. Omniprésente dans ma vie. Qu'il fasse jour ou qu'il fasse nuit.

Ombre malfaisante. Détestable partie de moi. Je ne veux plus de toi.

Je hurle.

— Va-t'en !

J'étais décidée. Si *Elle* m'avait eue moi, elle ne lui ferait pas de mal à Lui. Mon bébé vivrait. Sans moi, mais il vivrait.

Cette victoire-là était pour moi.

Le sommeil m'avait engloutie sans que je m'en rende compte.

Lorsque je me suis réveillée, un semblant d'apaisement m'enveloppait. Retour des nausées. Les joies du premier trimestre de grossesse. Un peu de normalité dans ma vie, ce modèle d'équilibre et de sérénité…

Ce jour-là, je devais revoir le Dr Aubenque pour lui faire part de mon choix. Discuter avec lui de la suite des événements : les examens, les échographies, l'accouchement.

Alors que je me préparais à me rendre à mon rendez-vous, un nouveau flot de questions m'a emportée. Me ressemblerait-il ? Aurait-il les yeux de son père ? Son rire affreux ? Je me suis reprise. Ce n'était pas le moment de m'interroger sur ces choses-là. Je devais rester pragmatique. Ne pas me laisser envahir par les sentiments. Une feuille de route et ses différentes étapes. Rien de plus.

Oui, j'allais mettre ce bébé au monde, mais notre chemin commun s'arrêterait là. Je ne serais que sa génitrice. Quel mot horrible ! Ça me faisait penser à « génisse ». D'ailleurs, entre une génisse et moi, y avait-il tant de différences ? En neuf mois, j'allais devenir aussi grosse qu'une vache ! Sarcastique Héloïse ? Non, pas cette fois. J'étais juste réaliste. Mon corps allait se transformer, mon ventre s'arrondir jusqu'à ce que je ne puisse plus voir le bout de mes pieds. D'ailleurs, on parle bien de grossesse ! Si ça, ce n'est pas un signe !

Habillée, j'observais mon corps devant ma psyché et m'imaginais dans quelques mois.

Terminés la silhouette longiligne, le ventre plat et les petits seins bien droits. Je me suis mise de profil, ai gonflé mon ventre pour me faire une idée. L'essai n'était pas très concluant. J'ai attrapé l'un de mes oreillers et l'ai glissé sous mon T-shirt. Voilà, c'était mieux. J'agissais comme tant d'autres femmes avant moi. Le cliché parfait d'une future mère imaginant la métamorphose de son corps à mesure que le bébé grandit. Bon, assez rêvassé. Avant d'en arriver à ce stade, il allait se passer quelques semaines. Prendre les choses dans l'ordre. Ne pas oublier de rester le plus neutre possible. Ne pas m'attacher. Lui donner la vie et… l'abandonner.

Une semaine s'est écoulée. J'ai subi les examens prescrits par mon médecin. Toxoplasmose, diabète et autres plaisirs de la maternité. À ce stade, physiquement, tout allait bien. Psychologiquement, c'était une autre histoire. Je passais de l'euphorie la plus totale à des phases de tristesse profonde. Le yoyo des hormones, d'après ce bon Dr Aubenque. J't'en ficherais des hormones ! C'est beau la théorie quand tu ne pourras jamais en connaître la pratique. Cynique, moi ? Jamais, voyons.

Mon choix étant acté, je n'ai plus mis un seul pied à la fac, laissant cette année entre parenthèses. Je me sentais incapable de mener de front mes études et cette grossesse. Sentir le regard des autres étudiants sur mon corps en pleine transformation était au-dessus de mes forces. Y lire leurs questions, leurs jugements, très peu pour moi. J'ai préféré passer mon tour, ne pas relancer le dé et attendre patiemment que cette partie-là soit terminée.

Pour occuper mes journées, le matin, je me promenais dans mon quartier devenu la capitale des femmes enceintes. J'en voyais partout. J'étais cernée. Elles étaient belles et fières. La tête haute, les épaules en arrière. L'après-midi, je surfais sur le Net. Les forums dédiés aux accouchements sous X sont légion. On y trouve de tout. Enfants devenus adultes à la recherche de leurs mères, des génitrices coupables tentant de retrouver leurs enfants. Mais aussi des femmes qui ne regrettent en rien leur choix et qui expliquent pourquoi. Et moi, jusqu'où allais-je assumer le mien ?

Chapitre 38

Quarante-deux jours sont passés. J'étais à douze semaines de ce que l'on appelle une grossesse évolutive. Le premier tiers-temps était achevé. Coup de sifflet de l'arbitre. Il a renvoyé les nausées aux vestiaires. J'en étais enfin libérée. L'Ombre aussi avait déclaré forfait. Aucune visite. Aucune intrusion. En étais-je enfin débarrassée ?

Mon locataire et moi avions pris notre rythme de croisière. Lecture, musique, balades. Le Dr Aubenque veillait sur moi, sur nous. Prise de sang. Prise de tension. Mais aucune prise de position. Il m'accompagnait sans me juger. Étrange relation que celle que nous avions nouée. C'était mon médecin, mais aussi mon confident. En même temps, je n'avais aucune amie pour partager les joies et les peines de cette grossesse non désirée. Quand d'autres discutaient layette entre elles, autour d'un Perrier citron, moi, je confiais mes angoisses dans un cabinet aseptisé. Mais ça me convenait. Pas de jalousie. Je n'ai jamais été une de ces jeunes femmes standardisées à coup de magazines féminins et autres clichés de la sacro-sainte société. Je suis une marginale, comme tant d'autres.

Banale.

Le lendemain avait lieu ma première échographie. Première rencontre *in real life* pour le petit haricot et moi. L'appréhension me vrillait les entrailles. Et si les litres de rhum avalés l'avaient atteint ? Avait-il souffert du manque d'alcool lorsque j'ai arrêté de boire, aux premières heures de son évolution ? S'il lui manquait un organe ou des doigts ?

Je n'étais vraiment pas rassurée. Pour la première fois de ma vie, je devais être à la hauteur. Je n'avais pas le droit à l'erreur. Je n'allais pas être sa mère, mais je voulais le meilleur pour lui. À commencer par sa santé. Si mes travers lui avaient causé du tort, je ne m'en serais pas remise.

Jour J ou plutôt E… pour Échographie.

Le réveil avait été difficile. Remontée fulgurante de mes angoisses. Je tournais en rond dans mon appartement. J'ai hésité, café ou pas ? Mesdames les nausées m'ayant quittée, je pouvais boire de nouveau mon breuvage préféré du matin, mais avec parcimonie uniquement. Le Dr Aubenque avait été clair. Trop excitée de nature, Héloïse. Pas besoin de caféine supplémentaire. Ce n'était bon ni pour le haricot, ni pour moi. Finalement, j'ai renoncé au petit noir. C'était un jour important. Et j'étais déjà assez stressée, inutile d'en rajouter.

Devant mon dressing, j'avais du mal à me décider. Quelle tenue porter pour ce premier rendez-vous avec mon bébé ? Que j'étais sotte parfois ! Il ne me verrait pas, lui. Je le savais, mais je voulais que tout soit parfait. Mon choix s'est porté sur un chemisier blanc et une jupe droite, noire. Pour parfaire le tout, de petits escarpins et les cheveux relevés en chignon feront l'affaire. La panoplie parfaite de la jeune femme responsable. Si je ne l'ai jamais vraiment été, je pouvais au moins en donner l'illusion. N'avais-je pas démontré mes qualités d'actrice par le passé ?

La maturité qui me faisait défaut avait pointé le bout de son nez depuis que j'avais pris la décision de mener ma grossesse à terme. Pour une fois, il n'était plus question de moi uniquement. Mon penchant pour l'autodestruction s'était mué en conscience. La folie avait laissé place à la raison.

En route pour la maternité.

Dans le bus, écouteurs rivés aux oreilles, je regardais par la fenêtre. Mais ce n'était pas le paysage qui défilait. À sa place, je voyais les semaines qui venaient de s'écouler. Le départ d'Alex, mon coma, mon petit haricot, mes choix… J'ai posé les mains sur mon ventre, l'ai caressé. Je savais que j'avais pris la bonne décision.

Arrivée sur place, je me suis mise en mode automate. Paperasse. Salle d'attente. Les sièges n'étaient pas plus confortables qu'ailleurs. Raides et froids. Les murs étaient les mêmes que dans tous les lieux médicaux. Placardés d'affiches. Un numéro vert par-ci, un conseil par-là. On ne peut pas dire qu'ils aient un goût prononcé pour la déco dans les hôpitaux. Autour de moi, des femmes plus enceintes les unes que les autres. De gros ventres, de petits ventres.

Perdue dans mes pensées, je n'ai pas entendu la sage-femme prononcer mon nom.

On m'a effleuré l'épaule.

— Je crois que c'est à vous.

— Pardon ?

— La sage-femme. Je crois que c'est à vous qu'elle s'adresse.

J'ai repris conscience de la raison de ma présence dans cet endroit. La patiente qui m'avait avertie était à peine plus âgée que moi. Elle était sublime. De longs cheveux noirs qui tombaient en cascade sur ses épaules. Des yeux marrons, rieurs. Elle portait une robe de grossesse à fleurs déformée par son ventre rebondi. J'ai murmuré un merci à peine audible et me suis levée, tremblante.

— Ne vous inquiétez pas. J'étais comme vous pour la première échographie. Vous verrez, c'est magique.

Je me suis éloignée en lui lançant un dernier regard. Elle y a répondu par un clin d'œil. Mes tremblements ont cessé. Je suis entrée dans la salle d'examen. Il y faisait sombre. Il y avait un fauteuil et des écrans partout. Je me suis sentie déphasée. La sage-femme a vérifié mon identité, puis m'a demandé de me déshabiller et de m'allonger. Pendant qu'elle réglait l'échographe, j'ai enlevé ma jupe et me suis installée dans le fauteuil.

— Il faut également enlever votre culotte, mademoiselle.

Hein ? Pardon ? C'était quoi, cette blague ?

— Enlever ma culotte ? Mais pourquoi ?

— La première échographie se fait de manière endovaginale. Le fœtus est trop petit pour que l'on puisse procéder aux examens de manière classique. Donc, je ne vais pas passer l'appareil sur votre ventre, mais en utiliser un autre que je vais introduire dans votre vagin, pour avoir des images de meilleure qualité.

Elle m'avait dit quoi déjà la belle brune en salle d'attente ? Un moment magique ?

Gênée, je me suis exécutée, sans un mot.

— Écartez les jambes, s'il vous plaît, et placez vos poings sous vos fesses.

Elle était sérieuse ? Pourquoi on n'expliquait pas ce genre de choses sur leurs forums à la con ? Personne ne m'avait prévenue que je devrais me tenir les pattes écartées pour prendre une photo de mon haricot. Avais-je vraiment d'autre choix que de me plier aux demandes du corps médical ? J'ai capitulé.

Rage intérieure.

Je bouillonnais, me sentais humiliée, ridicule, exposée.

Viol de mon intimité.

Réminiscence de souvenirs que je croyais oubliés à jamais.

Alors que la sage-femme introduisait la caméra de l'échographe dans mon vagin, une larme a perlé. Je me suis raidie, ai fermé les yeux et serré les dents. Faites que ce soit rapide, ai-je prié.

Je l'ai sentie qui fouillait mon intérieur. Une main sur mon ventre, une autre entre mes jambes. Montée de bile. J'allais vomir. C'est insupportable. Pitié, arrêtez ! avais-je envie de hurler.

— Bonjour, bébé.

Au son de sa voix, j'ai relevé les paupières. Elle m'a désigné l'écran en face de moi.

— Regardez, le voilà.

J'ai tourné la tête vers cette boîte qui diffuse des images en noir et blanc. Il était là, mon petit haricot. En fait, le haricot, il ressemblait plutôt à un barbapapa ! Munie d'un stylo laser, la maïeuticienne a dessiné les contours de mon colocataire.

— Voici sa tête. Et là, son corps.

Je restais muette.

Aucun son ne sortait de ma bouche.

J'étais en extase face à ce petit être.

Mes angoisses s'envolaient au gré de ma rencontre avec mon squatteur. Mes craintes avaient disparu. Et, au milieu de mon visage, se dessinait le sourire d'un instant de grâce.

— Vous voulez entendre son cœur ?

— C'est possible ?

— Oui, bien sûr. Écoutez.

Elle a appuyé sur un bouton. Un son s'est élevé dans la pièce. Les battements, rapides, ont résonné dans mes oreilles. La mélodie du bonheur. La musique d'une vie. De *la* vie. Celle que je portais.

J'ai découvert un sentiment qui m'était inconnu. Je riais, je pleurais. Emportée par des émotions insoupçonnées, je découvrais, à cet instant, que je n'étais plus un être aride, fade et malheureux.

Alors que l'examen s'achevait, j'ai jeté un dernier coup d'œil à l'écran. J'ai porté les mains sur mon ventre et ai murmuré :

— Je t'aime.

Chapitre 39

Je me souviens de ce jour comme si c'était hier. Notre première rencontre. Les battements de ton cœur. Un jour de bonheur. Un bonheur furtif. Quelques mois. Quelques mois pendant lesquels personne d'autre que nous n'avait d'importance. Maintenant, regarde ce que je suis devenue. Une enveloppe sans âme, sans vie. Et derrière le masque…

Mon meublé de fortune résonne du silence de ton absence. Je n'ai plus jamais entendu la mélodie du bonheur. Je me dirige vers la chambre en chancelant. Sous le lit se cache une boîte. *Ta* boîte, petit garçon aux cheveux blonds. Une boîte qui ne m'a jamais quittée. Elle renferme ton bracelet, volé à la maternité ainsi que ton lapin.

J'ai acheté cette peluche juste après la première échographie. Un petit lapin blanc, avec de longues oreilles toutes douces, des yeux rieurs et un ruban de soie bleue autour du cou. On ne m'a pas autorisée à te le donner. En t'abandonnant, je renonçais à l'idée que tu aies quelque chose de moi.

Alors, je l'ai gardé dans cette boîte décorée d'un immense cœur rouge. *Mon* cœur. Arraché quand ils t'ont arraché à mes bras.

Chapitre 40

Deuxième trimestre.

Je sentais bébé bouger. La première fois, je me suis demandé ce qu'il m'arrivait. J'avais la sensation que des bulles éclataient dans mon ventre. J'ai appelé le Dr Aubenque, en panique.

— Docteur, je crois que j'ai un problème. Je peux venir tout de suite ?

— Que se passe-t-il, Héloïse ? Calmez-vous.

— Il se passe quelque chose avec le bébé. Il y a un truc qui ne va pas. S'il vous plaît, je dois vous voir tout de suite !

Au son de ma voix affolée, il a accepté. Le trajet jusqu'au cabinet m'a paru plus long que de coutume. Pourtant j'avais couru ! J'étais terrifiée.

Pitié, faites que mon bébé aille bien. Je n'ai pas accompli grand-chose de bien dans ma vie, mais lui n'y est pour rien. Il doit vivre, me souviens-je avoir adressé à l'univers.

Je n'ai même pas frappé avant d'entrer. Je me suis jetée dans les bras de mon médecin, persuadée que ce petit bout de moi était en train de me quitter.

Après m'avoir calmée, il m'a auscultée.

— Tout va bien, Héloïse.

— Vous êtes certain ? Pourtant cette sensation bizarre. Je suis certaine qu'il y a quelque chose.

Il a ri.

— Oui il y a bien quelque chose. Votre bébé bouge et vous le sentez.

Il a ri de plus belle face à mon air stupéfait. Je suis restée bouche bée quelques secondes avant d'éclater de rire à mon tour. Quelle idiote !

Le Dr Aubenque en a profité pour refaire un point sur mon état de santé. Il me trouvait « rayonnante ». La grossesse me donnait une bonne mine, d'après lui. J'ai accepté le compliment. Ce jour-là, pas question de cynisme. Je n'étais qu'amour et je savourais. Sur le chemin du retour chez moi, je n'ai cessé de sourire. C'était un bon jour pour être heureuse.

Après cette consultation, j'ai été attentive aux signes que bébé me faisait. Plus de bulles qui éclataient, mais de vrais mouvements que je ressentais de l'intérieur. Parfois, comme une caresse, à d'autres moments, des coups. Chaque fois que je le sentais, je souriais et je caressais mon bidon arrondi.

Au fil des jours, je découvrais le fameux instinct maternel. Celui auquel je ne croyais pas. Celui qui me faisait vibrer, désormais. Je l'aimais, mon haricot. J'aurais voulu le garder en moi toute ma vie. Ressentir encore et encore ce sentiment de bien-être. Cet amour inédit.

J'ai acheté un livre de contes chez le bouquiniste. Et j'ai ritualisé nos soirées. À la nuit tombée, je posais sur mon ventre le lapin blanc en peluche et je lisais une histoire à voix haute. Je voulais lui faire entendre ma voix en espérant très fort qu'il ne l'oublierait jamais. J'y mettais le ton, modulais les sons, en fonction des personnages. Une véritable actrice de cinéma. Puis je mettais des écouteurs à côté du doudou et programmais mes chansons préférées. Je ne connaissais aucune berceuse à lui chanter, mais je me construisais des souvenirs. Quelques mois plus tard, nous allions être séparés. Je n'avais pas le choix. Même si parfois je doutais, je savais qu'il n'y avait pas d'autre issue possible.

Le temps filait et défilait. Je continuais de vivre dans ma bulle. À l'intérieur, il n'y avait que mon bébé et moi. Rien d'autre ne comptait. Est arrivé le jour de ma deuxième échographie. En chemin, questions et réflexions se bousculaient, une fois encore. Fille ou garçon ? J'étais impatiente de le découvrir. Je savais que je n'aurais pas dû. Mais c'était plus fort que moi. Chaque jour, mon cœur se remplissait un peu plus d'amour pour mon petit colocataire. Je me sentais différente, vivante. Mon existence prenait un nouveau sens. Non, elle prenait *du* sens. Veiller sur ce bébé, le protéger. L'aimer de toutes mes forces et espérer qu'il ne l'oublierait jamais… Pourtant, moi, je l'ai oubliée, ma mère. Je ne me souviens pas du son de sa voix. Est-ce qu'elle m'aimait déjà quand je partageais son corps ? Me lisait-elle des histoires ? Me chantait-elle des chansons ?

Maman…

Deux syllabes qu'il n'allait jamais prononcer en parlant de moi. Je devais me ressaisir. Ne pas craquer. J'avais pris la bonne décision. Pour lui, sans doute, mais pour moi ? Arrivée à la maternité, j'ai aperçu toujours autant de ventres rebondis. Le mien venait s'ajouter à celui de la dizaine de futures mamans présentes. J'attendais un bébé ! Vous imaginez ! Mes rondeurs en témoignaient. Moi aussi, je pouvais me tenir droite, les épaules en arrière.

Les écrans m'ont illuminée de leur lueur opalescente. J'étais impatiente de le revoir. Vite, madame !

La même sage-femme qu'il y avait quelques semaines m'a reçue.

— Déshabillez-vous et installez-vous.

Et devant mon hésitation, elle a souri.

— Enlevez juste votre pantalon, cette fois. Bébé est assez gros pour la méthode classique.

Un soupir de soulagement m'a échappé.

Elle a baissé un peu ma culotte et m'a enduite généreusement d'un liquide visqueux. C'était froid ! De l'embout de l'échographe, elle a étalé cette matière étrange sur mon ventre. Je fixais l'écran en face de moi. Je trépignais intérieurement. Que c'était long ! Puis là, il est apparu à l'écran.

Mon barbapapa avait laissé la place à un vrai bébé. Une tête. Un corps. Des jambes. Des bras. Mes yeux avaient la couleur du bonheur.

La maïeuticienne a pris les mesures. Tout allait bien. Cinq doigts à chaque main. Cinq orteils à chaque pied. Une nuque claire. Un petit nez retroussé. Et…

Et une de ses mains qui bougeait… Comme pour nous dire bonjour.

J'ai fondu.

— Vous voulez savoir ?

Dame blouse blanche m'a sortie de mes pensées.

— Savoir quoi ?

— Si c'est un garçon ou une fille.

J'ai respiré un grand coup. Est-ce que je voulais savoir ? Le personnifier davantage ?

— Oui, s'il vous plaît.

L'échographe s'est déplacé sur mon ventre. Focus entre ses petites jambes. La sage-femme s'est adressée à moi et mon cœur de maman s'est rempli de fierté.

Tu seras un homme, mon fils, ai-je dit en mon for intérieur.

Chapitre 41

La fin de ma grossesse s'est passée sans heurt. En tout cas, physiquement. Plus mon ventre gonflait, plus mon cœur s'emplissait d'amour. Mes journées étaient rythmées par les balades, la lecture et les tâches ménagères. À part le Dr Aubenque, je ne voyais personne. Je voulais vivre ces instants pleinement. Juste mon fils et moi pendant ces quelques mois. Le contact avec les autres humains ne me manquait pas. Et il me semble que je ne leur manquais pas non plus. Pas un appel. Pas un message. Personne n'a cherché à savoir pourquoi je n'allais plus à la fac. Invisible Héloïse. Peu m'importait. Mon monde ne tournait qu'autour de mon enfant. Mais mon ciel bleu azur commençait à se couvrir. Lentement.

Plus la date de l'accouchement approchait et moins je souriais. J'aurais tant voulu arrêter le temps. Garder mon petit garçon en moi, pour l'éternité. Caresser mon ventre. Lui parler, le câliner. Peu de temps après, nous allions devoir nous séparer. J'allais devoir étouffer cet amour qui me dévorait et laisser une autre aimer mon enfant. Une autre qu'il appellerait « maman ». Que lui resterait-il alors de moi ? Aucun souvenir. Peut-être des traits physiques ? Mes yeux verts ? Mon nez aquilin ? Ou absolument rien ? Quand le doute m'assaillait, me faisant flirter avec un changement de décision, je repensais au pourquoi de mon choix. Lui offrir ce qu'il y avait de meilleur quitte à construire mon malheur. De plus en plus souvent, Dame Tristesse venait me rendre visite. Je sentais que, bientôt, elle ne me quitterait plus. Elle s'était répandue dans mes veines comme un poison.

M'avait gangrenée.

M'avait rongée.

M'avait asphyxiée.

Comme quinze jours plus tôt. De mauvaise humeur, j'avais répondu sèchement au facteur qui m'apportait un recommandé. Le pauvre, il n'avait rien demandé. Je me suis rattrapée au moment des calendriers. Puis l'errance chez moi. De mon lit à mon canapé. Où aller ? Nulle part où je puisse me poser et me sentir bien. Incapable de me concentrer. Cinq minutes de télévision. Dix minutes de lecture. Je plaquais tout, bougeais sans cesse.

Était arrivée ensuite la boule d'angoisse. Elle a pris naissance au creux de mon estomac, m'interdisant toute forme d'alimentation. Elle a migré lentement, jusqu'à ma gorge, la serrant si fort que respirer en devenait difficile. Je suffoquais et la camisole de mon désespoir se resserrait. Les larmes étaient montées. Un cri avait grondé avant de se muer en rugissement.

Je mourais.

Je mourais de l'aimer.

Allongée sur mon lit, j'étreignais mon ventre. Je ne voulais pas te quitter, mon bébé. Jour après jour, de lourds nuages noirs ont envahi mon horizon. Les adages pouvaient se rhabiller, pas de beau temps après la pluie pour Héloïse.

Je n'ai pas vu les semaines s'écouler. L'euphorie avait cédé sa place à la dépression. Après quelques mois en couleurs pendant lesquels j'avais tutoyé le bonheur, retour à mon monde en noir et blanc. Poupée zombie dénuée de toute envie. Seules l'affliction et la tristesse me tenaient compagnie. Je n'arrivais plus à lire d'histoires à mon enfant ni à lui faire écouter mes morceaux de musique préférés.

Les promenades ont déserté mon quotidien. Il n'y avait plus rien. Juste la souffrance. Elle a déniché un nouveau mode d'expression : l'automutilation. Je n'ai trouvé que ce moyen pour détourner ma douleur. Lui donner une cause physique pour gommer son origine psychique. Oublier, un temps, mon cœur qui se déchirait et mes clameurs silencieuses. Mes cuisses étaient désormais striées de petites cicatrices, plus ou moins récentes.

Quand je ne parvenais plus à gérer l'ouragan dévastateur de mon désespoir, je prenais ma lame de rasoir. Je m'asseyais sur l'abattant des toilettes et je tranchais. Je regardais le liquide vermillon se répandre lentement entre mes jambes, goutter sur le sol.

Hypnotisée.

La souffrance se faisait physique et, pendant quelques secondes, je me focalisais sur elle. Je voulais la sentir et la ressentir autrement. Je me saignais ainsi pour évacuer ma surcharge émotionnelle comme d'autres le font pour soigner une pathologie. Mais n'étais-je pas malade moi aussi ? Malade d'amour. Malade de devoir abandonner cet enfant que j'aimais déjà tant. On dit que l'on peut mourir d'un chagrin d'amour. Mourir d'avoir eu le cœur brisé. J'étais en train de le vérifier. Je m'éteignais comme une bougie en manque d'oxygène. En délivrant la vie que je portais, la mienne allait s'arrêter. Je le savais. Je le sentais.

Nous n'étions plus qu'à une semaine du terme. Alors que je me dirigeais vers la salle de bains pour m'adonner à ma routine destructrice, j'ai senti une forte douleur dans le bas de mon ventre.

Une contraction.

Respire, Héloïse, ce n'est pas la première fois. Rappelle-toi, il y a un mois, lorsque tu as débarqué comme une gorgone au cabinet, persuadée que tu allais perdre ton bébé d'avoir trop marché. Le Dr Aubenque t'a expliqué qu'elles seraient de plus en plus nombreuses à l'approche de l'accouchement.

Mais tant qu'elles ne sont pas régulières, pas d'inquiétude. Alors, j'ai tenté de garder mon calme.

Inspirer.

Expirer.

J'ai décidé de me saigner plus tard. Ne pas mettre en danger la vie de mon fils. Je suis retournée m'asseoir dans mon canapé.

Inspirer.

Expirer.

Mon rythme cardiaque devait s'apaiser.

Insp… Sensation de liquide chaud entre mes jambes. J'ai baissé la tête. J'avais perdu les eaux.

Chapitre 42

J'ai appelé les pompiers.

Ils arrivaient.

J'ai placé le lapin en peluche dans ma valise et me suis assise pour les attendre. Je ne me suis pas changée, n'ai pas nettoyé mon canapé. Je savourais ces derniers instants de vie avec lui. J'allais voir *mon fils*. Quelle étrange sensation que de prononcer ces deux mots. Cruelle émotion alors que nous allions nous rencontrer pour nous quitter.

Quelques minutes, quelques heures à partager. J'allais en profiter pour l'embrasser, lui dire combien je l'aimais déjà et lui promettre qu'il ne quitterait jamais le temple que je lui avais érigé dans mon cœur. Chaque seconde passée ensemble resterait gravée en moi. Des instants dont il n'aura aucun souvenir, je le déplore.

Les gyrophares et les sirènes m'ont tirée de mes préoccupations. Les soldats du feu n'ont pas eu le temps de frapper. À l'annonce sonore et lumineuse de leur arrivée, je me suis levée et leur ai ouvert la porte. Rapide auscultation. Prise de tension. Direction la maternité. J'avais un rendez-vous à ne pas manquer. Un face-à-face qui allait me bouleverser à jamais.

Pendant le trajet, les contractions se sont faites plus intenses, plus rapprochées. Et je sentais moins mon bébé bouger. L'inquiétude et la panique ont envahi ma gorge. Je passais et repassais mes mains sur mon ventre à la recherche du moindre signe de vie de mon petit garçon. *Montre-moi que tu vas bien, mon bébé*, l'ai-je supplié.

Mon cœur s'est emballé.

Tachycardie.

Des gouttes de sueur se sont frayé un chemin de mon front jusqu'à mon cou. J'étais trempée. En apercevant ma mine, l'un des pompiers a tenté de me rassurer.

— Vous verrez, tout va bien se passer. C'est votre premier ?

— Oui.

Ma réponse n'était qu'un souffle, à peine audible. L'angoisse m'asphyxiait et je retenais mes larmes avec difficulté.

— C'est normal que vous soyez inquiète, mais vous verrez, tout ira bien.

Il a plongé son regard noir dans le mien. Bien que sombres, ses yeux respiraient la bienveillance. Il a posé une main sur mon épaule et m'a souri. Je lui ai rendu un rictus forcé et me suis calmée peu à peu. Mais pourquoi n'étais-je donc pas allée au cours de préparation à l'accouchement ? J'aurais appris à respirer comme un petit chien, à accueillir mon bébé en toute tranquillité et à gérer mes peurs. Par chance, la médecine a bien progressé. On ne laisse plus les parturientes souffrir pour le plaisir. On ne les charcute plus pour un oui ou pour un non. L'âge de pierre est passé, nous sommes dans l'ère de la modernité.

Je me suis interrogée. Comment allait être mon bébé ? Avait-il déjà des cheveux ? De quelle couleur seraient ses yeux ?

Inspirer.

Expirer.

Je suis revenue à la surface. Nous étions arrivés. J'ai été immédiatement prise en charge par le personnel soignant et installée dans une chambre. Je me suis déshabillée, ai enfilé la blouse bleue déposée sur le lit. Elle ne cachait rien de mon séant. Je me suis réfugiée sous le drap.

Pendant que l'infirmière branchait le monitoring, je l'ai interrogée.

— Il sera bientôt là ?

— Je ne peux pas vous dire. Chaque accouchement est différent, mais pour un premier, ça peut prendre plus de temps.

Elle a placé la sangle autour de mon ventre, capteur au sommet de mon nombril. L'appareil surveillait les battements du cœur de mon enfant. Le mien était sur le point d'exploser dans ma poitrine. Et si je n'étais pas à la hauteur ? Et si l'accouchement se passait mal ? S'il se présentait mal ? Moment magique ou tragique ? Ma mère avait perdu la vie en m'offrant la mienne. Si la vie de mon bébé était en danger… Je triturais les petites peaux autour de mes ongles.

La jeune blouse blanche m'a tirée de mes pensées et m'a indiqué qu'une sage-femme allait venir me voir pour vérifier la dilatation de mon col. Elle procéderait aux premiers examens : prise de sang, température et analyse d'urine. Ensuite, elle me mettrait un cathéter. Face à ma nervosité, elle a tenté de me rassurer, en vain. Mon corps n'était plus qu'une immense boule de stress. Une goutte de sang est venue souiller le drap blanc. Satané tic ! Mes doigts ne ressemblaient plus à rien. Si seulement j'avais eu une lame de rasoir sous la main. Une soudaine envie de me trancher, de saigner et soulager ma douleur. Quel était le remède contre ma peur ? Personne pour m'accompagner, pour me tenir la main, me caresser les cheveux ou me dire que tout irait bien. Personne sur qui hurler, me défouler. Pas d'épaule pour pleurer. J'étais seule. *Nous sommes seuls, mon bébé. Mais cette fois, je serai à la hauteur. Je te le dois*, ai-je promis.

Je ne quittais pas des yeux l'écran qui surveillait le pouls de mon fils. Tout avait l'air normal. Mais je ne le sentais toujours pas bouger.

Fais-moi signe s'il te plaît. On traversera cette épreuve ensemble. Toi et moi. Je t'en supplie, mon amour, je continuais de m'adresser à mon bébé.

Une vague a déformé mon ventre tendu. Ouf, il m'avait entendue. J'ai souri et me suis mise à respirer à un rythme plus normal. Mes mains se promenaient le long de mes flancs dans de longues caresses. Nouveau mouvement et j'ai deviné son dos contre mes paumes. Nous nous câlinions au travers de ma peau.

La maïeuticienne est arrivée et a mis fin à cet apaisant moment. Elle s'est placée entre mes jambes et a vérifié l'ouverture du col.

— Vous êtes à trois doigts. Nous avons un peu de temps devant nous. Détendez-vous, me dit-elle en me souriant.

Elle a enchaîné en me demandant si je souhaitais une péridurale, car ce n'était pas précisé dans mon dossier. Je savais que je risquais d'avoir mal, très mal. Mais j'en avais besoin. Alors j'ai refusé. Rien n'aurait pu être plus insupportable que les heures qui suivraient sa naissance. Ma décision ne souffrait d'aucune hésitation. Alors que la sage-femme s'apprêtait à me quitter, une alarme s'est mise à biper. L'air soucieux, elle a replacé le monitoring, a tenté de me rassurer :

— Ne vous en faites pas, votre bébé a dû bouger.

Elle a sondé mon ventre avant de replacer le capteur. Elle a observé le tracé, puis j'ai aperçu son expression inquiète.

J'ai paniqué.

J'ai regardé à mon tour l'écran et j'ai vu que le rythme du cœur de mon bébé venait de passer sous la barre des 110 battements par minute.

J'ai agrippé le bras de la soignante.

— Dites-moi ce qui ne va pas !

Je ne parlais pas, j'aboyais.

— Votre bébé est sans doute en souffrance fœtale, mais je ne sais pas pourquoi. En revanche, si vous ne vous calmez pas, vous n'arrangerez rien, mademoiselle.

Son ton était ferme. J'ai lâché son bras. Elle a quitté ma chambre. Je l'ai entendue crier dans le couloir. Elle a demandé un échographe. Vite ! J'ai pris sur moi, pour mon bébé. Mon visage était déformé par l'angoisse et obscurci par un rideau de larmes. Je tremblais.

J'ai serré les poings.

Inspirer.

Expirer.

Putain, ils ont mis un temps fou à arriver ! Une équipe entière a débarqué. Pendant un instant, je me suis sentie extérieure à la scène. Je me voyais, allongée sur le lit, encerclée par une foule de blouses blanches. Des abeilles auprès de leur reine. Le temps semblait s'écouler au ralenti. Les soignants avaient le visage grave, le regard concentré. Le médecin a orienté l'écran face à lui. Une infirmière s'est approchée de moi. Le liquide froid sur mon ventre m'a arraché un frisson. Je scrutais l'image sur l'écran en noir et blanc.

Je suis là, mon fils. Accroche-toi.

Le gynécologue s'est enfin tourné vers moi et m'a expliqué que le cordon ombilical étranglait mon enfant. Il allait devoir procéder à une césarienne. Je ne devais pas m'inquiéter, c'était très courant, d'après lui. Un accouchement par voie basse aurait été trop long et aurait mis en danger la vie de mon bébé. Choquée, j'ai arrêté de respirer. J'étais en train de tuer mon bébé ! J'ai fermé les yeux et j'ai vu ce petit être emporté par l'Ombre. Mon cauchemar défilait en accéléré. Ses dents acérées, ce sang qui coulait et son rire qui résonnait dans ma tête. J'ai hurlé en gesticulant :

— Je m'en fiche. Ouvrez-moi, éventrez-moi, faites ce que vous voulez, mais sauvez-le, je vous en prie.

Ma phrase à peine achevée, j'ai senti un liquide chaud s'insinuer par le cathéter. Mon ire est redescendue d'un cran et le cortège de blouses blanches s'est éclipsé. Le temps avait ralenti. Les minutes s'égrenaient, interminables. Mais qu'est-ce qu'ils faisaient ? Mon bébé était en train de s'asphyxier !

Un brancardier est arrivé. Il a été la cible d'une nouvelle explosion. J'ai pesté :

— Mais vous attendiez quoi pour venir me chercher, bordel ? Mon enfant est sur le point de mourir dans mon ventre !

Si j'avais pu, je crois que je l'aurais giflé. Devant mon état de nervosité, le jeune homme n'a pipé mot et a poussé mon lit dans les couloirs.

Je me suis enfin retrouvée au bloc. La pièce me paraissait immense. Au centre, sous la lampe scialytique, une table d'opération me tendait les bras. À sa gauche, un plateau sur lequel reposaient les instruments de l'obstétricien. Et aussi des perches à perfusions. Sur le côté droit de la salle, une porte battante. À travers les fenêtres, j'ai aperçu une couveuse, une balance et d'autres accessoires servant à s'assurer de la bonne santé des nouveau-nés.

On m'a transférée de mon lit à la table. L'anesthésiste s'est approché de moi, puis m'a expliqué qu'il allait me piquer entre les vertèbres lombaires. Que le produit allait passer dans le liquide céphalo-rachidien et endormir toute la partie basse de mon corps. Je me suis crispée.

Je me suis exhortée à respirer. Une légère décharge électrique a couru le long de ma jambe droite. Quelques secondes plus tard, je ne sentais plus mon bassin ni mes jambes. On m'a allongée et on a placé un champ opératoire à la verticale de mon ventre. Je ne verrais rien. La terreur m'a gagnée. Faites vite ! Sauvez-le, je vous en prie.

Le personnel médical qui m'entourait était vêtu de vert. La couleur de l'espoir. Leurs masques et leurs calottes ne laissaient apparaître que leurs yeux. Étrange ballet qu'ils exécutaient autour de moi. Loin de me rassurer, ils me paniquaient. J'étais secouée de spasmes, je perdais le contrôle. La crise était proche. Je n'allais pas y arriver.

Reprends-toi, Héloïse. Tu en es capable. Pour lui, n'ai-je pas cessé de penser.

S'il était mort, je ne m'en serais jamais remise.

Il avait tant de choses à découvrir, à vivre, mon fils. Il serait un grand homme, j'en étais convaincue.

Inspirer.

Expirer.

Incapable de maîtriser mes tremblements. J'étais à 10 sur l'échelle de Richter. Mon monde allait s'écrouler. Le médecin a décidé de me donner un calmant. Bien vu ! Quelques minutes après, mes muscles se relâchaient, mais la peur, elle, ne m'avait pas quittée. J'ai entendu une voix s'élever.

— Allez. Délivrons ce bébé.

La tête sur le côté, les larmes ravinaient mon visage. Je fixais l'horloge accrochée sur le mur de droite, sans vraiment la voir et priais *in petto*. Je n'avais jamais prié avant. Je n'ai jamais cru en rien. Mais s'il y avait un Dieu dans l'univers, je voulais croire qu'Il sauverait mon bébé.

Dieu des humains, s'il te plaît. Je sais que je n'ai pas été exemplaire, mais lui n'y est pour rien. Ne le punis pas pour mes *erreurs. Prends ma vie, mais épargne la sienne. Je t'en conjure.*

Et, alors qu'une nouvelle inondation menaçait, j'ai entendu la plus belle musique du monde. Les cris de mon bébé. Une vague inédite m'a emportée. Mes lèvres se sont étirées et j'ai ri de manière incontrôlable. Il était en vie ! Une infirmière s'est avancée vers moi.

— Nous allons vous le présenter, mais nous devons d'abord vérifier que tout va bien.

Ah, mais non. Je n'étais pas d'accord. Je voulais le voir, moi ! J'avais envie de leur crier de me le donner.

Cruelle attente.

Temps interrompu.

Respiration retenue.

Je me suis mordu la lèvre inférieure et trépignais intérieurement pendant que je sentais les mains de l'obstétricien qui s'affairait dans mon ventre pour tout nettoyer avant de refermer. Je fixais l'aiguille des secondes, sur l'horloge. J'étais attentive au moindre son émis par mon bébé et serrais les mâchoires. Mais pourquoi était-ce si long, bon sang ?

Les cris ont fini par s'approcher. On aurait dit un lionceau. Il était là ! La sage-femme a placé la tête de mon fils à côté de la mienne. J'ai fondu en découvrant son visage angélique. Nous nous sommes regardés. « Bonjour, mon petit garçon aux cheveux blonds. » Il me contemplait de ses grands yeux gris cernés de jaune et moi je me suis laissé submerger par un raz-de-marée de joie. Il me souriait de ses lèvres menues. Je lui ai rendu la pareille, avec tendresse. Nous semblions figés. Plus rien n'existait autour de nous.

Un instant volé.

Pour l'éternité.

Ça n'a duré qu'une poignée de secondes. Rien que lui et moi. Une bulle de bonheur inviolable. Hors d'atteinte. Nos cœurs qui battaient à l'unisson. Instant de communion. Il était si beau. De ma main libre, j'ai caressé ses cheveux et effleuré de mes lèvres son front. J'aurais aimé le serrer si fort dans mes bras. Mais j'étais coincée sur cette fichue table. Alors, je lui ai parlé, des trémolos dans la voix, les yeux baignés de tendresse.

— Si tu savais à quel point je t'aime, mon fils. Tu es le plus beau cadeau que la vie m'ait offert. Ne l'oublie jamais. Garde au fond de ton cœur cet amour aussi infini qu'impossible. Pas un jour ne passera sans que je ne pense à toi.

On m'a extirpée de mes réflexions. J'ai eu l'impression de recevoir une gifle.

Un coup de poing.

— Nous devons l'emmener maintenant.

La sage-femme qui tenait mon bébé s'est éloignée avec lui.

J'ai explosé :

— Non, vous ne pouvez pas ! C'est mon bébé, mon fils. Laissez-le-moi encore un peu, je vous en supplie !

Hystérique, je me suis redressée, ai arraché mes perfusions alors que mon bourreau en blouse blanche emmenait mon bébé loin de moi. J'ai entendu ses cris de lionceau. Lui non plus ne voulait pas me quitter.

— Rendez-le-moi !

Mon cœur s'est fendu puis a éclaté en mille morceaux. Deux infirmiers ont tenté de me maintenir allongée. Je me débattais, les griffais, vociférais.

— RENDEZ-LE-MOIIIIII !

Un picotement dans le bras gauche, une sensation de liquide froid dans les veines. J'ai jeté un regard affolé vers la double porte qui avait avalé mon bébé. Je l'entendais qui pleurait. J'étais certaine qu'il me réclamait. Ses sanglots se sont éloignés peu à peu de moi. Mon regard s'est voilé. Et le néant m'a attirée, inexorablement. *Rendez-moi mon bébé.*

Cette dernière supplique a imprégné mon esprit juste avant de sombrer.

Chapitre 43

Dix ans que je revis sa naissance.

Dix ans qu'il me manque.

Dix ans que je le pleure.

Dix ans que je lui parle, chaque jour.

Dix ans que je suis déchirée.

Dix ans que je suis brisée.

Dix ans que je ne vis plus.

Dix ans que je survis.

Dix ans que je subis… l'enfer.

Besoin d'un verre.

Fuir la déchirure. Anesthésier la douleur, la brider, la museler.

Monsieur Lapin dans les bras, je me traîne de la chambre au salon. Un pied devant l'autre en équilibre instable. Je vacille et m'arrête quelques instants. Appuyée contre le chambranle, je regarde ma table basse. Le cadavre de la bouteille de rhum me nargue.

Je suis vide, Héloïse. Je ne peux plus rien pour toi.

Peut-être que toi non, mais ta jumelle qui se cache au fond du placard de la cuisine, oui ! Jamais à court d'anesthésiant, Héloïse. Il y a toujours une bouteille de secours pour les nuits comme celle-ci. Ces nuits où je me noie pour oublier. Ces nuits, trop nombreuses, où je n'arrive plus à gérer. Ces nuits où les fantômes de mon passé viennent me tourmenter.

Pas de présent.

Pas d'avenir.

Juste le passé.

Des scarifications qui, à peine fermées, s'ouvrent à nouveau pour me rappeler à quel point ma vie est une succession d'échecs, de mauvais choix, de séismes…

Dame Douleur, chère compagne fidèle de mon malheur. À chaque fois que je pense t'avoir apprivoisée, tu te rebelles… Ineffaçable douleur. Si les cicatrices physiques s'atténuent, celles de l'âme sont éternelles. Le pas incertain, la bouche sèche, l'alcool m'appelle. Un pas en avant, trois pas en arrière, deux à droite et deux à gauche… J'entame une danse ridicule, sans autre cavalier que la peluche de mon fils, étouffée dans mes bras. Une danse pathétique vers la bouteille providentielle. Celle qui me permettra de replonger dans les vapeurs de l'oubli.

Sous la lumière blafarde de la cuisine, j'ouvre le placard. Juste devant moi, l'élixir de l'amnésie. À défaut de me laver de mes péchés, il cautérisera mes plaies.

Une.

Deux.

Trois gorgées.

J'essuie ma bouche avec Monsieur Lapin.

Décidément, tu ne respectes rien, Héloïse.

— Quoi ? Tu es encore là toi ? Je croyais t'avoir dit de me foutre la paix.

L'Ombre virevolte autour de moi, pernicieuse. L'une de ses volutes fantomatiques attrape mon visage et me force à la regarder. Je plonge, tête baissée, dans la crevasse sans fond de ses yeux. Chute inexorable.

Puis le choc.

Le sol.

Contact brutal.

Je suis tombée, incapable de me relever. Monsieur Lapin me fixe de son air apitoyé. Désespéré, il me tend une patte que je n'attrape pas.

Ses oreilles sont baissées. Même son ruban bleu est flétri. Pas de montre à gousset. Pas d'Alice ni de pays des merveilles. Juste la chute. Sans fin.

L'Ombre profite de cet instant pour repasser à l'attaque…

Je suis là, Héloïse.

— Fous-moi la paix ! Tu en as déjà assez fait, tu ne crois pas ?

Recroquevillée, les mains sur la tête, je prie ce putain de Dieu et ses anges pour qu'Elle me laisse enfin en paix.

Dieu n'a que faire de toi. Je suis la seule à avoir toujours été là.

— Foutaises. Tu n'as été que l'instrument de mon malheur.

Ouvre les yeux, Héloïse. Qui ne t'a jamais abandonnée ?

Je bascule sur le dos, les mains sur les oreilles pour ne plus l'entendre. Les yeux rivés au plafond. L'ivresse brouille un peu plus mes repères. La Terre tourne. L'Ombre passe et repasse au-dessus de moi. Vautour convoitant ma dépouille. Dans son sillage macabre valsent mes souvenirs en une ronde sans fin. Max, mon premier amour. Ses yeux couleur du ciel et sa houppette que j'aimais tant. Sacrifié sur l'autel de nos amours d'enfants. Le gros Duprès et Florian… Acteurs de mon malheur. Eddy dont j'ai volé la vie. Mais aussi, mes plus grands bonheurs. Les seuls de mon existence, de ma putain d'existence. Le visage d'Alex. Son amour. Son rire. Son abandon. Puis mon bébé. Mon petit garçon aux yeux gris et aux cheveux blonds. Et son sourire figé dans mon éternité. Je ferme les yeux et me laisse porter par la vague éthylique.

Je largue les amarres et le *Black Pearl* de ma vie disparaît au fond de l'océan de ma tristesse pour ne plus jamais remonter à la surface.

Ouvre les yeux, Héloïse…

— Non. Lâche-moi ! Laisse-moi couler avec mes souvenirs et mourir.

Tu sais que c'est impossible. Lève-toi. Fais face. Je suis là, moi.

— Oh oui, tu es là ! Depuis toujours. Tu as fait de ma vie un enfer. Tu es ma malédiction, mon fardeau, je crache, hargneuse.

Non. Je suis ta rédemption.

— Ben voyons…

Héloïse…

— Tais-toi !

Je dois me relever, ne pas la laisser me posséder. La jambe droite d'abord. Puis la gauche. Debout, Héloïse ! Lever la tête. Lui faire face. Plonger mon regard déterminé dans le sien. Son sourire se mue en grimace. Ses lèvres se tordent. Elle a mal. Son visage spectral perd de sa superbe. Un rictus de satisfaction prend naissance sur le mien. Je vais la terrasser. Elle recule, m'observe. Ne pas baisser les yeux. Ne pas céder. L'affronter. Je tiens ma victoire. Elle se transfigure à nouveau. Ses traits deviennent plus fins. Ses crocs acérés disparaissent. Sa bouche déformée se mue en doux sourire. Une longue chevelure encadre son visage si semblable au mien à présent. Nous sommes maintenant identiques.

Effroi.

Prise de conscience.

Moi qui, toute ma vie, avais pensé lutter contre une Ombre, une entité démoniaque, je n'ai fait que combattre l'autre versant de moi-même. Je me découvre créatrice suprême de mon malheur. Je m'effondre, anéantie. Je tends le bras et attrape la bouteille qui gît à mes côtés.

J'en dévisse le bouchon, remplis mon verre et l'avale d'une traite.

Chapitre 44

Vingt-quatre heures qu'ils l'avaient arraché à mes bras.

Vingt-quatre heures que je me débattais dès qu'ils m'approchaient.

Vingt-quatre heures que j'étais sédatée à chacun de mes réveils.

À la place de mon cœur, un gouffre creusé par son absence. Une fosse plus profonde que celle des Mariannes. Une cavité vide d'amour et de vie. Il paraît que les plaies du cœur cicatrisent avec le temps. Pourtant, elles sont les plus insupportables. Elles nous marquent de leur empreinte indélébile. Dans mon cas, si la souffrance s'endormait artificiellement sous l'effet des calmants, la moindre pensée pour *lui* la réveillait. Comme un vent qui attise des braises mourantes, cette douleur est un feu qui me consume encore. Un feu qui me torture.

Depuis que j'avais regagné ma chambre, la psychologue était venue me voir quatre fois. Systématiquement, la même question :

— Êtes-vous certaine de votre choix ?

À chaque fois, je lui répondais de la même manière. Pourtant, Dieu sait que la vérité avait du mal à franchir la barrière de mes lèvres. Elles qui voulaient rester scellées et ne pas trahir mes véritables pensées.

— Oui. C'est ce qu'il y a de mieux pour lui.

Et, ensuite, je m'effondrais. Me roulais en boule dans mon lit, les bras autour de mes jambes. Inondée par une affreuse sensation de vacuité.

Amputée d'une partie de moi.

Mon bébé. Sans lui, j'étais perdue dans les tranchées de mon purgatoire intérieur.

La psychologue n'est pas sortie de ma chambre tout de suite, cette fois-là.

Elle a insisté.

— Réfléchissez bien, mademoiselle. Dans deux mois, vous ne pourrez plus faire machine arrière.

Mais que croyait-elle ? Que je ne le savais pas ? Que je ne l'avais pas compris ? J'avais l'air si bête et si idiote que ça ?

L'Ombre a planté à nouveau son long couteau dans la plaie béante qu'était devenu mon ventre. Elle l'a tourné et retourné. Encore et encore. Observait mes réactions tout en se délectant de ma détresse. Mettait ma détermination à l'épreuve, mais je n'ai pas capitulé.

Je me suis redressée. Les cheveux en bataille, les yeux injectés de sang et bouffis, je lui ai répondu d'un ton sec et cassant :

— Je ne reviendrai pas sur ma décision. N'insistez pas. En revanche, laissez-moi le voir. J'en ai besoin. Une dernière fois. Juste lui et moi.

Je la dévisageais. Mes yeux avaient pris la couleur de deux émeraudes débordant de chagrin. Les mains jointes en un geste pieux, je l'ai suppliée.

— Je vous en prie.

Mais, avant même d'entendre sa réponse, j'avais compris à son air désolé… C'était impossible. En accouchant sous X, j'avais perdu à jamais tous les droits sur mon enfant, sauf si je me rétractais. En attendant, il était confié aux services sociaux. D'abord à l'hôpital, puis en pouponnière avant d'être proposé à l'adoption.

Elle a quitté la chambre, m'abandonnant à ma solitude. Elle m'a tourné le dos comme l'ont fait tant de personnes qui ont traversé ma vie.

Je lui ai hurlé, la voix pleine de sanglots en serrant la peluche de mon fils.

— S'il vous plaît ! Laissez-moi voir mon bébé !

J'ai essayé de me lever pour lui courir après, mais mes jambes ne me répondaient pas. Je me suis écroulée sur le carrelage. Monsieur Lapin m'a glissé des mains et s'est écrasé sur le sol dans un léger bruissement.

Une douleur irradiait dans mon épaule droite. Mes cheveux cachaient mon visage marqué par la fatigue et mon calvaire. J'ai aperçu une oreille de Monsieur Lapin. Il me tendait la patte. Je l'ai attrapé, l'ai attiré et serré contre ma poitrine. Je voulais qu'il s'imprègne de mon odeur pour que mon bébé ait un peu de moi, quand il quitterait cet endroit. Nouvelle montée des eaux. La source de mes larmes était intarissable. Mon Dieu, j'avais si mal… J'avais l'impression que de la soude me dévorait les tripes.

Indicible douleur.

Je mourais.

J'ai senti des bras me soulever. Deux blouses blanches venaient de me remettre dans mon lit.

Nouvelle sédation.

Au moment où mes yeux se sont fermés, malgré mon incommensurable désarroi, je restais persuadée que j'avais fait le bon choix. Il aurait une plus belle vie sans moi. Une famille, une vraie. Avec un père et une mère. Il devait y avoir droit, lui…

Troisième jour après sa naissance. Comme prévu, on ne m'avait pas permis de voir mon bébé. Résignée, j'ai fini par m'y faire. Je me suis persuadée que c'était mieux ainsi. Pour lui. Pour moi. Méthode Coué version Héloïse. Je ne voulais que son bonheur. C'était mon unique certitude. Alors, j'ai dû composer avec les tourments qui y étaient attachés. Accepter de ne pas pouvoir le couvrir de mes baisers ni de sentir ses petits doigts entrelacés avec les miens.

Même si les médecins avaient eu des doutes, mon état psychologique était, en apparence, rassurant. Ils ont décidé de me permettre de rentrer chez moi. Il ne me restait que quelques soins à domicile pour la cicatrice due à la césarienne.

Alors que je préparais mes affaires, j'ai appelé l'aide-soignante. Après avoir à peine passé la tête pour jauger mon état, elle est entrée doucement dans ma chambre. Elle devait être mon aînée d'un an ou deux. Son visage rond et poupin respirait l'innocence. Elle paraissait si pure, si fragile dans sa blouse virginale.

— Que se passe-t-il, mademoiselle ?

Je lui ai tendu Monsieur Lapin.

— Pourrez-vous le donner à mon bébé, s'il vous plaît ?

Elle a baissé la tête, gênée. Les bras le long du corps, elle m'a répondu, dans un souffle :

— Non, je suis désolée. Vous ne pouvez rien lui laisser...

J'ai serré les poings, étranglant la peluche. De la clarté de l'émeraude à l'opacité du jade, mes yeux se sont assombris. Pourtant, je ne devais pas m'énerver. Elle n'y était pour rien. Mais l'expression de mon visage laissait présager le pire. Son malaise et sa crainte transpiraient. Ma réputation m'avait précédée. Je me suis forcée à adopter un ton neutre, me suis composé une expression plus avenante. J'ai fait mine de baisser les armes.

— Merci. Vous pouvez me laisser. Je vais finir de préparer ma valise.

Je lui ai tourné le dos et l'ai entendue sortir sur la pointe des pieds. Mon regard s'est posé malgré moi sur la peluche, ses grandes oreilles dressées, son joli ruban bleu. Les petites billes qui lui servaient d'yeux étaient remplies de compassion.

— Nous voilà seuls, toi et moi.

Surtout, ne pas revenir en arrière. Ne pas craquer même si mon cœur me hurlait d'aller chercher mon fils.

Quinze jours étaient passés depuis mon retour de la maternité. J'avais retrouvé mon appartement, ce cocon que j'avais du mal à quitter. J'avais besoin de me rassurer, de me sentir en sécurité. Mes journées n'étaient faites que de rituels. Réveil à 9 heures. Me lever. Aller dans la salle de bains. Prendre la lame de rasoir. Me trancher. Saigner. Purger mes affres intérieures. Désinfecter les plaies. Mettre un pansement. Me rendre dans la cuisine. Me faire un café. Allumer la télé. M'abrutir des programmes de télé-réalité. Neutraliser mes pensées. Ne pas les laisser divaguer.

Pourtant, je craquais souvent. Je regardais les photos de mon petit garçon aux cheveux blonds. Instantanés en noir et blanc remis lors des échographies. Dans ces moments-là, Dame Colère venait me visiter. De rage, de contrition, j'ai jeté tout ce qui me tombait sous la main en beuglant. Livres, tasses, cadres s'adonnaient à un ballet aérien à travers mon studio. POURQUOI ? Pourquoi avait-il fallu que je tombe enceinte ? N'avais-je pas assez morflé dans ma chienne de vie ? Pourquoi m'imposer un choix qu'aucune mère ne peut faire ? Abandonner le fruit de mes entrailles à des bras autres que les miens. Derviche destructeur. Tornade de douleurs.

À l'issue de ces moments-là, mon intérieur ne ressemblait plus qu'à un champ de bataille. Et ces crises avaient lieu presque tous les jours. Une fois la tourmente passée, je ramassais les morceaux de vaisselle en même temps que les miettes de mon cœur. Je prenais une bouteille de rhum et un Xanax.

Cul sec.

Un mois.

Les accès de colère se sont espacés et ont fini par disparaître.

En revanche, j'ai conservé, en partie, mon rituel. Il m'était indispensable pour gérer mon supplice. Mais je n'allumais plus la télé. Pas besoin de m'abrutir davantage avec la boîte à images. Je ne supportais plus la vacuité intersidérale des programmes qui défilaient à l'écran. Jeunes conformes, qu'on forme et déforme au gré des envies d'une société qui en veut toujours plus. Plus de consommation. Plus de voyeurisme. Plus de cul. Plus de conneries. Plus de vide. Et dans quel but ? Mon vide à moi ne se comblait pas à coups de personnes belles extérieurement, mais intellectuellement sous le niveau de la mer. Je ne voulais pas de ça pour mon petit garçon. Ce petit bout de moi. Cette vie reliée à la mienne pendant neuf mois.

Depuis mon réveil, ce matin-là, j'avais le sentiment qu'il m'appelait. Je voulais le revoir. Je ne souhaitais pas le reprendre, car je restais persuadée d'avoir pris la meilleure décision pour lui. Mais j'avais besoin de l'embrasser, encore une fois. Une dernière fois. Voir comme il avait grandi. Ses grands yeux gris. Sentir son odeur et la graver dans mon cœur. Je devais prendre mon courage à deux mains et négocier avec les services sociaux. Ce jour-là, mon petit amour avait eu un mois. Ils pouvaient bien me faire ce plaisir. Mais qui appeler ? Je ne savais pas où il avait été placé. L'imbroglio de l'administration. Le parcours du combattant des parents défaillants.

Commencer par l'hôpital.

Tremblante, j'ai composé le numéro de la maternité. À l'énoncé de mon nom, j'ai senti poindre la difficulté.

— Désolée, mademoiselle, mais vous n'apparaissez pas dans nos registres. Vous êtes certaine d'avoir accouché dans notre établissement ?

Je me suis tapé le front de la paume de la main. Idiote.

— Oui. Mais sous X.

La réponse était froide, sèche.

— Je ne peux rien vous dire.

Coup de massue.

Envie de meurtre.

Garder mon calme. Ne pas me la mettre à dos et obtenir un contact.

— Je sais, oui. Je souhaite juste les coordonnées des services sociaux qui ont emmené mon bébé. J'aimerais me rétracter.

La voix au téléphone s'est adoucie.

— Voilà qui est une bonne chose. Abandonner son bébé, franchement, on n'a pas idée.

Salope. Elle était qui pour me juger celle-là ? Je serrais le combiné du téléphone à m'en faire mal aux doigts. Rester calme. Je lui ai expliqué que je regrettais, que j'étais décidée à reconnaître mon bébé. Rassurée, la vieille sorcière m'a donné le numéro de l'assistante sociale qui s'était occupée de mon fils.

J'ai raccroché, j'ai soufflé et accepté que les larmes coulent. Sans perdre de temps, je me suis reprise et ai composé le numéro que je venais d'obtenir.

— Oui, allô ?

Ma voix tremblait.

— Bon… bonjour. Je… m'appelle Héloïse. Je… j'ai accouché il y a un mois. Sous… X. On m'a dit que vous vous êtes occupée de mon bébé.

Un blanc.

— Allô ? Vous m'entendez ?

— Oui, mademoiselle, mais je suis désolée. Je suis tenue au secret…

— S'il vous plaît, dites-moi, au moins, comment il va. Je vous en prie.

Des sanglots ont pris d'assaut ma gorge. Ma voix tressautait.

— Pitié, je ne veux rien savoir de plus.

— Je regrette. À moins que vous décidiez de le reconnaître, je ne peux rien faire pour vous, mademoiselle.

Je suis tombée à genoux. Le téléphone en main. Mes larmes suivaient l'ovale de mon visage, le transformant en une peinture gris craie. J'ai tenté le tout pour le tout, l'ai suppliée, lui ai promis de ne rien révéler de la rencontre, mais aucun de mes arguments n'est parvenu à la convaincre. La loi, c'est la loi. Rigide, inhumaine. Même moi, Héloïse, je devais m'y plier.

— Il vous reste un mois. Trente jours pour vous rétracter. Réfléchissez bien.

L'assistante sociale a raccroché. J'ai fixé mon écran, interdite. En redressant la tête, j'ai aperçu Monsieur Lapin, posé sur le canapé. Il me regardait.

J'avais échoué.

J'avais honte.

Je n'avais pas été assez convaincante pour nous réunir tous les trois, au moins une fois. Après le choc, la colère et le marchandage, il ne me restait que deux phases du deuil à traverser.

Chapitre 45

Allongé à mes côtés, Monsieur Lapin me fixait. Ses yeux étaient remplis de pitié et ses fières oreilles étaient retombées. *Allez ! Bouge-toi, Héloïse. Tu ne peux plus continuer comme ça.* Quatre jours que je pleurais sans arrêt. Quatre jours que je vivais dans un demi-sommeil. Dans un monde entre cauchemars et réalité. Abrutie par le Xanax et le rhum. Quatre jours que je n'avais pour ainsi dire pas quitté mon lit.

Aucun de mes barrages n'avait su me protéger de la déferlante de désespoir qui s'était abattue sur moi. Mes longs cheveux avaient perdu de leur éclat. Sales, ils pendaient comme d'immondes queues de rat. Les restes de mon mascara dessinaient des vagues noires sur l'étang cendré qu'était devenu mon visage. Quant à mes yeux, entre pleurs, consommation d'alcool et de benzodiazépines, ils avaient pris l'aspect de ceux d'une junkie. Je ressemblais à un lapin myxomatosé. Je n'avais pas non plus quitté le T-shirt qui me servait de pyjama. Du blanc, il était passé au gris. Taché de café et d'alcool. Qu'importait ma crasse, je me sentais déjà si sale d'avoir abandonné mon bébé. Je continuais de suivre mon rituel, mais avec des variations. Je me levais désormais à n'importe quelle heure, de jour comme de nuit. Je rampais jusqu'à la salle de bains, me saisissait de ma lame de rasoir souillée pour me trancher.

Saigner.

Purger mon calvaire.

Sans succès.

Mes scarifications ne me faisaient plus d'effet, mais j'étais incapable de m'en passer. Ensuite, direction la cuisine. Je me préparais un café, y ajoutais mon remède cubain préféré avant de retourner me coucher. Je n'avais plus la force de lutter. Je n'ouvrais plus mes volets. Je n'allumais plus jamais la télé. Quarante jours étaient passés depuis que je lui avais donné la vie et que la mienne s'était arrêtée.

Depuis mon appel aux services sociaux, je m'enfonçais un peu plus à chaque réveil. L'extrême douleur qui m'étreignait ne se décrit pas. Elle se subit. Aucun mot ne sera assez fort pour exprimer le déchirement que je ressentais. Je caressais sans cesse mon ventre pourtant vide. Vide de mon enfant, mais plein de rage et de désespoir. Je regardais les photos des échographies en me demandant où il était. S'il grandissait bien. S'il était en bonne santé. S'il faisait déjà le bonheur d'un couple qui l'aurait désiré plus que tout. Plus que moi.

Si mon existence avait toujours eu un goût amer, là, elle n'avait plus aucune saveur.

Mes mains cherchaient mon enfant sans le trouver. J'aurais aimé le sentir au bout de mes doigts et tout autour de moi. Quand je me concentrais, que je n'étais pas trop droguée ou trop bourrée, je fermais les yeux. Je me remémorais son odeur. Celle de nos sangs mêlés. Je sentais alors sa douce peau sous mes lèvres quand je l'ai embrassé pour la première fois. Je pouvais le sentir partout, alors qu'il n'était nulle part. Je restais de longues minutes ainsi pour ne pas briser ce bonheur irréel.

Fugace.

Artificiel.

Avant de m'abandonner une fois encore à ma dépression.

Cauchemars, visions éthyliques et réalité ont entamé une lutte dans laquelle ils ont fini par se mélanger. Je ne sais plus les distinguer. Maintenant, mon bébé vient me rendre visite. Je le serre dans mes bras, le couvre de baisers, le câline et le couve, telle une mère louve. Parfois, il pleure à en perdre haleine, m'appelle, mais je me bouche les oreilles pour ne plus l'entendre. Recroquevillée sur mon lit, en larmes, je le supplie.

Mon bébé, pardonne-moi, je t'en prie. Je n'avais pas d'autre choix. Je l'ai fait pour ton bien.

La culpabilité me ronge, vicieuse, pernicieuse. Elle gangrène chaque parcelle de ma raison. La folie me guette. Elle se lèche les babines en attendant son heure.

Un autre réveil comme tant d'autres. Je ne sais pas quel jour affiche le calendrier. Je m'en fiche. Bouche pâteuse. Cheveux gras. Odeurs d'alcool, de sueur et de saleté mélangées.

Alors que je fixe le plafond, j'aperçois une tache noire et ronde. Focus sur cette souillure qui n'était pas là, hier soir. Soudain, ses bords se mettent à onduler, lentement. Vaguelettes déformant une mer d'huile noire. Hypnotisée, je me concentre. La tache s'étire, perd en consistance, devient brumeuse. Elle forme dorénavant un voile qui ondoie, comme caressé par le vent d'une marée invisible. À chaque extrémité, deux formes longilignes se détachent lentement. J'observe, fascinée.

Les protubérances s'allongent, doucement. Leurs extrémités se divisent en cinq et, peu à peu, forment… des mains. Alors je comprends. L'Ombre fait son grand retour. Pas de frayeur ni d'inquiétude. Je sais que j'ai besoin d'elle. La personnification de mon aliénation.

Le reste du voile prend forme et se détache du plafond pour venir me prendre dans ses bras. Je la sens m'enlacer. Me bercer. Et alors que je la laisse m'emporter dans mon enfer, j'aperçois Monsieur Lapin, gisant à mes côtés. La patte tendue, les yeux horrifiés et la bouche déformée dans un cri.

Non !

Chapitre 46

Cela faisait deux jours que l'Ombre était revenue.

Elle ne me quittait pas, me cajolait, me consolait. Lorsque je me scarifiais, elle m'observait. Penchait sa tête de côté, détaillant chacun de mes mouvements. À la vue de mon sang, son visage se muait en une grimace mi-fascinée, mi-dégoûtée. Sa bouche s'étirait en une grimace d'écœurement et, pourtant, elle passait sa langue pointue sur ses lèvres. Se penchait, recueillait mon fluide vital et se pourléchait les babines, satisfaite. Nous nous sommes rendues dans la cuisine. Ses pas flottant dans les miens qui traînaient. Nous nous sommes préparé mon café, avons ajouté l'indispensable rhum. Ses effluves boisés et alcoolisés sont remontés sous l'effet de la chaleur de mon breuvage noir. Je me suis enivrée tant de l'odeur que du goût. Je me suis laissée porter dans cette brume dévastatrice. Machine destructrice. Il ne manquait qu'un cachet de Xanax et tout aurait été parfait, j'aurais pu me recoucher.

J'ai ouvert le tiroir, sorti la boîte et… Non, pas ça ! Toutes les plaquettes étaient vides. Je sentais la panique enfler. Affolée, j'ai arraché le tiroir de son logement et l'ai renversé au sol. À genoux, j'ai fouillé, affolée, parmi les objets éparpillés en priant pour qu'il m'en reste. J'ai déniché cinq boîtes. Mes mains tremblaient au point que je peinais à les ouvrir. Pas l'ombre d'un Xanax. Tous les opercules des plaquettes étaient déchirés. Leur contenu absorbé au fil des jours sans que je pense à me ravitailler. Je ne pouvais pas rester comme ça. Je devais en trouver. Titubant vers la salle de bains, j'ai trébuché et me suis écrasée, face contre terre.

Alors que je tentais de me relever, j'ai senti l'Ombre et j'ai roulé sur le dos. Elle dansait au-dessus de moi. Je l'observais, fascinée. Sirène ondulant dans la mer de ma folie. À l'instar de celles qu'a croisées Ulysse, elle m'attirait dans les méandres de son univers noir pour se nourrir du peu de raison qu'il me restait. Elle me tendait les bras.

Viens, mon Héloïse.

Mais la junkie que j'étais devenue était plus forte que l'Ombre, et le manque d'anxiolytique plus puissant encore.

— Laisse-moi tranquille. Ce n'est pas le moment.

J'ai battu l'air de mes bras et mon Ombre vaporeuse s'est dissoute pour retrouver sa forme habituelle, bloquant le passage devant la porte de la salle de bains. Elle a posé une main sur chacun des montants, la tête baissée, prenant la position d'un Christ des enfers et s'est mise à ricaner. Elle a levé les yeux vers moi et a planté son regard couleur de néant dans le mien.

Tu es pitoyable, Héloïse. Viens avec moi, laisse-moi me nourrir de ta douleur et je te promets que, plus jamais, tu n'auras peur.

Mais elle ne pouvait rien face à ma dépendance. Le besoin de cachetons était le plus fort.

— Non. Pas maintenant, je t'ai dit.

Je me suis relevée et ai avancé d'un pas incertain vers la salle de bains. Si l'Ombre ne reculait pas, je la traverserais. Et, tandis que j'arrivais à quelques centimètres d'elle, elle a disparu.

Vite, direction l'armoire à pharmacie, au-dessus du lavabo. Je l'ai ouverte, fouillée et j'ai fait tout tomber. Trouver d'autres boîtes, les déchirer et constater qu'elles étaient toutes aussi vides que celles de la cuisine. La frénésie m'a gagnée. Alors que je refermais la porte avec rage, l'un des miroirs s'est brisé.

Les dizaines d'éclats dans le lavabo reflétaient un puzzle monstrueux que je ne pouvais quitter des yeux. Dans quel état étais-je ? J'ai observé les cernes noirs qui entouraient mes yeux gonflés et rougis. La crasse sur mon visage émacié. Mes cheveux gras venaient parfaire l'autoportrait de ma dépression. Peinture affligeante dans la petite galerie des horreurs de ma vie. La crise de manque s'est accentuée. Je tournais en rond, hystérique. Tête penchée, j'arrachais les petites peaux autour de mes ongles à m'en faire saigner. Je devais absolument trouver le moyen de me procurer mes cachets. J'ai frappé mon front de la paume de ma main. *Réfléchis, Héloïse, putain !*

Au bord de la falaise, un pied dans le vide qui m'attirait, luttant désespérément pour ne pas céder, la solution est apparue. Le Dr Aubenque !

La douche était incontournable avant de me rendre au cabinet médical. Impossible d'y aller dans cet état. J'ai tenté d'effacer la saleté, mais j'avais beau frotter, rien n'y faisait. Si les souillures de mon corps se dissolvaient, celles de mon âme étaient trop ancrées. Une main sur le carrelage, offerte à l'eau savonneuse, j'ai nettoyé mon corps, mais je ne pouvais pas laver mes péchés. Chaque fois que je baissais le regard sur mon ventre, je voyais la boursouflure rouge de ma césarienne. Cicatrice éternelle qui me rappelait chaque jour que j'avais donné la vie. Ce que j'avais enduré et endurais encore pour lui offrir une existence plus belle que la mienne. Mais qui pourrait me comprendre, sans me juger ? L'humain ne peut s'empêcher de critiquer son prochain. S'il excelle dans l'autocentrisme, il est aussi titulaire d'une mention « condamnation ». Combien de fois avais-je entendu mes pairs donner leur avis sur la manière de vivre de leur entourage ? Des bouches de vieilles ragoteuses qui ne peuvent se retenir de critiquer, étiqueter, cataloguer, mettre dans des cases les moindres comportements allant à l'encontre de leur propre vision de la vie. À quoi me condamnerait-on ? Moi, la mère qui avait préféré abandonner son enfant à des inconnus plutôt que de l'élever seule…

Je me suis tournée et ai glissé le long du mur. Assise, ramassée sur moi-même, je me suis mise à me balancer, d'avant en arrière, en proie au manque et à la lame de fond créée par mes pensées.

Il m'a fallu une demi-heure pour sortir de la douche. Et trente autres minutes pour m'habiller. J'étais amaigrie, tous mes vêtements étaient trop grands. Les cheveux secs comme de la paille. Les clavicules saillantes sous mon T-shirt. Une ceinture serrée au maximum pour maintenir mon jean. Je ressemblais à un épouvantail anorexique. Même un cintre aurait eu plus de maintien.

Je me suis maquillée un peu, ai tenté de raviver l'éclat de mon visage et la reviviscence de mon regard. Illusionniste Héloïse. Mes tremblements refusaient de cesser. J'avais beau me tenir les doigts, mes mains semblaient animées d'une vie qui leur était propre. Je devais absolument réussir cette nouvelle représentation d'Héloïse aux mille visages. Dans le cas contraire, je risquais de passer par la case hôpital et liens de contention, plutôt que de rentrer à la maison.

J'étais prête. J'ai tourné la clé pour retrouver le monde des vivants.

Les rayons du soleil m'aveuglaient. Une main en visière, je me suis demandé depuis combien de temps je n'avais pas vu la lumière du jour. J'ai haussé les épaules. Finalement, quelle importance ? Le noir seyait à mon esprit torturé. J'ai tiré mes lunettes de soleil de mon sac, les ai placées sur mon nez et ai avancé la tête baissée. Ne pas me faire remarquer. Rester invisible au regard du monde. Si on m'avait vue, on aurait su. On m'aurait pointée du doigt pour me traiter de mère indigne.

D'égoïste.

De toxico.

De folle.

J'ai accéléré le pas. Vite.

Mettre mon masque. Faire illusion comme tant de fois par le passé. Empocher la prescription et retourner auprès de mes démons.

Plongée dans mes pensées, j'ai perdu le fil du temps et j'étais déjà devant le cabinet.

J'ai sonné. Bruit de verrou qui se débloquait. J'ai longé le couloir jusqu'à la salle d'attente et poussé la porte. Il n'y avait qu'une seule personne. Une de trop. Je ne devais pas paniquer. J'ai pénétré dans la pièce avec discrétion, mais l'autre patiente m'avait aperçue. Elle a levé le regard vers moi et a trouvé mes yeux par-delà les verres fumés. Elle m'a souri. Mon cœur a manqué un battement. J'ai cligné des yeux. Une aura l'entourait.

C'était un ange.

Chapitre 47

Vision céleste. Personne ne pouvait être aussi solaire. Il se dégageait d'elle une force et une douce lumière réconfortante. Un phare dans ma tempête intérieure. Si des ailes étaient venues à se déployer et une auréole à scintiller, j'en aurais à peine été surprise !

J'ai secoué la tête et ai tenté de reprendre mes esprits. Ce devait être mon état de manque qui me donnait des visions. Le diable et les bondieuseries ne sont que de la mythologie pour l'athée que je suis.

J'ai fixé le carrelage beige du sol et me suis assise le plus loin possible de cette troublante inconnue. Me concentrer sur mon rôle. Ne pas la regarder. Mais c'était plus fort que moi, j'étais attirée, aimantée par sa luminosité. Je l'ai observée par-dessus mes lunettes et l'ai vue qui me souriait. J'étais démasquée !

— Bonjour.

Elle m'avait parlé ! Ma carrière de femme invisible venait de s'écrouler. Sa voix était soyeuse, comme une caresse. Chaude et rassurante comme une couverture en pilou un soir d'hiver. Elle m'aurait presque donné envie de me blottir dans ses bras pour y chercher du réconfort. Je nageais en plein délire ! Le *delirium tremens* de la camée aux benzodiazépines ! Face à mon silence et mon air buté. Elle a poursuivi :

— Je m'appelle Sasha. Et vous ?

— …

J'étais incapable de dire quoi que ce soit. Les mots refusaient de quitter mes cordes vocales. Elles étaient cadenassées et le sont restées. J'ai fixé mes pieds tout en gardant mes mains dans mes poches, pour qu'elle ne les voie pas trembler. Elle comprendrait que je ne voulais pas parler. De toute façon, je n'avais rien à lui dire. Je voulais juste ma foutue ordonnance, quitter ce lieu, passer à la pharmacie et replonger dans mon Styx. Entre vie et mort. Voilà où était ma place.

— J'ai été piquée par un insecte en Afrique et ma plaie s'est infectée. C'est pour ça que je suis ici. Et vous ?

— …

Ne pas répondre. Peut-être finirait-elle par penser que j'étais sourde ?

— Je suis bénévole pour une ONG.

Voilà j'avais raison ! C'était bien un ange. Un de ces êtres célestes envoyés sur Terre pour réparer les dégâts causés par cette belle humanité. *Non, mais tu t'entends, Héloïse ?* m'a soufflé une petite voix. Ailes blanches, êtres célestes, auréoles… Moi, la pourfendeuse de dogmes religieux, je me suis mise à imaginer que j'étais face à un ange. Après les mains, mes jambes tressautaient aussi. C'était dû au manque.

Cette Sasha n'était pas l'envoyée de Dieu sur Terre. J'étais juste en pleine descente. Un *very bad trip*. Réalité et visions se sont confondues pour créer un monde parallèle. Un univers rien qu'à moi.

La porte du bureau du Dr Aubenque s'est ouverte.

— Héloïse ? Je ne vous avais pas vue depuis…

— Quelques jours avant mon accouchement.

J'avais recouvré ma voix et pourtant je ne la reconnaissais pas. Rêche et piquante comme du papier de verre. J'ai répondu sans le vouloir. Sans même m'en rendre compte.

— Je reçois cette demoiselle, a-t-il dit en montrant l'ange, et je vous vois juste après.

Hochement mécanique de la tête. Sasha s'est levée et la lumière s'est faite plus vive, m'obligeant à fermer les yeux. J'ai rouvert un œil, avec prudence. Elle semblait à peine toucher le sol. Elle avait la grâce d'une danseuse étoile. Sa longue chevelure brune ondulait à chacun de ses pas. J'ai cherché son auréole, ses ailes cachées, sans succès. Je n'ai pas pu la lâcher du regard jusqu'au moment où la porte s'est refermée derrière elle.

Je fixais la trotteuse de l'horloge, sur le mur noir, face à moi.

Mille deux cents secondes s'étaient écoulées depuis que l'ange était entré dans le cabinet du Dr Aubenque. Je les avais comptées, égrenées, une à une. M'écorchant, une fois encore, la peau autour des ongles, ou plutôt ce qu'il en restait. Pendant que l'ange et le docteur profitaient d'un tête-à-tête, le manque me faisait passer par toutes les phases.

D'abord, un monde imaginaire : rempli d'angelots en culotte blanche et aux ailes immaculées. Retour à la réalité et à la salle d'attente silencieuse. Le tic-tac de l'horloge m'agressait. Montée d'angoisse. Délire.

Mille ombres se sont mises à danser une valse de Vienne avant de se transformer en une centaine de petits cachets. Je devais sauter pour les attraper. ▼ + ⊗. Jeu vidéo, version camée. Monde pixelisé où se confondaient réalité, manque et rêves en 3D. Dans le *trainspotting* de ma vie, j'étais Ewan Mac Gregor en recherche de la dose qui soulagerait le mal. Plongée dans des toilettes dégueulasses pour attraper un Xanax.

Mes mondes s'opposaient puis se superposaient dans une œuvre sombre.

Les spasmes de mes mains et de mes jambes ont redoublé.

Ne pas craquer. Maintenir le cap.

J'étais le capitaine de mon bateau. Je ne pouvais pas foirer la manœuvre, au risque de chavirer et de couler.

La porte s'est enfin ouverte et j'ai repris pied dans la réalité. L'ange Sasha a serré la main du docteur.

— Merci beaucoup et à bientôt.

Elle s'est tournée vers moi et, une nouvelle fois, a accroché mon regard. Elle m'a souri et j'ai fondu, touchée. La commissure droite de mes lèvres s'est à peine soulevée, esquissant un début de sourire. Elle et sa lumière ont quitté le cabinet, sans se retourner.

— À nous, Héloïse.

J'ai sursauté. Je me suis levée pour suivre le Dr Aubenque. En entrant dans son bureau, je n'ai pas prononcé un mot. J'ai gardé mes lunettes. Les mains enfoncées très loin dans mes poches. Les yeux harponnés à la moquette, j'attendais qu'il me parle.

— Vous n'avez pas l'air en forme.

Qui l'aurait été à ma place ! Je venais d'abandonner mon bébé ! Sans le regarder, je lui ai répondu :

— Effectivement je ne le suis pas. On m'a prescrit du Xanax à l'hôpital, mais je n'en ai plus. Je viens renouveler l'ordonnance.

Avoir l'air dépressive, mais pas trop. Juste assez pour obtenir ce que j'étais venue chercher.

— Vous voulez m'en parler ?

— Non, merci. Je suis juste venue pour l'ordonnance. Je vois une psychologue, en ville.

Oh le vilain mensonge ! Mais j'espérais qu'avec ça il me foutrait la paix. Il m'a regardée, interrogatif. Il doutait. Puis il a pris son ordonnancier pour me délivrer. J'ai gardé mon calme et me suis retenue de lui arracher des mains mon laissez-passer pour mon univers désenchanté.

— C'est une bonne chose que vous soyez suivie. Vous ne devez pas affronter seule cette épreuve.

S'il avait su, ce gentil docteur, à quel point je me contrefoutais de ce qu'il racontait. Il n'a pas insisté. J'ai réglé la consultation et ai quitté son bureau avec mon sésame en poche.

Vite, filer à la pharmacie. Rentrer chez moi. Prendre mon cachet, mon rhum et m'enfoncer dans le cinquième cercle des Enfers[1]. Perdue dans mes pensées, je ne regardais pas autour de moi.

Collision.

Rencontre de mon corps avec celui d'un inconnu. J'ai levé la tête, me baissant pour ramasser mes lunettes qui avaient chuté au sol. Je bredouillais des excuses quand je me suis aperçue que c'était l'ange que j'avais heurté. Sasha.

1. Dans l'*Enfer* de Dante, le cinquième cercle correspond à la colère.

Chapitre 48

Elle m'a souri.

Je me sentais ridicule.

— Vous ne vous êtes pas fait mal ?

— Non, non.

Qu'était-il arrivé à ma voix ? On aurait dit une vieille poule enrhumée ! J'étais déstabilisée. J'ai incliné la tête et m'apprêtais à continuer mon chemin quand Sasha m'a retenue par le bras.

— Ne partez pas. J'espérais vous croiser, pour dire la vérité.

Quoi ? Elle m'avait attendue ? Elle avait eu un coup de foudre pour le croquemitaine anorexique ? Je me suis arrachée à son emprise et j'ai reculé. Je l'ai toisée et, devant mes sourcils relevés par la surprise, elle m'a souri et m'a expliqué :

— Je ne sais pas vraiment pourquoi, mais il fallait que je vous attende.

Me voilà de nouveau *chamallow.*

Elle a poursuivi :

— Je sais, ça peut paraître étrange… Il y a tant de douleur qui émane de vous.

Pan !

Une preuve de plus. C'était bien un ange. Le doute n'était plus permis. Qui se serait intéressé à une pauvre paumée ? Ça n'avait pas de sens.

— Et vous avez des pouvoirs et vous allez me soulager, c'est ça ?

Insolente et agressive Héloïse. Malgré mon ton acerbe, elle s'est mise à rire.

— Mais non, voyons. Je ne suis pas une fée ou une sorcière.

— Dommage, j'aurais bien eu besoin d'un coup de baguette magique.

Repartie facile. J'étais grotesque. Elle ne s'est pas offusquée de mes répliques et s'est révélée bon public. Elle s'est esclaffée de nouveau et mon agressivité est redescendue d'un cran. Je n'avais jamais entendu un tel rire. Pur et cristallin. J'étais captivée. Elle avait toute mon attention.

— En revanche, je suis très empathique. J'ai ressenti votre mal dès que vous êtes entrée dans le cabinet médical.

À mon tour de sourire. Ma nervosité est retombée comme un soufflé sorti trop tôt du four. Je ne sentais plus mes mains trembler. Je n'avais pas envie de me gaver de cachets, enfin, pas tout de suite. Cette femme m'intriguait. Alors que je l'observais, elle m'a demandé :

— Je pensais aller boire un verre face à la mer. Vous voulez m'accompagner ?

— Pourquoi pas.

Merde, ma réponse avait fusé sans attendre mon autorisation. J'ai roulé des yeux. J'étais au pied du mur.

Nous avons doucement pris le chemin de la plage. Pendant que nous marchions, nous n'avons pas échangé un mot. Je l'observais du coin de l'œil. Elle me fascinait. Ses cheveux flottaient dans le vent. Sa robe bleu azur virevoltait à chacun de ses pas. Gracieuse Sasha. Elle contemplait le ciel en souriant. S'émerveillait devant des oiseaux. Elle respirait la vie alors que je puais la mort. Au-delà de son côté solaire, elle dégageait une grande tendresse et sa présence m'apaisait. Plus envie de rhum. Plus de sensation de manque. Juste l'étrange impression de flotter dans une bulle de coton. Nous voilà arrivées sur la jetée. Nous nous sommes assises à la terrasse d'un café. Sasha a commandé pour nous. Je l'ai laissée faire. Il faisait un temps magnifique.

Seuls deux trois petits nuages se promenaient dans le ciel. Nous étions aux premières loges d'un boléro offert par les goélands. La mer était haute et les vagues venaient s'écraser à quelques mètres de nous dans une mélodie hypnotisante. Depuis combien de temps n'étais-je pas venue ici ? Je me suis noyée dans ce merveilleux tableau vivant. L'inconnue lumineuse m'a tirée de mes pensées.

— Comment vous appelez-vous ?

Si sa question me semblait absurde, je me suis souvenue que je ne lui avais pas répondu chez le médecin. Pourtant, le Dr Aubenque avait prononcé mon nom, lui. Peut-être ne l'avait-elle pas entendu ? Ou alors, elle n'avait trouvé que cette banalité pour engager la conversation.

Je lui ai répondu, dans un soupir :

— Héloïse.

— C'est un très beau prénom.

— Ça signifie « bois robuste ».

Non, mais tu t'entends, Héloïse ? Déballe-lui ta vie pitoyable tant que tu y es. Alors qu'un serveur apportait nos deux sodas, nous nous observions, en silence. Elle avait des yeux noirs piquetés de touches d'or et son sourire illuminait son visage, doré par le soleil. J'étais subjuguée, déroutée par l'aura qu'elle dégageait. Je ne suis même pas certaine qu'il existe un mot pour exprimer ce que je ressentais à cet instant. La béatitude peut-être, mais pas au sens théologique du terme. Un instant entre parenthèses, pendant lequel je me suis sentie sereine. Libérée de mes idées noires. Cette fois, c'est moi qui ai brisé le silence, appelée par la curiosité.

— Que faites-vous dans la vie ?

— Je suis puéricultrice. Je travaille bénévolement pour une ONG qui possède plusieurs orphelinats en Afrique. J'y vis dix mois par an.

Puéricultrice.

Elle m'a foudroyée.

Ne surtout pas lui dire que je suis orpheline et que j'ai, malgré mon histoire, abandonné mon bébé. Sa révélation m'a transpercé le cœur. Elle était si radieuse et moi si sombre.

Je ne voulais pas la pervertir. J'ai baissé les yeux sur mon Coca. Me suis concentrée sur les bulles qui éclataient à la surface de mon verre. Je devais me protéger, *la* protéger. Pour rompre le charme, j'ai replongé dans mes réflexions. Ne pas l'inciter à poursuivre. Pourtant j'aurais dû deviner qu'elle ne s'arrêterait pas de parler devant mon attitude fermée.

— … Je suis stérile. C'est une sorte de thérapie. Je comble le manque en m'occupant de ceux qui n'ont pas eu la chance de naître dans la bonne famille. J'offre à ces enfants tout l'amour qui était réservé à ceux que je n'aurai malheureusement jamais.

Échec et mat, Héloïse.

Transpercée de part en part par une flèche invisible. C'en était trop. Trop de coïncidences. Trop d'émotions. J'ai craqué. Je me suis levée en renversant ma chaise et me suis enfuie en courant pour m'éloigner d'elle le plus vite possible. Mettre de la distance pour ne pas la souiller. Mais c'était sans compter sur mon corps maltraité et affamé. J'étais incapable de tenir le rythme. Je peinais à respirer. Mes jambes étaient sur le point de me lâcher. J'étouffais. Je suffoquais. M'asphyxiais. Cette fois, je prenais un aller simple pour le cimetière. Je me sentais partir à la dérive. Ce n'était pas la lumière blanche qui m'attirait, mais le feu de l'enfer. Satan me tendait les bras et m'a rattrapée. J'ai fermé les yeux et me suis laissée tomber.

J'ai repris peu à peu connaissance, mais ai gardé les paupières closes. Dans quel cercle de l'enfer avais-je atterri ? Puis j'ai entendu le chant des goélands. Très cher Dante, je ne savais pas que les oiseaux étaient admis chez Lucifer ! J'ai décidé d'ouvrir les yeux, lentement. J'ai aperçu le ciel bleu et un visage penché au-dessus du mien. L'ange Sasha. Envole-toi et laisse-moi je t'en supplie. Je te ferai du mal, t'arracherai les ailes et piétinerai ton auréole. Il n'y a rien de bon en moi. Mais elle ne m'entendait pas. Ne bougeait pas. J'ai fini par m'asseoir. Elle ne me quittait pas du regard, moi non plus. Nous sondions nos âmes respectives. Une larme s'est échappée de mon œil droit et Sasha l'a recueillie du bout du doigt, avec tendresse. Mes défenses se sont liquéfiées et je me suis blottie contre elle. Je l'entendais me murmurer que tout allait bien. Qu'elle était là. Qu'elle ne me lâcherait pas. Et pour la première fois depuis longtemps, je me suis abandonnée à des bras faits de chair et d'os.

Je lui ai murmuré : « Serre-moi fort, cher Ange. »

Chapitre 49

J'ai senti un drap sous la pulpe de mes doigts. Je n'étais plus sur la jetée, ni au paradis, mais dans un lit. Je me suis remémorée les derniers instants avec Sasha. Ma fuite, ma course folle, ma chute, puis la chaleur de ses bras. Je priais pour qu'elle ne m'ait pas emmenée à l'hôpital. Je ne l'aurais pas supporté. Dans l'obscurité de mes yeux clos, j'étais concentrée sur les odeurs. Il flottait dans l'air un doux parfum de fleurs. De la lavande. J'ai froncé les sourcils. Où pouvais-je être ? Le silence me ceignait. J'ai tendu l'oreille. Un battement de cœur, un souffle. Ce n'étaient pas les miens. Était-ce mon ange qui veillait sur mon sommeil ? J'ai fermé les yeux plus fort et ai prié que ce soit Sasha, près de moi.

Un.

Deux.

Trois.

Je les ai ouverts et elle était là. Elle me souriait et son regard mordoré a transpercé mon cœur. Elle était si belle, Sasha. Instant d'harmonie. Les yeux dans les yeux. Je priais qu'elle ne me lâche pas la main.

— Comment te sens-tu, Héloïse ?

Question pour laquelle je n'avais pas de réponse pertinente.

— Je ne sais pas trop. J'ai rêvé que tu m'emmenais au paradis.

Elle a ri. Le tutoiement s'est imposé de manière naturelle. Avoir confiance… Me rappeler ce conseil qu'Abigaël, mon infirmière, m'avait donné à ma sortie de l'hôpital psychiatrique, l'année de mes dix-huit ans.

Alors j'ai plongé, sans bouée.

— Au paradis ? Quelle drôle d'idée. Nous sommes juste chez moi.

Chez elle ! Mais qui donc emmène chez soi une parfaite inconnue aux airs de croquemitaine ?

— Pourquoi fais-tu cela pour moi ? Tu ne me connais même pas.

— Je te l'ai dit hier. Je n'en sais rien.

Je me suis redressée lentement et ai embrassé la pièce du regard. J'étais dans une chambre. Sans doute la sienne. Sur les murs peints en beige, des tas de photos en noir et blanc. Des portraits d'enfants africains. Sur chaque photo, un sourire, des yeux rieurs qui respiraient la joie de vivre. Ce n'était pas l'image que je m'étais faite d'enfants, sans famille, dans un pays démuni.

— C'est toi qui as pris toutes ces photos ?

— Oui. Ce sont mes enfants. Tous des orphelins que j'ai rencontrés lors de mes missions.

Je veux savoir, comprendre. Comment une personne choisit-elle de vouer sa vie aux autres ?

— Raconte-moi, s'il te plaît.

Elle a acquiescé d'un signe de tête et s'est lancée. Elle m'a expliqué qu'à l'âge de vingt ans le cancer l'avait prise par la main. Papillomavirus. Une infection sexuellement transmissible. Les traitements lui avaient sauvé la vie, mais l'avaient privée de tout espoir de porter un enfant. Devenue stérile, elle avait sombré dans la dépression. Cocktail en *happy hour* quotidiennement : reine vodka, roi Lexomil et leur cour.

Un matin, elle s'était réveillée dans un hôpital. Ses parents, n'ayant plus de nouvelles depuis une semaine, avaient fait appel à la police pour vérifier que tout allait bien. Les pompiers l'avaient trouvée inanimée, dans son salon. Un séjour en hôpital psy plus tard, elle était rentrée chez elle. Sevrée, mais pas guérie. Le soir même, elle avait regardé une émission sur une ONG qui œuvrait en Afrique, auprès des orphelins.

— Je me suis sentie appelée. Si je ne pouvais pas avoir d'enfant à moi, je pouvais en avoir des centaines. Leur offrir mon amour, j'en avais tellement à donner. Leur faire connaître la chaleur de bras aimants. Et une vie plus belle que celle dans laquelle ils étaient nés.

Des diamants transparents perlaient au coin de ses yeux et, pourtant, elle souriait.

— J'ai contacté l'organisation le lendemain matin et je me suis engagée à leurs côtés. Voilà, tu sais tout.

Elle a essuyé ses larmes avec sa manche. Quelle femme extraordinaire ! Une guerrière. Elle dégageait une telle force de caractère. La vie ne l'avait pas épargnée non plus, et je l'admirais d'autant plus. Elle m'a interrogée, à son tour.

— Et toi, Héloïse ? Pourquoi as-tu fui ?

J'ai baissé la tête. Je ne pouvais pas lui dire. Après ce qu'elle venait de me raconter, elle allait me détester. Moi qui avais abandonné mon bébé. Comment aurait-elle pu comprendre ? De la main gauche, je m'apprêtais à arracher les peaux autour de mes ongles quand Sasha m'a saisi le bras. Son regard a percé le mien. Il était pénétrant, suppliant.

— Parle-moi, Héloïse. Tu es en train de te détruire comme je l'ai fait. C'est sans doute cela que j'ai ressenti chez toi et qui m'a poussée à t'attendre après ma consultation chez le Dr Aubenque.

— Lâche-moi. Tu ne sais rien de moi.

Je lui ai tourné le dos brusquement et me suis repliée sur le côté. Je me sentais sale et honteuse. Elle a glissé sa main dans mes cheveux. Elle les caressait avec tendresse et, une fois de plus, j'ai été bouleversée par sa compassion.

— Raconte-moi, Héloïse…

Je ne voulais pas salir ses ailes blanches ni pervertir son auréole. Je me suis recroquevillée un peu plus en sanglotant de plus belle.

— Chut. Je suis là, Héloïse. Aie confiance.

Aie confiance.

Les mêmes mots que ceux d'Abigaël. Et si c'était un signe ? Le signe que, cette fois, je pouvais me livrer sans être jugée.

Que cette main tendue ne se retournerait pas contre moi pour me gifler. J'étais partagée entre l'envie de tout lui dire et la nécessité de préserver mon ange en gardant ma boîte de Pandore fermée. Je me suis retournée pour lui faire face.

— Si je te raconte mon histoire, promets-moi de ne pas me détester. Je t'en supplie.

Elle a serré mes mains et m'a embrassé le front.

— Je te le promets.

Alors, la peur au ventre, je me suis lancée. Elle m'a écoutée sans prononcer un mot. Ne m'a pas coupé la parole. Je ne lui ai rien caché. À la fin de mon récit, une chape de plomb s'est abattue sur nous.

L'ange avait perdu de sa luminosité et me regardait d'un air grave. J'attendais sa sentence. Mon visage devait ressembler à un champ de mines ravagé par des bombes lacrymales. Pitié, ne me juge pas. Ne t'enfuis pas. Aide-moi, avais-je envie de hurler. Un filet de voix est sorti de sa bouche.

— Ton enfant… Tu es certaine de ton choix ?

— Aussi douloureux soit-il, oui.

Ses yeux se sont remplis de larmes. Elle a reniflé.

— Alors je serai là pour te soutenir.

J'avais le souffle coupé. Elle ne se sauvait pas ? Ne me hurlait pas dessus ? Elle ne m'a posé aucune autre question, s'est levée et s'est dirigée vers la porte. Je l'ai suivie du regard sans comprendre. Avant de franchir le seuil de la pièce, elle s'est retournée.

— Pour commencer, je vais nous faire un thé. Ensuite, nous irons chez toi chercher quelques affaires.

Je l'ai regardée, interloquée.

— Mais pourquoi ? Après tout ce que je t'ai raconté, pourquoi veux-tu risquer de faner à mes côtés ?

— Tu es avant tout une orpheline, Héloïse. Une enfant qui a grandi sans repères. Mais tu es aussi une maman qui traverse l'épreuve la plus terrible de sa vie. Il reste quatorze jours avant que ton abandon soit définitif. Je ne veux pas te laisser traverser seule cette épreuve. Je refuse que tu sombres davantage, Héloïse.

Un torrent de larmes a jailli de mes yeux. Je suis sortie du lit à toute allure, j'ai couru vers elle et l'ai serrée contre moi. Lui ai soufflé un merci au creux de l'oreille. Et alors que nous étions ainsi, intimement liées, je l'ai entendue, elle aussi, pleurer.

Chapitre 50

La nausée vient me submerger. À genoux sur le sol de mon meublé, j'expulse autant l'alcool que mon mal-être. Je vomis le rhum et pleure ma déchéance. Pendant toutes ces années, je me suis crue folle. Habitée par une Ombre maléfique. Persuadée qu'elle était la cause de mes malheurs. Qu'elle me poursuivrait où que j'aille. Mais j'étais toujours la seule et unique responsable.

Responsable de mes choix, des chemins que j'ai pris, de ma vie. Ma chienne de vie…

Même lorsque la lumière y est entrée, j'ai été incapable de la suivre assez longtemps pour être sauvée.

Je roule sur le dos et ferme les yeux. Je revois Sasha, ses cheveux de jais, ses yeux mordorés. Et ce halo éclatant qui ne la quittait jamais. Elle m'a prise dans ses bras et m'a emmenée dans une contrée que je ne connaissais pas. Là où régnait la déesse de l'Amour, le dieu du Bonheur et leur fille, Sérénité. Grâce à mon cher ange, j'ai rêvé les yeux ouverts pendant neuf ans.

Neuf années sans une ombre, ni mon Ombre. Une parenthèse enchantée où j'ai appris à donner ce que je recevais. Jusqu'au jour où…

Ma douce Sasha.

Toi qui avais déjà tant souffert. Qui avais survécu au cancer.

Toi qui m'avais tendu la main. Qui avais lutté pour me remettre sur le droit chemin.

Toi aussi, je t'ai détruite.

Comme tu me manques…

Je peine à retenir une nouvelle remontée acide. La culpabilité est un poison. Je suis rongée de l'intérieur et rien de bon ne pourra jamais sortir de moi.

Un haut-le-cœur me contracte le sternum. Je me tourne sur le côté pour gerber. Au prix d'efforts surhumains, je me relève et chancelle jusqu'à la fenêtre. À travers mon brouillard, je vois venir le crépuscule qui annonce la venue d'un nouveau jour. Je regarde le soleil se lever. La tête penchée en arrière, je laisse la douce chaleur de ses rayons lécher mon visage. J'ai passé la nuit à expier mes impénitences, il est temps de me pardonner. Je baisse les yeux au sol, mes cheveux cachent mon visage de poupée de cire fondue et je me traîne jusqu'à la salle de bains.

Elle est là, dans le tiroir, ma lame de rasoir. Je la serre au creux de ma main, une traînée de sang ondule jusqu'à mon poignet. Je la regarde, fascinée. Le dernier acte approche. Je rejoins ma chambre. M'allonge sur mon lit et lance la dernière chanson de la nuit…

In the arms of the Angel
Fly away from here
[…]
You're in the arms of the Angel
May you find some comfort here[1]*…*

1. Dans les bras de l'Ange
S'envoler loin d'ici
[…]
Tu es dans les bras de l'Ange
Puisses-tu y trouver du réconfort…
Angel, Sarah McLachlan

Chapitre 51

Cela faisait quinze jours que je vivais chez Sasha. Elle m'a aidée à me sevrer de mes vices et à oublier mes caprices. Révolutionnaires des addictions, nous avons coupé la tête aux souverains qui m'empoisonnaient. J'étais libérée de leur joug. Elle a créé autour de moi une routine rassurante. Un scaphandre de protection pour m'aider à regagner la surface. Je palmais, confiante, et très vite j'ai eu la tête hors de l'eau. Vivre et ne plus survivre.

Chacune de nos journées commençait par une longue marche sur la plage. Nous nous nourrissions des bienfaits de l'air iodé et mon esprit se défaisait de ses pensées mortifères. Au retour, nous petit-déjeunions puis nous discutions. Elle me racontait ses missions et je lui livrais mon mal-être. Mes souillures, mes blessures, mes fractures. Loin de me juger, elle m'aidait à comprendre. Comme une maison bâtie sur des fondations instables, je ne pouvais que m'écrouler. Et elle m'apprenait à l'accepter. Puis nous préparions le repas à deux et je retrouvais le goût des choses simples de la vie. Sentir les aromates, couper des tomates et apprécier ce que nous avions préparé.

L'après-midi, selon la météo, nous nous baladions, lisions ou jouions à des jeux de société. Je reprenais goût à la vie comme un enfant apprend à marcher. Je trébuchais, parfois. Me mettais en colère. Tapais du pied. Mais très vite Sasha m'aidait à me relever. Mes pas se faisaient chaque jour plus assurés et je commençais à entrevoir la lumière dans l'opacité de mon univers. Elle brillait chaque jour davantage et, avec le temps, je n'ai plus eu besoin de béquilles pour avancer.

Le jour se levait.

Dans la douce lumière de l'aube, allongée sur le dos, les yeux fermés, je souriais, apaisée. Soixante jours étaient passés depuis sa naissance. Ce soir-là, à minuit, je n'aurais plus pu revenir en arrière. Il allait grandir en ayant des valeurs, des piliers, dans une famille qui le couvrirait d'amour et lui donnerait tout ce que je n'avais jamais eu : l'équilibre et la protection d'un foyer. Mon deuil s'achevait. Où qu'il soit, je savais qu'il était plus heureux sans moi. Qu'aurais-je pu lui apporter, moi, la paumée ?

Sasha m'aidait quotidiennement à consolider mes bases, mais mon équilibre était encore trop instable. Un jour, il découvrirait qu'il avait été adopté, abandonné par sa mère biologique. Je priais qu'il ne me condamne pas sans en comprendre le pourquoi. Et si ma sauveuse me soutenait dans cette démarche, malgré son histoire, c'est parce qu'elle avait su m'entendre au-delà des mots. Elle avait compris que cet abandon n'était pas un acte lâche, mais un acte d'amour et d'abnégation. Elle le savait, c'était par amour pour mon fils que j'avais choisi de lui offrir une plus belle existence. Loin de moi… Bien sûr, si je l'avais gardé, il aurait eu toute mon affection de maman. Mais une maman bancale. Une mère suicidaire, hantée par une Ombre démoniaque. Alors c'est le cœur léger et libéré que je me suis éveillée à ce jour nouveau.

Comme chaque matin, j'ai rejoint Sasha dans la cuisine. Et comme chaque matin elle avait préparé mon café. Ni trop doux ni trop fort. L'équilibre parfait, comme celui qu'elle m'offrait.

Je lui ai adressé un sourire sincère.

— Bonjour, cher ange. Qu'est-ce qui est prévu, au programme du jour ?

Elle a levé les yeux au ciel, pensive.

— Je m'étais dit… Peut-être… Comme c'est un jour particulier…

Je l'ai coupée.

— Ce n'est pas un jour particulier, Sasha. Tu m'as appris que chaque jour comptait. Qu'il fallait vivre intensément. Et plus que jamais, en ce jour, ce doit être vrai.

Elle a ri et m'a répondu :

— Justement. Je pensais t'emmener au siège de l'ONG pour laquelle je suis bénévole. Tu pourrais rencontrer l'équipe et les harceler avec tes questions.

Un clin d'œil est venu ponctuer la fin de sa phrase. Il est vrai que je n'avais cessé de la questionner sur le pourquoi de son engagement et le fonctionnement de l'organisation. J'étais fascinée par tant d'altruisme et de don de soi. Comment en arrive-t-on à tout quitter, pendant plusieurs mois, pour tendre la main à de parfaits inconnus ? Qu'est-ce qui peut motiver un tel choix ? J'ai sautillé comme une enfant. Heureuse et impatiente. Je frappais dans les mains.

— Oh oui, emmène-moi là-bas !

Le siège de l'organisation se trouvait à une vingtaine de kilomètres. Dans la voiture, la tête collée contre la vitre, je regardais le décor défiler. Merveilleux paysages côtiers. Ni plats, ni escarpés. Des vallons, des pentes, des champs aux couleurs de l'automne. Un feu d'artifice d'ocre, d'orangé et de rouge flamboyant. Une palette chatoyante dont j'avais oublié la beauté. Ici une buse. Là un goéland. Depuis quand n'avais-je pas regardé la nature avec des yeux innocents ?

Alors que nous longions une grande étendue d'herbe, j'ai demandé à Sasha de s'arrêter.

Je suis sortie de la voiture. J'ai retiré mes chaussures et me suis mise à marcher.

La sensation des brins d'herbe chatouillant la plante de mes pieds nus était divine. Le vent de mer s'engouffrant dans mes cheveux et caressant mon visage m'a transportée par-delà les mers, dans un univers plein de sirènes et de poissons colorés.

Je souriais aux chérubins et à ce Dieu qui m'avait envoyé Sasha. Un Dieu auquel, pourtant, je n'avais jamais cru. Mais là… je n'avais plus le choix.

J'étais sereine et heureuse.

Plus de peine. Plus de colère. Juste une irrépressible envie de vivre.

Nous sommes arrivées dans les locaux de l'ONG pour laquelle travaillait Sasha. Elle connaissait tout le monde. Elle a embrassé Pierre, Paul et Jacques tandis que je restais en retrait. Certes, j'avais beaucoup progressé, mais pas au point d'échanger microbes et miasmes avec ceux que je croisais. Elle m'a fait visiter les lieux. Sur un mur de la pièce où nous avons fait une halte, mon ange m'a montré une carte de l'Afrique parsemée de punaises rouges.

Elle m'a expliqué :

— Chaque point correspond à un des orphelinats que nous aidons. Ils sont nombreux et nous ne pouvons pas être partout, malheureusement. Trouver des bénévoles n'est pas chose aisée. Mais nous faisons de notre mieux avec les moyens dont nous disposons.

— Combien êtes-vous ?

— Une centaine, pour soixante-dix orphelinats. Si nous pouvions être le double, ce serait merveilleux. Il pourrait y avoir deux permanents à résidence et des bénévoles volants pour remplacer les « titulaires » en vacances.

Autour de la carte, des photos. Les façades des établissements devant lesquels posaient les équipes locales, les bénévoles et les enfants. Malgré l'extrême pauvreté que l'on devinait, c'était la joie qui dominait. Des sourires radieux étaient incrustés sur leurs visages. Voilà ce que je voulais ressentir !

Moi aussi, je désirais être utile aux autres. Offrir de l'amour à des enfants qui n'en avaient pas. Leur apporter ce que je n'avais pas eu, mais sans avoir à les accompagner tout au long de leur vie. Leur tendre la main et les aider à traverser le pont jusqu'à l'adoption.

Ne pas être une mère, mais plutôt une amie, une confidente. Un cœur aimant qui sécherait leurs larmes et écouterait leurs secrets, le temps qu'ils trouvent un foyer.

— Sasha ?

Elle s'est retournée vers moi.

— Oui ?

— Emmène-moi avec toi.

Chapitre 52

L'Afrique, un continent fascinant où se mêlent l'homme et la nature dans une communion permanente. Cela faisait trois mois que Sasha et moi étions arrivées dans un petit village au sud de Dakar. La vie là-bas était sans commune mesure avec ce que j'avais imaginé. Malgré la pauvreté et les maladies, les Sénégalais que je côtoyais étaient heureux et reconnaissants. Alors qu'en Europe la consommation de masse avait créé des décennies de générations en dépression, je découvrais que la clé du bonheur était sans doute dans le dénuement. Ces femmes et ces hommes qui n'avaient rien et qui offraient tout. Que ce soit Djibril qui vendait des grigris sur le marché, Malya et Mariama les coiffeuses qui avaient tressé mes cheveux ou encore Adama, le garçon de café, tous respiraient la joie. Au quotidien, ils étaient altruistes, généreux, à l'écoute de leur prochain. L'entraide et la solidarité étaient au cœur des relations à l'autre. Je n'ai jamais vu une personne âgée mourir seule. L'isolement était une conception qui ne trouvait pas de définition là-bas. Certes, la corruption, la prostitution, les viols, la violence étaient aussi légion. Mais je ne voulais pas les voir et j'ai préféré conserver cette image idéalisée de ce continent sur lequel je venais de renaître.

Nos journées s'assemblaient et se ressemblaient. Le temps filait et défilait au point que j'en avais perdu toute notion. Je n'étais plus esclave de ma montre. Terminé le fameux credo « métro-boulot-dodo ». Les jours s'écoulaient comme une rivière au cœur des montagnes, à leur rythme. Formant parfois des coudes, des creux et des cascades ; s'emballant par moment, mais retrouvant toujours calme et sérénité. Nous vivions au rythme du soleil et de Gaïa. La nature nous nourrissait et nous abreuvait de ses offrandes. À l'aube, avant de prendre le petit déjeuner avec les enfants de l'orphelinat, Sasha et moi avions l'habitude de regarder le soleil se lever sur la savane. Nous avions trouvé un poste d'observation entre deux cases. Nous nous asseyions et je posais ma tête sur son épaule. Nous nous émerveillions lorsque l'astre pointait le bout de son nez entre ces deux maisons de paille. L'horizon se parait alors de ses plus belles couleurs. Orange, rose et rouge se superposaient. Elles se fondaient et se confondaient en une palette de dégradés inédits, baignant le paysage d'une douce lumière. Parfois, nous étions surprises par un vol d'amarantes dont le chant accompagnait Hélios, dans son ascension matinale. Un spectacle différent chaque matin selon les envies de Mère Nature. Un bonheur simple. Je découvrais ainsi le goût de l'apaisement. J'avais fait la paix avec moi-même. J'avais fini par accepter mon passé. J'avais pardonné à mon père et, surtout, je *m'*étais pardonné aussi.

J'ai offert à ces enfants une grande sœur, une confidente, une amie. Voilà ce que j'étais, et cela me suffisait. Leurs éclats de rire, leurs sourires étaient des baumes sur mes cicatrices intérieures. Je me sentais utile et ma vie prenait enfin un sens. En quelques mois, Sasha m'avait apporté ce qui m'avait manqué. Elle était la créatrice de ma concorde intérieure, même si elle avait horreur que je le lui dise. Mais, une fois là-bas, notre relation a changé. L'admiration que je lui vouais s'est muée peu à peu en une affection profonde. Ce n'était pas de l'amitié, ni de l'amour. C'était un sentiment inconnu qui m'effrayait.

Ce jour-là, après notre rituel matinal, nous sommes allées au marché de Dakar chercher des fruits frais. Quel plaisir que de se promener entre les étals, portées par les odeurs d'épices. Même après trois mois, j'étais toujours hypnotisée par les boubous colorés, les courses folles des enfants dans les allées et l'impassibilité des bébés, portés dans le dos de leur mère. Dakar résonnait des éclats de rire, des cris, des klaxons, mais sans pour autant que l'on se sente oppressé. Au contraire, il y régnait un agréable goût de liberté.

Alors que nous regagnions l'orphelinat, j'ai observé Sasha du coin de l'œil. Mon regard s'est posé sur ses cheveux qui frôlaient ses épaules, la chute de ses reins et ses fesses qui se balançaient au rythme de ses pas. Elle était si belle.

Bouffée de chaleur.

Perle de sueur.

Cœur qui palpite.

Serait-ce du désir ?

J'ai secoué la tête et ai repris mes esprits. *Ne sois pas ridicule, Héloïse. Sasha comble les manques de ton existence. De vingt ans ton aînée, elle pourrait être ta mère. Tu confonds tout. Tu es touchée, c'est tout. Reprends-toi !* me suis-je dit.

Arrivée sur le perron de l'orphelinat, elle s'est retournée :

— Attends-moi là. Je vais porter les fruits à la cuisine et je reviens.

Je l'ai observée s'éloigner et me suis replongée dans mes réflexions. Mon regard a été attiré par un nid, construit dans les tuiles de l'orphelinat. Une mère amarante nourrissait ses petits. L'instinct maternel des animaux m'a toujours fascinée !

Mon ange gardien est revenu. Prise de frénésie, elle avait dévalé les marches, m'avait saisi la main et m'avait entraînée à sa suite.

— Où m'emmènes-tu, Sasha ?

Elle m'a répondu, sans se retourner :

— Tu verras. C'est une surprise.

Qu'avait-elle encore imaginé ? Nous avons passé le hall d'entrée et elle a arrêté sa course folle devant une double porte en bois clair. Les yeux pétillants d'excitation, elle m'a lâché :

— Tu es prête ?

— Prête à quoi ?

Elle s'est mise à compter.

Un, deux, trois. Puis elle a ouvert les portes.

— SURPRISE !

Tous les enfants étaient réunis devant la grande table sur laquelle j'ai aperçu des paniers de fruits, des dessins et un gros gâteau. Ils se sont écriés en chœur : JOYEUX ANNIVERSAIRE ! Et se sont mis à chanter la traditionnelle chanson. Mon cœur a été transpercé par tant de générosité. J'ai fondu pour ces bambins à qui la vie n'avait pas fait de cadeau, mais qui, dans leur malheur, saisissaient plus que n'importe qui les instants de bonheur. Nous avons passé la matinée à chanter, à danser et à nous gaver de fruits et de gâteau. Chacun de nos petits pensionnaires m'a offert sa production artistique. Des cœurs rouges énormes et des arcs-en-ciel rivalisaient avec des girafes et des lions. Moi, l'orpheline maudite, j'avais trouvé une famille.

Un foyer.

Le bonheur.

La paix.

La fête était terminée.

Tout avait été rangé et la vie a repris son cours normal. Sasha et moi étions assises sur des fauteuils, devant l'orphelinat. Sur mes cuisses, une vingtaine d'œuvres nées de l'imagination de mes petits artistes. Je me suis tournée vers mon amie :

— Merci beaucoup pour cette surprise. Tu n'imagines pas à quel point cela me touche.

Elle s'est levée avant de s'accroupir devant moi, les mains posées sur mes genoux.

— Il fallait bien fêter ça. Et puis, te faire plaisir me rend heureuse.

Nous nous regardions, silencieuses.

— Sasha ?

Elle s'est redressée, a posé un doigt sur ma bouche.

— Chut. Ne dis rien.

Ses yeux plongés dans les miens, j'étais assaillie de questions, quand soudain… Elle a approché sa tête, lentement. Incapable de réagir, je me suis contentée de fermer les yeux. Ses lèvres ont effleuré les miennes, avec douceur, attendant de voir si je lui rendrais ce baiser ou non. Et alors qu'elle se reculait, c'est moi qui, une main sur sa nuque, l'ai attirée vers moi pour l'embrasser. Le baiser s'est enflammé. J'avais oublié mes questions, mes craintes et ma retenue.

Je me sentais vivante.

Enfin.

NEUF ANS PLUS TARD…

Chapitre 53

Cela faisait neuf ans que Sasha et moi sillonnions l'Afrique. Du nord au sud et d'est en ouest, nous cheminions, main dans la main, d'orphelinat en orphelinat. Au fil de nos voyages, je découvrais de nouveaux paysages. Du lever du soleil sur les plaines arides au crépuscule au pied des montagnes, les jours se suivaient sans jamais se ressembler. Je m'abreuvais des mille et une couleurs et odeurs que recelait ce continent magique. Des tableaux vivants sans cesse renouvelés. Je m'émerveillais de tout : les épices sur les marchés, le passage d'un troupeau d'éléphants, l'envol d'oiseaux migrateurs dans le couchant ou encore un couple de girafes et leur girafon, étendant leurs longs cous pour se nourrir aux feuilles d'un acacia. En train ou en caravane avec les populations locales, chacun de nos déplacements était un voyage dans le temps. Nous avions abandonné le confort moderne pour revenir à l'essentiel, l'humain. L'entraide animait notre quotidien. Nous fuyions les endroits à touristes, les safaris organisés, pour être au plus près de la réalité de nos petits protégés. Nous allions chercher l'eau au puits, une bassine sur la tête, comme nous l'avait appris Imani. Je me souviens encore de son rire franc, la première fois que j'ai tenté la manœuvre et que j'ai tout renversé. Je me sentais honteuse et tellement coupable d'avoir gâché cette eau si précieuse. Imani, quant à elle, était hilare face à mon air navré.

— Oh, Imani, je suis tellement désolée !

— Ne le sois pas, ma fille, m'avait-elle répondu en dévoilant toutes ses dents. Ceux qui ne font rien ne se trompent jamais ! Tu apprends. Et quand on apprend, parfois on tombe. L'essentiel est de se relever et de grandir de ses erreurs.

Sage Imani. Comme la plupart des personnes que j'avais croisées depuis que je parcourais ce continent. Je découvrais la vie, je grandissais et mûrissais. Sasha m'apportait ce dont j'avais besoin, un équilibre. Un cœur aimant, une épaule pour pleurer, un foyer. Elle me devinait sans que j'aie à lui parler. Me comprenait d'un simple regard, terminait les phrases que je commençais. Quand mes cauchemars revenaient me hanter, elle me prenait dans ses bras pour me consoler et me rassurer. Chacun de ses baisers était une caresse, passionnée, passionnante. Elle avait fait s'envoler les doutes qui m'avaient étreinte au début de notre relation. Le souvenir de cet instant ne me quittera jamais…

Nous étions à la veille de notre départ pour un nouvel orphelinat. Nous allions quitter le Sénégal pour le Mali. Le soleil s'était couché depuis une heure environ, tout comme nos petits protégés. Une nuit sublime sur laquelle veillait l'indomptable lune. Nous nous étions installées sur le canapé en osier, sur le perron de l'établissement. Je me suis allongée, la tête sur ses genoux. Sasha me caressait les cheveux et nous regardions les étoiles, silencieuses.

J'ai frissonné de plaisir.

Moi qui n'avais aimé qu'un homme, comment avais-je pu tomber amoureuse d'une femme ?

— Le cœur n'a pas de sexe, Héloïse. L'amour ne rentre pas dans des cases. Moi non plus, je n'ai jamais été amoureuse d'une femme. Je n'y avais même jamais songé. Mais c'est arrivé. Et je ne cherche pas à l'expliquer.

Une fois encore, elle avait lu dans mes pensées et avait su trouver les mots pour m'apaiser. Je me suis redressée et nous nous sommes embrassées. Depuis ce jour, mes craintes sur notre relation s'étaient envolées. En quoi aimer était-il un péché ? Sasha avait raison. L'amour ne se dompte pas. Il ne se laisse pas brider par des convenances ou des croyances. Il se vit.

Et c'est ce que nous avons fait.

Nous sommes allées au Mali, au Burkina Faso, au Niger, traversant le continent africain jusqu'en Somalie. Nomades, nous ne restions jamais plus de trois mois dans le même établissement.

Apporter aux enfants amour et affection en attendant leur adoption était notre unique objectif. Nous devions trouver le juste équilibre. Ne pas les faire souffrir et ne pas souffrir des séparations. Mais à chaque médaille son revers et, si j'avais découvert le goût du bonheur, j'avais aussi vécu des situations difficiles. Des enfants battus, certains prostitués, mais aussi des souteneurs violents. Des cœurs pervertis et des cœurs meurtris. Comme celui de Souleymane. C'était un an plus tôt. Souleymane était arrivé dans notre orphelinat de Giohar, au nord de Mogadiscio, le même jour que nous. Dans une Somalie en proie à la guerre civile depuis plus de dix ans, nous nous étions attendues à rencontrer des conditions bouleversantes. Et celle de Souleymane m'avait particulièrement touchée. Il avait été découvert au milieu des cadavres des membres de sa famille, baignant dans le sang de sa mère. Il avait cinq ans et avait été baladé d'établissement en établissement, les bénévoles n'arrivant pas à gérer ses accès de violence.

Une fois que nous fûmes installées dans notre chambre, j'ai laissé Sasha et je suis allée à la rencontre de ce petit garçon au regard triste. Il était assis sur le gros pneu qui faisait office de balançoire, dans le jardin de l'orphelinat.

— Bonjour, Souleymane. Je m'appelle Héloïse.

Il a levé les yeux vers moi, sans me répondre. Il y avait tant de souffrance dans son regard. J'ai vu poindre une larme, puis une seconde. Je les ai recueillies du bout du doigt, puis je l'ai embrassé sur le front. Il est descendu du pneu, s'est blotti dans mes bras et s'est mis à sangloter.

Nos cœurs meurtris s'étaient reconnus. Nous avions traversé des épreuves destructrices et avions survécu. Je n'ai pas su trouver les mots. Qu'aurais-je pu dire pour apaiser ses maux et son cœur brisé ? Pendant les trois mois où nous sommes restées à Giohar, je me suis focalisée sur

Souleymane. J'étais la seule à être capable de le calmer quand il s'emportait. Je l'emmenais partout avec moi. Au puits, sur le marché. Il m'aidait dans nos tâches quotidiennes et je lui apprenais l'alphabet, à écrire son prénom, à compter. La nuit venue, j'étais la seule à pouvoir le coucher. Il rejetait tout autre adulte, allant jusqu'à griffer ou à mordre quiconque l'approchait. Alors, allongée à ses côtés, je lui racontais des histoires et attendais qu'il s'endorme avant de me retirer pour rejoindre Sasha.

J'avais croisé des centaines d'enfants, mais jamais je n'avais ressenti une telle affection pour l'un d'entre eux. Peut-être me retrouvais-je en Souleymane ? Dans cette violence qui était devenue son seul mode d'expression. Une violence que je lui apprenais à gérer, lui livrant mes secrets. Un matin, à une semaine de notre départ, j'ai confié à Sasha mon désir de rester, jusqu'à ce que Souleymane soit adopté. Nous étions couchées, côte à côte, dans notre lit de bois.

Le soleil perçait à peine. Une douce brise avait envahi la chambre et la moustiquaire flottait sous le souffle du vent.

— Tu sais bien qu'on ne peut pas, Héloïse. Nous avons fixé cette période de trois mois pour nous protéger. Tu es déjà trop attachée à cet enfant.

Je me suis tournée sur le côté et j'ai plongé mon regard dans le sien.

— Il a besoin de moi, Sasha.

— Chacun de ces enfants a besoin de nous, Héloïse. Souleymane, mais aussi les autres.

Muette, je me suis levée et suis allée me doucher avant de rejoindre Souleymane au petit déjeuner. Quand il m'a vue, un grand sourire est venu éclairer son regard triste. J'ai pensé toute la journée à ce que Sasha m'avait dit. Et je savais qu'elle avait raison. Nous ne pouvions pas rester. Même pour Souleymane, cela aurait été mauvais. Il devait apprendre à faire confiance à d'autres adultes. Se détacher de moi et s'ouvrir à ses semblables. Je ne pouvais pas être une mère de substitution. Je me l'étais toujours refusé. Je n'avais pas été une mère pour mon fils, je ne pouvais l'être pour un autre enfant, même temporairement. Alors, j'ai passé cette dernière semaine à tenter de le préparer à notre départ.

À chacune de nos sorties, j'emmenais avec nous une des permanentes du centre, Nafissa. Pendant les huit derniers jours en ma présence, elle a apprivoisé Souleymane. Me remplaçant le soir pour le coucher. Se levant quand il faisait des cauchemars. Et même quand il me réclamait, je laissais son nouvel ange gardien veiller sur lui. Je me faisais violence pour ne pas intervenir. Ça me faisait mal. Pas autant qu'à lui, mais c'était un mal nécessaire. Une transition rapide, un peu brutale, mais essentielle. Je savais que les adieux seraient un déchirement pour nous deux et je ne m'étais pas trompée.

Au moment de nous quitter, Souleymane a hurlé, comme un animal blessé. Il criait mon nom, mais je ne me suis pas retournée. Je l'imaginais se débattant dans les bras d'une des bénévoles. Ma poitrine s'est serrée, mais je savais que, désormais, Nafissa veillerait sur lui et qu'il ne serait plus jamais seul. J'ai écorché le cœur de Souleymane et fêlé de nouveau le mien. Je l'abandonnais comme j'avais abandonné mon fils… Et cette séparation a tout changé.

Depuis ce jour, à chacun de nos séjours, je me suis efforcée de garder une certaine distance avec les enfants. Je ne voulais pas revivre ce que j'avais traversé avec Souleymane. Pas de câlins. Pas d'histoire au coucher. Être présente sans partager de moments de tendresse.

Au bout de quelques semaines, au gré d'autres rencontres, d'autres sourires et d'autres rires, j'ai fini par me pardonner. Je devais être une béquille pour ces enfants, un bâton de pèlerin, le temps d'un bout de chemin. En quittant Souleymane, j'avais fait ce qu'il fallait.

Chapitre 54

Après la Somalie, nous sommes allées au Kenya, en Tanzanie, en Zambie, puis en Namibie. Nous y séjournions depuis deux mois, dans un petit village à l'ouest de Windhoek, sur la côte. Ce matin-là, je suis allée pêcher, seule. Le clapotis de l'eau sur la coque du bateau, le bruit des vagues, le cri des goélands m'apaisaient et me permettaient de me recentrer.

Depuis quelques semaines, je ressentais souvent le besoin de m'isoler. Sasha parlait de nous installer définitivement, de nous poser à Dakar ou ailleurs, dans une grande ville d'Afrique. Elle souhaitait prendre la direction d'un de nos orphelinats. Elle était fatiguée de cette vie de nomade. À bientôt cinquante ans, elle pensait à autre chose qu'à courir le monde. Comme si ses nouvelles aspirations n'avaient pas suffi à nous éloigner l'une de l'autre, elle s'était prise d'affection pour l'une de nos jeunes pensionnaires, Asma. Une fillette de six ans. Une petite poupée de porcelaine sortie de sa boîte, les cheveux coiffés avec soin, les yeux noirs en amande et un air mutin.

Comme je l'avais fait par le passé avec Souleymane, Sasha passait la plupart de son temps avec sa protégée. Elle lui tressait les cheveux, lui apprenait à lire, l'emmenait ramasser des coquillages sur la plage. Leur proximité s'accroissait au fil des jours et je la ressentais de plus en plus comme une menace. Pour la première fois depuis notre rencontre, je n'étais plus le centre de l'univers de Sasha et je vivais très mal cette distance. Je m'emportais pour un rien et, même avec les enfants, je n'avais plus de patience. Un soir, je m'en suis prise à l'un d'eux. Habib. Je l'ai violemment secoué par les épaules parce qu'il avait trébuché et renversé le millet.

Je me découvrais jalouse de cette petite fille qui avait pris ma place dans le cœur de mon ange. Un cœur qui, jusqu'ici, n'avait battu que pour moi. Quand Asma appelait sa *beskermengel*, ange gardien en afrikaans, je sentais une vague d'épines courir le long de ma nuque. Mes poils se dressaient et la colère m'étreignait. Mes vieux démons refaisaient surface et je luttais pour ne pas me laisser déborder. Sans succès.

Petit à petit, la peur s'était immiscée et me rongeait. Et si Sasha m'abandonnait ? Si son amour pour cette petite déesse noire prenait le pas sur ce qu'elle ressentait pour moi. Je ne l'aurais pas supporté.

J'ai recommencé à arracher la peau autour de mes ongles...

Nous étions à quinze jours de notre départ. Ce matin-là, en rentrant de la pêche, je me suis rendue à la cuisine pour déposer mon butin. Sasha et Asma étaient en train de préparer le repas. Mon bel ange se tenait derrière la petite fille, sa main droite sur la sienne pour l'aider à couper un oignon. Elles souriaient et leurs regards pétillaient. Si ce n'était leur couleur de peau, on aurait pu croire qu'il s'agissait d'une mère et sa fille. Il y avait tellement de complicité entre elles que mon cœur a manqué de s'arrêter. Au-delà d'être la femme que j'aimais, Sasha avait toujours été la seule figure maternelle à laquelle j'avais pu me raccrocher. Et Asma était en train de me la voler.

J'ai quitté la pièce sans un mot pour regagner notre chambre, les poings serrés.

Revoilà Dame Colère et sa suite. Il y avait bien longtemps qu'elle ne m'avait pas visitée. J'ai explosé de rage et lancé au travers de la pièce tout ce qui me tombait sous la main avant de m'effondrer sur notre lit. Les mains crispées sur l'oreiller, j'ai hurlé ma douleur. Le volcan, endormi toutes ces années, venait de se réveiller… Le visage inondé de larmes, les cheveux en bataille, je me suis levée et me suis placée devant le miroir. Une ombre est passée derrière moi, fugace. Je me suis retournée dans un sursaut. Était-elle revenue ou mon esprit me jouait-il des tours ? J'ai examiné de nouveau mon reflet. Me suis accrochée à la commode de bois brut et me suis rapprochée de la glace. Mon regard s'est assombri et un rictus a déformé ma bouche. Il était hors de question que je me laisse faire. *Profite, petite Asma, parce que Sasha est mon ange à* moi *et bientôt, ton* beskermengel *te quittera. Dans quinze jours, nous partirons loin de toi et elle t'oubliera. J'y veillerai*, ai-je adressé à mon propre reflet.

Tremblante, j'ai remis la pièce en ordre, j'ai rempli la vasque d'eau et me suis aspergé le visage pour me redonner de la contenance. Être présentable avant de rejoindre le réfectoire. Après le déjeuner, nous avons mis les enfants à la sieste. J'ai demandé à Sylvie, une autre bénévole, de veiller sur leur sommeil. Je devais parler à Sasha. L'éloigner d'Asma avant notre départ. J'ai préparé un plateau et deux tasses de *rooibos*, avant de sortir dans le jardin.

Le ciel était voilé, mais quelques rayons de soleil perçaient les nuages. Quelques-uns d'entre eux éclairaient Sasha qui lisait sous un acacia. Elle était nimbée de lumière, et pendant quelques secondes, j'ai retrouvé l'être céleste. Mon bel ange. En entendant mes pas, elle a levé la tête et m'a adressé un sourire. Je me suis accroupie, lui ai tendu une tasse fumante et lui ai embrassé le front.

— Merci, ma chérie, a-t-elle susurré.

Ses longs cheveux de jais étaient désormais parsemés de discrètes petites mèches grises. Quelques pattes-d'oie s'étaient installées au coin de ses yeux et je ne l'avais jamais trouvée si jolie qu'aujourd'hui. Neuf ans étaient passés, mais notre amour était intact, j'en étais convaincue. Elle comprendrait mes craintes et reviendrait vers moi. Je me suis assise à ses côtés et ai posé la tête sur son épaule. Nous sommes restées ainsi, ceintes par un silence que je n'osais briser. Depuis notre arrivée ici, c'était la première fois que nous nous retrouvions seules, sans Asma, un autre enfant ou un bénévole à nos côtés. Alors que je savourais cet instant de communion, elle m'a demandé de me redresser. Elle s'est assise devant moi et a pris mes mains dans les siennes. Son regard était grave, voilé, comme à chaque fois qu'elle m'annonçait une grande décision. Comme cette fois où elle m'avait révélé qu'elle voulait se sédentariser. Mon pouls s'est accéléré et mes mains sont devenues moites. J'étais suspendue à ses lèvres.

— Je voudrais que nous adoptions Asma et que nous l'emmenions avec nous à Dakar.

Direct au plexus, puis crochet au foie.

J'ai eu le souffle coupé. Je l'ai fixée, interdite.

Le sol s'est ouvert sous mes pieds et j'ai entamé une chute sans fin. Aucune branche à laquelle me raccrocher. J'ai sombré sans pouvoir freiner ma descente. J'ai arraché mes mains des siennes et me suis relevée en criant.

— Non, on ne peut pas faire ça !

Je la dévisageais, les poings et la mâchoire serrés. Sasha s'est mise debout, les yeux pleins de tristesse.

— Je veux fonder une famille, Héloïse. Et je veux le faire avec toi. Nous avons aidé tellement d'enfants… Mais aujourd'hui, j'ai besoin d'être une maman.

Elle me tend une main que je ne saisis pas et m'enfuis en courant vers la plage. Les larmes qui me brouillent la vue s'évaporent au contact du sol.

Courir.

Inspirer.

Expirer.

J'ai tenté de me calmer, en vain. Comment pouvait-elle me faire ça ? Comment aurais-je pu élever l'enfant d'une autre, alors que j'avais abandonné le mien ? Donner de l'amour à un autre bébé que celui que j'avais porté, aimé et chéri au-delà de ma vie ? Elle qui ne voulait pas m'accorder un jour de plus avec Souleymane, la voilà qui voulait que je sois la mère d'une enfant que je haïssais. Sasha était mon ange, mon aimée, mon amante, mon amie, ma confidente et… la mère que je n'avais jamais eue. Et elle venait de me poignarder dans le dos. Elle avait crucifié notre histoire sur l'autel du désir maternel. Je suis tombée à genoux sur le sable et j'ai frappé le sol. Tristesse, colère et rage se sont mêlées dans un raz-de-marée d'émotions. En quelques secondes, celle que j'aimais avait piétiné neuf ans de bonheur.

Le ciel s'est déchiré, le tonnerre a grondé et la pluie est venue gonfler le torrent de mes larmes.

Quelques mots et mon univers s'était effondré. Mais je n'allais pas laisser Sasha m'abandonner et encore moins Asma me la voler ! Notre bonheur avait été trop chèrement payé. J'étais déterminée.

Tout était la faute de cette petite diablesse. Avant elle, Sasha n'avait jamais émis le souhait d'adopter. Je lui suffisais. Nous nous suffisions. J'avais payé ma dette, ma facture. J'avais assez souffert et il était hors de question que je permette à quiconque, même à une enfant, de me reprendre ce que j'avais acquis avec tant de difficultés. Alors que, décidée, je me relevais pour retourner à l'orphelinat, je l'ai sentie derrière moi. L'Ombre…

Quand je suis arrivée aux portes de l'établissement, Sasha s'est élancée vers moi et m'a prise dans ses bras. J'ai laissé les miens ballants, stoïque. Je n'ai pas eu un geste pour elle. Elle s'est reculée et a replacé une de mes mèches de cheveux mouillés.

— Mon Dieu, ma chérie tu es trempée. Regarde-toi. Va vite prendre une douche, je vais te préparer un thé.

Je l'ai toisée de mon regard noir, puis je suis montée dans notre chambre, sans prononcer le moindre mot. Je me suis déshabillée, ai abandonné mes vêtements au sol et suis entrée dans la douche. L'eau bouillante a créé des volutes de vapeur et j'ai vite baigné dans un brouillard épais. Alors que je m'apprêtais à couper l'eau, une spirale noire est venue se marier aux arabesques blanches. Elles se fondaient et se confondaient dans une danse lascive.

Je suis là, Héloïse… Ne laisse pas cette enfant détruire tout ce que tu as acquis…

Sasha n'est pas revenue me voir, préférant sans doute jouer avec sa poupée. Bien que je fasse bonne figure face aux bénévoles et aux enfants, à l'intérieur je bouillonnais. La colère et la jalousie me rongeaient telle de la soude caustique anéantissant peu à peu mon humanité. Je crois que j'aurais pu tout supporter pour celle qui m'avait appris à aimer. Mais pas ça. Hors de question d'élever une enfant alors que le mien grandissait auprès d'une autre femme. Et Sasha, plus que quiconque, aurait dû le comprendre.

Le soleil se couchait sur la plaine et avec lui est venue l'heure du repas. Dans le réfectoire, j'ai aidé à servir les enfants, comme chaque jour, mais sans desserrer les dents. Sasha me jetait des œillades inquiètes que j'ai feint de ne pas voir.

Le rituel du dîner terminé, nous avons fait la vaisselle. J'ai échangé quelques mots avec d'autres bénévoles, mais une seule pensée m'obsédait : Asma. La haine que je ressentais pour cette fillette était en train de prendre possession de chaque parcelle de mon être. Ma fureur grondait et la folie me guettait.

Les enfants étaient couchés. Je me suis rendue dans notre chambre. Sasha m'y a rejointe, quelques minutes plus tard, l'air soucieux. Couchée sur le côté, dos à la porte, les yeux fermés, j'affectais d'avoir rejoint Morphée.

— Parle-moi, bébé, je t'en prie.

Silence.

J'ai entendu Sasha faire le tour du lit pour se placer devant moi. Je gardais les paupières closes.

— J'aurais peut-être dû te dire les choses différemment, mais j'aime cette enfant et je t'aime. Je voudrais tellement que nous fondions une famille ensemble.

Sous les draps j'ai serré les poings et me suis mordu la langue pour ne pas répondre. Ne pas lui dévoiler que je jouais les belles au bois dormant pendant que le dragon me rongeait. Une larme a perlé et est venue s'écraser sur l'oreiller. Attentive au moindre son, j'ai entendu ma bien-aimée se déshabiller, puis l'ai sentie se coucher à mes côtés. Ses bras se sont resserrés autour de moi. Son souffle chaud a soulevé le duvet de ma nuque. Pendant un instant, j'ai douté. Cette femme avait tant fait pour moi. Elle m'avait donné la vie, à sa façon. Et si je me trompais ? Et si nous avions pu…

Non, Héloïse… Une fois cette fille entre vous, tu n'existeras plus… Et puis… Elle t'impose une enfant qui n'est et ne sera jamais la tienne… D'ailleurs, ma chère Héloïse, où est ton fils ?

J'ai tendu l'oreille, le souffle de mon ange était régulier. Elle s'était endormie. Je me suis levée pour me rendre dans le dortoir des enfants, à pas de loup. Asma dormait dans le premier lit. D'une main, j'ai attrapé un oreiller, posé sur le second lit, vide. Je me suis approchée de la fillette sur la pointe des pieds et l'ai positionné au-dessus de sa tête. Et, alors que j'hésitais, deux mains fantomatiques sont venues se superposer aux miennes. L'Ombre était là pour m'aider et m'empêcher de renoncer. Fidèle jusque dans la mort. J'ai plaqué le coussin sur le visage de l'enfant. Son corps a tressauté, convulsé. Je n'ai pas lâché prise.

À mesure que je sentais la vie quitter le corps d'Asma, j'ai repris mes esprits. *Mon Dieu, mais qu'es-tu en train de faire ? Ce n'est qu'une enfant et tu n'es pas un monstre, Héloïse !* a fustigé ma conscience.

Électrochoc.

Alors que je tentais de reculer, l'Ombre m'a maintenue au-dessus de la petite dont les convulsions s'étaient espacées. Je me suis entendue hurler : *Non. Laisse-moi, je ne peux pas faire ça !*

Dans un grand mouvement de bras, j'ai repoussé l'Ombre en arrière et l'ai vue s'éclater en centaines de fumerolles contre le mur. Asma, libérée, a aspiré une grande goulée d'air en se redressant. Elle m'a fixée, en pleurant.

— Héloïse ?

Je la regardais, perdue.

J'ai quitté la pièce en courant, sans me retourner. J'ai récupéré mes papiers pour rentrer à Dakar et me suis fait oublier.

Épilogue

La lame de rasoir court le long de mon bras gauche, faisant naître derrière elle un ruisseau écarlate. Dans son sillage, le visage d'Asma. Petite poupée noire que j'ai failli assassiner hier soir… Puis ceux de Max, Eddy, Florian, le vieux Duprès… et tous les cadavres que j'ai semés. Recroquevillée sur le lit de mon meublé miteux, je regarde la vie s'échapper de moi comme j'ai fui pendant trente années.

Tu as toujours été lâche, Héloïse. Je sanglote, épuisée. Vaincue par l'hydre de ma vie, je n'ai plus la force de lutter. J'aurai beau en couper les têtes, chaque fois que le bonheur me tendra les bras, un malheur arrivera. Le soleil se lève tandis que je sombre dans une nuit infinie, au seuil de la folie…

Sur les murs, mes démons cornus se détachent, lentement. Ils m'appellent et tendent leurs mains crochues vers moi pour m'emporter devant leur roi.

Boum.

Boum.

À bout de forces, je pose la lame sur mon bras droit et creuse un nouveau ruisseau pour enfoncer davantage la mort dans ma peau.

Boum.

Boum.

Les voilà, ils sont au-dessus de moi. Ils me soulèvent et me portent à bout de bras. Je suis aux portes de l'enfer et Charon m'attend pour me faire traverser l'Achéron.

Boum.

Boum.

Mes yeux se ferment.

J'entends à peine résonner le premier morceau de l'opéra de ma nuit et ce bruit… étrange.

Boum.

Boum.

Mais qu'importe, ma playlist touche à sa fin, ma vie aussi.

Lost in the arms of the destiny
Perdue dans les bras de la destinée
Bittersweet
Douce amertume
I want you
Je te veux
I'm only wanting you
Je ne veux que toi
And I need you
Et j'ai besoin de toi
I'm only needing you…
J'ai seulement besoin de toi…

Elle est là, elle me tend les bras… Mon bel ange.

FIN

Playlist

Lorsque j'écris, c'est toujours en musique que je le fais. Sensible aux mélodies, aux paroles. Comme vous l'avez lu, Héloïse est, elle aussi, accro aux émotions qu'elles transmettent.

Voici la playlist des morceaux que vous avez pu rencontrer tout au long de votre lecture et qui ont défilé, en boucle, dans mes oreilles.

Pour vous projeter dans mon état d'esprit et dans l'univers d'Héloïse, vous pouvez aussi relire les passages musicaux avec les morceaux en fond. L'expérience sera différente.

1. Apocalyptica, *Bittersweet*
2. Bishop Briggs, *Dark Side*
3. LP, *Recovery*
4. Aaron, *U-turn*
5. Maxime Nucci, *Talk to Me*
6. Sleeping at last, *Turning Page*
7. Soundgarden, *Black Hole Sun*
8. Josh Groban, *Remember Me*
9. Gavin James, *Always*
10. Sarah McLachlan, *Angel*

Remerciements

Un grand nombre d'auteurs considèrent l'écriture comme un exercice solitaire. Si *Héloïse* est née de mon imagination, ce roman n'aurait jamais existé sans un certain nombre de personnes que je tiens à remercier.

Nous avons passé des heures au téléphone et il m'a botté les fesses pour que j'aille au bout de cette histoire. Il est la toute première personne à avoir cru en ma capacité à réaliser mon rêve, c'est Alexis Aubenque. Il est non seulement un auteur de talent, mais également un homme bienveillant qui a su m'accompagner dans le processus d'écriture, sans jamais me laisser au bord de la route. Merci, Coach.

Merci également à ma toute première lectrice, Céline Troadec et à notre bulle d'aristochats belges Clarence, Latifa, Nathalie, Isabelle, Sylvia, Lisette, Rose-Marie, Danielle, Laurent et Yves.

Merci à Sylvie, parce que « toutes les femmes ont une histoire ».

Merci à mes bêtas, Clémentine, Clarence, Mylène et Élodie pour leur regard acéré.

Merci à mon Yannick, bien plus qu'un ami, mon âme sœur, pour son avis et la toute première chronique, alors même que je ne savais pas si j'oserais envoyer ce manuscrit.

Merci à Michaël Mention pour sa lecture et ses conseils avisés. J'ai retenu chacun d'entre eux.

Merci à Nicolas Jaillet et Jérôme Gauthey.

Merci à Caroline, libraire passionnée, qui a pris le temps de me lire et de me donner son avis de professionnelle.

Merci à mes parents pour leur amour, pour les valeurs qu'ils m'ont transmises.

Merci à mon fils pour sa patience (qui n'est pas légendaire…) et son soutien dans tous les choix de sa maman, même lorsque cela a impliqué des sacrifices.

Merci à Xavier sans qui *Héloïse* serait restée au fin fond de mon ordinateur. Sans toi, je n'aurais pas osé.

Enfin, les dernières personnes que je tiens à remercier sont celles grâce à qui, *in fine*, vous avez eu mon roman entre vos mains. Ceux grâce à qui *Héloïse* a trouvé une famille. Un grand merci à mes éditeurs pour leur confiance et en particulier à toi, Salvatore. Tu as vu au-delà des mots.

Composé et édité par HarperCollins France.

Imprimé en mars 2023
par CPI Black Print (Barcelone)
en utilisant 100% d'électricité renouvelable.
Dépôt légal : avril 2023.

MIXTE
Papier issu de
sources responsables
FSC® C159065
FSC
www.fsc.org

Pour limiter l'empreinte environnementale de ses livres, HarperCollins France s'engage à n'utiliser que du papier fabriqué à partir de bois provenant de forêts gérées durablement et de manière responsable.

Imprimé en Espagne.